Die Sau is

Rudi Jagusch, Jahrgang 1967, studierte Verwaltungswirtschaft in Köln. 2006 erschien sein erster Krimi, weitere folgten im Jahreszyklus. Inzwischen ist er aus dem Literaturbetrieb nicht mehr wegzudenken. Heute lebt und arbeitet er als freier Schriftsteller mit seiner Familie im Vorgebirge am Rande der Eifel. Mehr über den Autor erfahren Sie unter: www.krimistory.de.

RUDOLF JAGUSCH

Die Sau ist tot

KRIMINALROMAN

emons:

Bibliografische Information der Deutschen Nationalbibliothek
Die Deutsche Nationalbibliothek verzeichnet diese Publikation in der Deutschen Nationalbibliografie; detaillierte bibliografische Daten sind im Internet über http://dnb.d-nb.de abrufbar.

FSC www.fsc.org
MIX
Papier aus verantwortungsvollen Quellen
FSC® C083411

Umschlagmotiv: photocase.com/LP12inch
Umschlaggestaltung: Tobias Doetsch
Gestaltung Innenteil: César Satz & Grafik GmbH, Köln
Lektorat: Marit Obsen
Druck und Bindung: CPI – Clausen & Bosse, Leck
Printed in Germany 2014
ISBN 978-3-95451-461-8
Originalausgabe

Dieser Roman wurde vermittelt durch die
Literarische Agentur Kossack GbR.

Do hann ich ömm wäschjangs jett onge die Wess geknommelt.
Eifeler Sprichwort

Frei übersetzt: »Da habe ich ihn aber ganz schön verarscht.«

1

Wie sollte er nur sein Plädoyer aufbauen?

Hoffnungslos.

Es *war* ein kaltblütiger Mord gewesen, daran gab es wenig zu relativieren.

Florian Lobowski zeigte dem Polizisten hinter dem Tresen den Personalausweis. Mit der anderen Hand umklammerte er seine Aktentasche. Trotz der angenehmen Kühle in dem Raum spürte er, wie Hitze in ihm aufstieg.

Der Polizist warf nur einen flüchtigen Blick auf das Dokument. »Stecken Sie ihn wieder ein. Wir kennen uns ja.«

Lobowski nickte. Das Gesicht kam ihm bekannt vor, doch er erinnerte sich nicht an den Namen des Mannes.

Der Polizist nahm den Hörer vom Telefon. »Schneider hier. Der Anwalt ist da.« Er legte auf und füllte weiter das Besucherformular aus.

Ungeduldig sah Lobowski zu. Am liebsten wäre er sofort losgestürmt, um seinen Klienten zu treffen.

Der Beamte drehte das Formular und hielt ihm den Kugelschreiber hin.

Hastig unterschrieb Lobowski.

»Ist Ihnen nicht gut?«, fragte Schneider. »Sie sehen … erhitzt aus.«

Lobowski lockerte den Knoten seiner Krawatte. »Nein, nein«, versicherte er, »der Stress, Sie verstehen?«

Nach dem gestrigen Anruf seines ehemaligen Schulkameraden Klaus Schmelzer hatte er alle Termine auf unbestimmte Zeit verschoben. Und die, die er nicht verschieben konnte, hatte ein Kollege für ihn übernommen. Doch damit wollte er den Polizisten nicht belasten.

Schneider zuckte mit den Schultern, heftete das Formular in einen Ordner und kam um den Tresen herum. »Ihr Klient wartet bereits«, erklärte er und schloss die Tür zum Besuchertrakt auf.

Lobowski folgte ihm durch einen weiß verputzten Gang mit hoher Decke. Die Schritte hallten von den Wänden wider. Links erlaubten Fenster einen Blick in den Innenhof des Gefängnisses. Einige Häftlinge vertrieben sich dort die Zeit, spielten Fußball, saßen in Gruppen zusammen und rauchten oder spazierten im Kreis an den Mauern vorbei. Sie schienen ihre Pause zu genießen.

Früher waren er und Klaus Schmelzer zusammen durch dick und dünn gegangen. Erst als sein Freund nach Ludwigshafen gezogen war, um dort seine Ausbildung zum Elektroniker anzutreten, hatten sich ihre Wege getrennt. Nachdem Schmelzer vor knapp zweieinhalb Jahren in die Heimat zurückgekehrt und zu seinen Eltern gezogen war, um hier in der Eifel ein Elektroinstallationsunternehmen zu gründen, hatten sie sich hin und wieder auf einen Kaffee getroffen. Aber das letzte Treffen lag bereits über ein Jahr zurück. Lobowski hatte einfach viel zu viel um die Ohren. Darunter litten seine privaten Kontakte.

»Da haben Sie aber einen Fall übernommen«, sagte Schneider, während er eine weitere Tür aufschloss. »Mit dem werden Sie keinen Blumentopf gewinnen.«

»Wir werden sehen«, erwiderte Lobowski unbestimmt.

Sie betraten einen fensterlosen Gang.

Schneider schloss hinter ihnen ab. »Glasklar, Sie verteidigen einen Mörder«, sagte er.

»Nun«, brummte Lobowski, »jeder hat ein Recht auf Verteidigung, oder nicht?«

»Ist wohl so. Sie werden schon wissen, was Sie tun. Das Leben ist halt kein Zuckerschlecken. Manchmal muss man in den sauren Apfel beißen, nicht wahr?«

Was für ein Dummschwätzer, dachte Lobowski. Er zog es vor zu schweigen, um Schneider keinen Anlass zu weiteren »Weisheiten« zu bieten.

Sie bogen links ab. Vor einer massiven Holztür am Ende des Ganges hockte ein Vollzugsbeamter auf einem Stuhl. Er biss in ein Butterbrot und schien sich für seine Umwelt nicht besonders zu interessieren. Zur Begrüßung hob er stumm die Hand.

»Doppelschicht«, erklärte Schneider. »Das nimmt jeden mit.«

Lobowski wechselte den Koffer in die linke Hand. Als Rund-um-die-Uhr-Selbstständiger konnte er nur müde lächeln.

Der Schlüsselbund klimperte; Schneider schloss die Tür auf. »Sie kennen das ja«, sagte er und trat zur Seite. »Sobald Sie fertig sind, einfach klopfen. Der Kollege wird Sie dann hinausbegleiten.«

Lobowski straffte sich und trat ein. Hinter ihm krachte die Tür ins Schloss, der Schlüssel drehte sich.

Der Mann am Tisch sprang von seinem Stuhl hoch. »Flo! Endlich!«

Lobowski erschrak. Er hatte Klaus Schmelzer als dynamischen Handwerker in Erinnerung, der mit einem muskulösen Körper ausgestattet war. Davon war nichts übrig geblieben. Sein Jugendfreund hatte sich halbiert. Er sah aus wie Anfang sechzig, nicht wie ein Mann im besten Alter von dreißig Jahren. Die Jeans schlackerte um seine Beine, das Hemd war mindestens zwei Nummern zu groß. Die Haare klebten ungepflegt am Kopf, die Augen lagen tief in den Höhlen, von dunklen Rändern umgeben. Er sah erschöpft aus.

»Klaus«, sagte Lobowski und nickte zur Begrüßung. Er legte seine Aktentasche auf dem Tisch ab. »Lange nicht gesehen. Ein anderer Ort für unser Wiedersehen wäre mir allerdings lieber gewesen.« Er ließ den Blick durch das nur mit einem Tisch und zwei Stühlen möblierte Besucherzimmer schweifen. Das vergitterte Fenster gewährte Sicht auf einen der Innenhöfe, doch eine Mauer begrenzte die Aussicht darüber hinaus.

Kraftlos ließ sich Schmelzer wieder auf seinen Stuhl fallen. »Scheiße.«

»Du sagst es. Wieso rufst du mich erst jetzt?«, wollte Lobowski wissen. »Du sitzt seit über einer Woche in Untersuchungshaft.«

»Ich hatte gedacht, ich würde keinen Anwalt brauchen. Es ist doch alles klar.«

»Und jetzt denkst du anders darüber?«

Schmelzer zuckte mit den Schultern. »Vielleicht, ja … ach,

was weiß ich. Schaden kann es nicht, und es tröstet mich ein bisschen, einen Freund an meiner Seite zu wissen.«

Durch den Innenhof hallte das Klappern von Geschirr zu ihnen herauf. Lobowski sah auf die Uhr. Kurz vor halb zehn, in der Kantine wurde das Mittagessen zubereitet.

»Was ist passiert, Klaus?«

»Tja.« Schmelzer schnalzte mit der Zunge und blickte zum Fenster hinaus. »Weißt du noch, wie du damals im Forellenteich fast abgesoffen bist?«

Lobowski musterte ihn verständnislos. Was sollte das denn jetzt? »Selbstverständlich.«

Schmelzer lächelte. »Okay, okay, blöde Frage. Ist ja dein zweiter Geburtstag. Sozusagen.«

»Ohne Übertreibung kann man es so bezeichnen.«

Übergangslos verfinsterte sich Schmelzers Miene. Er wandte sich Lobowski zu, in seinen Augen loderte Hass. »Wir waren damals nicht allein.«

Lobowski seufzte. »Was spielt das für eine Rolle?« Er zog den anderen Stuhl unter dem Tisch hervor und setzte sich. Die Aktentasche schob er ein Stück zur Seite, beugte sich über den Tisch und legte die Hände aneinander. »Klaus, bitte, ich würde gern mit dir über damals plaudern. Doch im Moment ist das zweitrangig. Wir müssen eine Verteidigungsstrategie ausarbeiten. Die zur Tat führenden Elemente müssen im Prozess genau beleuchtet werden. Vielleicht ergeben sich mildernde Umstände, die im Moment noch nicht ersichtlich sind. Du musst mir alles erzählen, wirklich alles, verstehst du?«

Schmelzer blickte Lobowski verwirrt an. »Genau das habe ich vor.«

»Hör auf, Klaus. Du erzählst mir alte Kamellen, mehr nicht.«

»Das muss ich, damit du verstehst.«

»Wie soll das etwas miteinander zu tun haben?«

»Du wirst schon sehen.«

Lobowski gab sich geschlagen. Im Moment schien es für seinen Schulkameraden wichtig zu sein, sich gewisse Dinge von der Seele zu reden. Obendrein war er ein wenig neugierig, wohin das führen würde. Er machte eine auffordernde Geste. »Dann leg los.«

Schmelzer entspannte sich. Es schien ihm tatsächlich wichtig zu sein. »Danke.«

Lobowski winkte ab. »Dafür nicht.«

»Du warst neun damals. Richtig? Drei Tage vor deinem zehnten Geburtstag, ein heißer Junitag. Erinnerst du dich daran?«

»Wie du eben schon ganz richtig bemerkt hast: *Den* Tag werde ich wohl niemals vergessen.«

»Wollte nur sichergehen. Wir sind durch das Loch im Zaun an die Fischteiche ran, um dem alten Güssler die Forellen aus dem Teich zu stibitzen. Zu blöd, dass du nicht schwimmen konntest.«

Eine Gänsehaut jagte über Lobowskis Haut. Für einen kurzen Augenblick spürte er wieder die Todesangst, die er damals empfunden hatte.

Schmelzer lehnte sich vor. »Es war *echt* knapp.«

»Ja.« Fast meinte Lobowski, erneut das vom Entenkot brackige Wasser zu schmecken, das unaufhaltsam seinen Mund und seine Lungen füllte.

»Mensch, du hast um dich geschlagen wie ein Berserker. Ich hätte dich fast nicht ans Ufer bekommen.«

»Tut mir leid.«

»Wir müssen ein Bild für die Götter abgegeben haben. Im negativen Sinn.«

Lobowski zuckte mit den Schultern. »Das Ergebnis zählt.«

»Trotzdem. Betrachte es mal für einen Moment durch die Augen eines Außenstehenden.« Schmelzers Augen formten sich zu Schlitzen. »Hältst du es für vorstellbar, dass jemand unsere Notlage *nicht* erkannt hat?«

»Unmöglich«, wehrte Lobowski entschieden ab.

»Die Situation war eindeutig?«

»Ja.«

»*Jeder* wäre uns zur Hilfe geeilt, oder nicht?«

»Sicher. Aber mal ehrlich, Klaus, was willst du …«

»*Er* war auch dort, er hat uns zugeschaut. Ist das zu glauben? Seelenruhig hat er deinen Todeskampf verfolgt. Er stand zwischen den Bäumen im Schatten einer großen Buche.«

»Wer? Von wem sprichst du?«

»Na, von Hubert, was denkst du denn?«

Erstaunt sah Lobowski ihn an. »Sprechen wir von Hubert Rechkemmer, deinem Schwiegervater? Vom Mordopfer?«

»Ja sicher.«

»Du musst dich irren. Hubert war in der freiwilligen Feuerwehr. Der hätte nicht einfach zugesehen, wie ich ersaufe.«

»Er war es. Und er hat *nichts* unternommen.«

»Du sagtest, der Mann stand im Schatten.«

Schmelzer tippte mit dem Zeigefinger auf die Tischoberfläche. »Ich hab ihn eindeutig erkannt. Als du japsend am Ufer lagst, hat er sich umgedreht und ist davongelaufen.«

Nachdenklich rieb sich Lobowski das Kinn. »Sicher wollte er Hilfe holen.«

»Was redest du für einen Quatsch?«, fuhr Schmelzer auf. »Ist irgendjemand aufgetaucht, ein Krankenwagen, die Feuerwehr oder die Polizei?« Er wischte heftig mit der Hand durch die Luft. »Niemand ist gekommen, niemand hat je etwas davon erfahren. Hubert ist einfach abgehauen.«

»Na gut, und wenn schon. Du hattest mich aus dem Wasser gezogen, die Gefahr war damit gebannt. Für Hubert gab es keinen Grund mehr, die Leute verrückt zu machen.« Lobowski sah Schmelzer prüfend an. »Warum hast du mir eigentlich nie davon erzählt?«

»Weil ich es nicht glauben wollte. Ich fürchtete, meine Sinne hätten mir einen Streich gespielt. Ich mochte mir einfach nicht vorstellen, dass irgendjemand tatenlos zuschaut, wie ein Kind ersäuft.«

»Und warum denkst du jetzt anders darüber?«

»Weil ich jetzt schlauer bin.«

Lobowski hob ratlos die Arme und ließ sie wieder fallen. »Wie auch immer: Selbst wenn Hubert damals falsch gehandelt hat, hilft uns das nicht weiter.«

Schmelzer nickte. »Stimmt. Aber es zeigt, was Hubert für ein Mensch war. Er hat sich daran ergötzt, dich absaufen zu sehen. Es wird ihn maßlos geärgert haben, dass ich dich retten konnte.«

»Du übertreibst.«

»Keine Sekunde.«

»Es hilft uns vor Gericht wenig, Hubert in ein schlechtes Licht zu rücken, damit du dadurch besser dastehst. Es könnte sogar die gegenteilige Wirkung erzielen. Besser wäre es …«

Schmelzer hieb mit der Faust auf den Tisch. »Das interessiert mich nicht. Ich will, dass die Wahrheit über ihn ans Licht kommt«, brüllte er. Eine Zornesader schimmerte violett unter der Haut seiner Schläfe.

Überrascht über den Ausbruch zuckte Lobowski zusammen.

Die Tür flog auf, und der wachhabende Beamte stürzte herein. »Probleme?«

Argwöhnisch musterte er Schmelzer.

»Nein, nein.« Lobowski hob beschwichtigend die Hände. »Nichts, was ich nicht im Griff habe.«

Der Beamte zögerte kurz, dann verließ er den Raum wieder.

»Reiß dich zusammen«, sagte Lobowski. »Sonst ist unsere Zweisamkeit schneller beendet, als dir lieb ist.«

Schmelzer war aufgestanden und ging im Raum auf und ab, die Ellbogen angewinkelt und die Fäuste vorgestreckt. Er wirkte wie ein wütender Stier. »Es tut mir leid. Wenn ich an Hubert denke, dann …« Er brach ab und warf seinen Stuhl um. Polternd krachte er zu Boden.

Lobowski fürchtete, der Beamte würde gleich wieder in der Tür stehen. Doch diesmal passierte nichts.

Der Ausbruch schien Schmelzer etwas beruhigt zu haben. Er öffnete die Fäuste, strich sich durch die Haare und lachte verlegen. »Schon verrückt.« Er stellte den Stuhl wieder auf und ließ sich darauf fallen. Erschöpft ließ er den Kopf hängen. »Was für eine Scheiße.«

»Das hatten wir schon.«

Eine Weile schwiegen sie. Vereinzelt hörte Lobowski Stimmen, Türen schlugen zu, Schritte quietschten über Linoleum.

»Kannst du dir vorstellen, jemanden umzubringen?«, fragte Schmelzer leise.

»Aus Notwehr sicherlich.«

»Und Hass? Wäre das ebenfalls ein Grund?«

»Klaus, was soll das? Meine Ansichten stehen hier kaum zur Disposition. Lass uns endlich zur Sache kommen.«

»Jetzt sag schon.«

»Nun, überbordende Gefühle rechtfertigen meines Erachtens nicht, jemandem ein Bolzenschussgerät auf die Stirn zu setzen und abzudrücken.«

Schmelzer lächelte spöttisch. Es verlieh ihm etwas Diabolisches. »Nicht? Sicher?«

Lobowski seufzte. »Mensch, Klaus, jetzt leg halt los mit deiner Geschichte. Die ganzen Andeutungen bringen uns kein Stück weiter.«

»Ich fange aber ganz vorne an. Du sollst alles wissen, wirklich alles.«

»Wenn das dein Wunsch ist, meinetwegen. Es wird mir sicher viele Fragen ersparen.«

»Wenn du dich da mal nicht irrst.«

2

Wenn einem ein warmer Windhauch über die Wange streift, rechnet man mit wunderschönen Sommertagen, nicht mit einem heraufziehenden Unwetter. Und steht man in verzücktem Unglauben der Frau seiner Träume gegenüber, erwartet man nicht, Monate später zum Mörder zu werden. Mit Liebe fing bei mir alles an, mit unbändigem Hass hörte es auf. In der Zeit dazwischen wurde ich ein anderer Mensch.

Helene begegnete ich letztes Jahr Ende August auf dem Sommerfest in Giesdorf. Im Dorf herrschte Ausnahmezustand, das Festzelt barst fast aus den Nähten.

Normalerweise hätte ich mich von Anfang an mitten ins Getümmel gestürzt. Doch in dem Sommer wusste ich vor lauter Arbeit nicht, wo mir der Kopf stand. Ich hatte mich ja gerade erst selbstständig gemacht und konnte es mir nicht erlauben, Aufträge auszuschlagen. Als Neuling im Geschäft zählt eine gute Mundpropaganda mehr als jede Werbemaßnahme. Stell deine Kunden zufrieden, und sie werden darüber reden.

So kam ich erst hinzu, als es bereits dunkel wurde. Begleitet von bierseligen Chorgesängen der Feiernden dröhnte zünftige Musik aus dem Zelt.

Im Schatten einer großen Eiche in der Nähe des Eingangs blieb ich stehen. Ich zögerte, das Zelt zu betreten, und wunderte mich über mich selbst. Im vergangenen Jahr war ich derjenige gewesen, der die Stimmung angeheizt hatte. Nach meiner Rückkehr in die Eifel hatte ich es richtig krachen lassen. Fußballverein, Stammtisch, Schützenfest und Maibaum setzen, ich ließ nichts aus. Es war wie ein Trieb gewesen, alles nachzuholen, was ich während meiner Ausbildung zum Gesellen bis hin zum Meister in Ludwigshafen vermisst hatte.

Diesmal aber war es anders.

Alles in mir sträubte sich gegen das Betreten des Zeltes. Eigentlich wollte ich nur noch ins Bett. Eine bleierne Müdigkeit überfiel mich. Von den Beinen aufwärts flutete sie meinen

Körper und erreichte schließlich mein Gehirn. Ich stemmte mich dagegen, versuchte, die Schwäche zurückzutreiben. Doch ich war machtlos. Mein Sichtfeld wurde enger. Etwas drückte schwer auf meine Brust, und ich japste nach Luft. Angelehnt an den Stamm der Eiche sank ich zu Boden. Zum ersten Mal im Leben wurde ich ohnmächtig.

Als ich wieder zu mir kam und meine Augen öffnete, sah ich in Helenes Gesicht. Einem Engel gleich schimmerten ihre blonden Haare seidig im hellen Vollmondlicht.

Sie kniete neben mir und knöpfte den obersten Knopf meines Hemdes auf.

Hastig versuchte ich aufzustehen. Die Situation war mir peinlich. »Geht schon wieder«, nuschelte ich.

Sanft drückte sie mir ihre Hand auf die Brust. »Nichts da, immer mit der Ruhe.«

Kurz zögerte ich, dann gab ich den Widerstand auf und lehnte mich zurück an den Stamm. Es gab Schlimmeres, als von einer so bezaubernden Frau versorgt zu werden.

Sie legte ihre Hand auf meine Stirn, prüfte meinen Puls und setzte sich dann neben mich ins Gras.

»Sieht so aus, als ob du am Leben bleibst.«

»Ah … äh … ja, schön«, stammelte ich. Meine Zunge schien immer noch bewusstlos zu sein. Aus den Augenwinkeln heraus musterte ich sie. Ein wenig erinnerte sie mich an Marilyn Monroe mit ihrer leicht geschwungenen Nase, den fülligen Lippen, ausgeprägten Wangenknochen und dem Muttermal auf der linken Wange. Mein Blick sank tiefer. Volle, runde Brüste zeichneten sich unter ihrem T-Shirt ab.

Sie kicherte. »Gefällt dir, was du siehst?«

Verlegen schluckte ich. Ich war anscheinend nicht so diskret gewesen, wie ich gehofft hatte. »Entschuldige … Ich wollte nicht …«

»Soll ich doch lieber den Sanitätern Bescheid geben? Du bekommst ja keinen Satz gerade heraus.« Besorgt legte sie eine Hand auf meinen Oberarm und sah mich prüfend an.

Von dort, wo sie mich berührte, schien ein Stromstoß durch

meinen Körper zu jagen. Stumm schüttelte ich den Kopf. Ich wollte nicht schon wieder stammeln. Ich fühlte mich, als würde ich schweben, und konnte den Blick nicht von ihr losreißen.

»Wirklich nicht?«

Wieder schüttelte ich den Kopf.

Sie schmunzelte. »Dein Sprachzentrum scheint demnach vollends kollabiert zu sein.«

Jetzt nickte ich heftig.

Sie lachte und nahm ihre Hand von meinem Oberarm. Selten zuvor war ich so enttäuscht gewesen wie in diesem Moment.

»Du wirst deine Sprache wiederfinden, da bin ich sicher«, versicherte sie mir und stand auf.

Panik erfasste mich. Der Gedanke, sie könnte mich hier einfach sitzen lassen, trieb mir den Schweiß auf die Stirn. »Wir kennen uns«, rief ich aus.

»Ja, klar.«

»Wir sind zusammen zur Schule gegangen.«

Sie verzog das Gesicht. »Allerdings. ›Brett mit Erbsen‹ habt ihr mich genannt. Leider kann ich mich noch zu gut daran erinnern.«

Mir schoss die Röte ins Gesicht. Ja, richtig, damit hatten wir sie während des letzten Schuljahres aufgezogen. Helenes körperliche Entwicklung hatte deutlich später eingesetzt als die der anderen Mädchen. Und wir pubertierenden Halbwüchsigen hatten nichts Besseres zu tun gehabt, als sie tagtäglich mit dieser Unzulänglichkeit zu konfrontieren.

»Ist nicht mehr zutreffend, ganz und gar nicht«, beteuerte ich. »Kann ich dir absolut versichern.« Ich spreizte die Finger zum Schwur und lachte unsicher. Ich wollte noch etwas ergänzen, mich erklären, entschuldigen, doch mir fehlten die Worte.

»Ist schon okay. Ich hätte es nicht ansprechen sollen, ist ja schon ewig her.« Es sollte vermutlich abgeklärt klingen. Aber ihre zittrige Stimme verriet ihre Verbitterung.

Ich nahm meinen ganzen Mut zusammen und legte meine Hand auf ihren Unterarm. »Es tut mir leid. Wirklich.«

Ich spürte ihre Gänsehaut.

Lag es an meiner Berührung oder an der auffrischenden Brise, die die Blätter über uns zum Rascheln brachte? Oder widerte ich sie womöglich an? Schauderte sie deshalb? Sekundenlang fürchtete ich, sie würde aufspringen und davonlaufen.

Stattdessen nahm sie meine Hand und drückte sie fest. »Danke«, hauchte sie. »Das ist … nett von dir.«

Für mich klang es wie eine Absolution. Erleichtert atmete ich durch.

Einer meiner Kumpels torkelte aus dem Zelt, ging wankend einige Schritte nach rechts und fiel ins hohe Gras, wo er sich auf den Rücken drehte und reglos liegen blieb. Im nächsten Moment schnarchte er dröhnend. Über uns flatterte ein Vogel davon.

Helene strich sich eine Haarsträhne hinter das Ohr und lachte. »Eine Lärmschutzwand wäre jetzt nicht schlecht.«

Ich blickte zu meinem Kumpel. Dessen feister Bauch hob und senkte sich im Takt des Schnarchens. »Bei den Schallwellen schlägt bestimmt jeder Seismograf im Radius von fünfhundert Kilometern aus. Würde mich nicht wundern, wenn der Trierische Volksfreund morgen ein Erdbeben meldet.«

»Ja, genau.« Sie lachte. »Und irgendein Schlaumeier gibt mal wieder die alte Theorie vom drohenden Vulkanausbruch in der Eifel zum Besten.« Sie stand auf und zupfte ihr Shirt zurecht. »Ich werde jetzt gehen.«

Mit einem mulmigen Gefühl schob ich mich hastig am Baumstamm hoch. »Äh, warte mal«, bremste ich sie. Ich wollte sie nicht gehen lassen, sondern in den Arm nehmen, sie streicheln, an ihren Ohrläppchen knabbern, sie küssen, mit ihr tanzen und lachen. Den Abend und den Rest meines Lebens mit ihr verbringen. »Darf ich dich auf ein Bier einladen? So als Dankeschön, du verstehst schon.«

»Ist nicht nötig, wirklich nicht.« Sie wandte sich ab.

»Aber du kannst doch jetzt nicht einfach so gehen.« Ich spürte, wie ich wieder rot wurde. Was für ein bescheuerter Spruch.

»Warum nicht?«

Gute Frage. Leider fiel mir auf die Schnelle keine passende

Antwort ein. Aber ich musste etwas sagen, sonst würde Helene verschwinden. Und das war das Letzte, was ich wollte. »So eine Frau wie du, von der habe ich immer geträumt.«

Oh Gott!

Hatte ich das tatsächlich gesagt? Waren bei mir jetzt alle Sicherungen durchgebrannt?

Helene sah mich aus traurigen Augen an. »Ich muss wirklich los. Du bist ein lieber Kerl, aber es geht nicht.«

Verzweifelt startete ich einen letzten Versuch. »Ich möchte dich wiedersehen. Gehen wir essen, was hältst du davon? Gib mir eine Chance.«

Sie schüttelte den Kopf.

»Du bist bereits vergeben, stimmt's?«

»Nein … es ist … es hätte keinen Sinn«, stotterte sie, drehte sich um und eilte über die Wiese davon. Bald schon hatte die Dunkelheit sie verschluckt.

Frustriert trat ich den Heimweg an.

Ich hatte die Sache vermasselt.

Die ganze Nacht ging mir Helene nicht aus dem Kopf. Ich warf mich im Bett von links nach rechts, ohne auch nur eine Minute Schlaf zu finden. Immer wieder hing ich der Frage nach, warum sie der Ansicht war, dass eine Verabredung mit mir keinen Sinn hätte. Sie kannte mich doch kaum. Und dass sie in mir immer noch den Teenager von damals sah, konnte ich mir einfach nicht vorstellen.

Warum also gab sie mir keine Chance? Stimmte schlicht die Chemie nicht?

Als es dämmerte, stand ich auf und schlich ins Bad. Prüfend blickte ich in den Spiegel. Alles saß dort, wo es hingehörte, Nase, Mund, Augen und Kinn, insgesamt nicht unbedingt George Clooney, aber trotzdem ganz nett anzuschauen.

Ärgerlich klatschte ich mir Rasierschaum auf die Wangen. Helene war ungerecht. Sie hätte mir eine Chance geben *müssen*.

Oder war sie etwa …

Der Rasierer fiel mir aus der Hand und polterte in die Keramik.

… lesbisch?

Mein Herz raste. Das wäre der schlimmste Fall, da wäre alle Hoffnung verloren.

Ich setzte mich auf den Rand der Toilette.

Das war der Grund für den Korb gewesen.

»Ach, das ist doch absoluter Blödsinn«, schalt ich mich selbst. Bloß weil Helene mir eine Abfuhr erteilt hatte, musste sie ja nicht gleich lesbisch sein. Vielleicht war sie bloß schüchtern. Oder …

Oder sie stand einfach nicht auf mich.

Entschlossen erhob ich mich, griff meinen Rasierer und zog ihn über die Bartstoppeln. Ich musste mehr über Helene erfahren. Einfach ins Blaue hinein Vermutungen anzustellen, brachte überhaupt nichts, abgesehen von weiteren schlaflosen Nächten.

Ich rasierte mich zu Ende und klatschte mir Aftershave auf die Wangen. Das Brennen des Alkohols auf der Haut schärfte meine Sinne. Von einer Sekunde auf die andere fühlte ich mich hellwach. Pfeifend verließ ich das Bad und machte mich auf den Weg ins Dorf, um frische Brötchen zu besorgen.

***

»Schmeckt's?«, fragte mein Vater, der neben mir am Küchentisch saß. Skeptisch musterte er mich.

»Klaro«, antwortete ich.

Er spülte mit einem Schluck Kaffee sein Brötchen hinunter. »Normalerweise kommst du sonntags erst zum Mittagessen an den Tisch. Heute hast du sogar für das Frühstück gesorgt.«

Ich winkte ab. »Konnte nicht schlafen.«

»Ah ja.« Mein Vater glaubte mir kein Wort, das sah ich ihm an.

»Und das Fest?«, wollte meine Mutter wissen. »Wie war es?«

»Gut, gut«, versicherte ich möglichst überzeugend. »Wie immer, mit zünftiger Musik und reichlich Bier.«

Ich schenkte ihr ein breites Lächeln und verschwieg meinen kleinen Schwächeanfall. Sie würde sich nur Sorgen machen.

»Ah ja?«, sagten nun beide wie aus einem Mund.

Mist. Das war wohl nichts. Mir flutschte meine Brötchenhälfte aus der Hand und landete mit der Marmeladenseite auf dem Boden. Ich hob sie auf und lachte. »Murphys Gesetz. Immer mit der Butter im Dreck.«

»Ich habe gestern erst den Boden gewischt«, rief meine Mutter pikiert.

»Hat sie«, bekräftigte mein Vater und warf mir einen bösen Blick zu.

»So war das doch gar nicht …« Ich brach ab.

Meine Mutter schob trotzig ihr Kinn vor und verschränkte beleidigt die Arme vor der Brust. Der Haushalt war ihr Ein und Alles, jede Kritik daran nahm sie persönlich.

»Entschuldige bitte, Mama«, sagte ich kleinlaut und biss in mein Brötchen.

»Wenn es dir nicht sauber genug ist, kannst du ja selbst mal den Mopp schwingen.«

»Mama, alles bestens. Ich habe nichts zu beanstanden. Es war nur so ein Spruch.«

»Ein Spruch?«

»So eine Art Spaß. Es sollte ein Witz sein.«

»Über einen schmutzigen Boden? Was ist denn daran lustig?«

Ich unterdrückte ein genervtes Seufzen. »Nichts, Mama, es war einfach unüberlegt. Ist mir so rausgerutscht. Du hast deinen Haushalt bestens im Griff.«

Ihre Miene hellte sich ein wenig auf.

Rasch nutzte ich die Gelegenheit des davonziehenden Unwetters und erzählte so beiläufig wie möglich: »Übrigens! Gestern habe ich eine alte Schulkameradin getroffen. Mann, wie die Zeit vergeht. Die hat sich total verändert.«

Erwartungsvoll sah ich meine Eltern an. Aber anstatt dass sie nachfragten, erntete ich nur ein »Soso« von meinem Vater.

»Eigentlich seltsam, wo man sich hier im Dorf ja sonst täglich über die Füße läuft«, monologisierte ich weiter.

Endlich biss meine Mutter an. »Wer war es denn?«

»Helene. Früher Rechkemmer. Ich weiß nicht, ob sie heute …«

»So heißt sie immer noch«, unterbrach mich mein Vater eilig und griff zur Sonntagszeitung. Er schlug sie auf und verschwand dahinter.

Irritiert blickte ich auf die Schlagzeile. »Äh, Papa … die Zeitung steht Kopf.«

Er grummelte etwas Unverständliches und drehte sie richtig herum.

Verwundert sah ich meine Mutter an.

Sie schien das seltsame Verhalten gar nicht bemerkt zu haben. »Ja, ja, die Helene«, plauderte sie los. »Braves Mädchen, ehrlich und fleißig. Wohnt noch immer draußen bei den Eltern.«

»Am Nimsweg, dorfauswärts?«, horchte ich nach.

»Hast du schon nachgeforscht?« Sie schmunzelte.

»Mama, die Rechkemmers haben den größten Hof hier in der Gegend. Der dominiert die ganze Anhöhe«, rechtfertigte ich meine Detailkenntnis. »Dass Helene noch bei den Eltern wohnt …«

»… hat einen gewichtigen Grund«, erklärte meine Mutter. »Sie pflegt ihren Großvater, den alten Erich, und hat ihre Anstellung als Krankenschwester dafür aufgegeben.« Sie seufzte. »Kein einfaches Los. Sich um einen Pflegefall in der Familie kümmern zu müssen, ist schwierig.«

»Da hast du recht«, stimmte ich zu, um sie bei Redelaune zu halten.

»Leider ist die Kleine etwas still«, bedauerte sie. »Daran ist aber nicht ihr Großvater schuld. Der alte Erich ist ja ganz in Ordnung, wenn ich ihn auch schon lange nicht mehr getroffen habe. Seit seinem schweren Schlaganfall vor zwei Jahren kommt er kaum noch vom Hof runter.« Sie beugte sich vor und ergänzte: »Helenes Vater, der Hubert, der ist aber schon ein komischer Kauz. Herrisch, ungehobelt und streitsüchtig. Ich mag ihn nicht.« Sie ließ eine dramatische Pause folgen.

Mein Vater brummte unwillig hinter seiner Zeitung.

»Hast du ihn denn noch gar nicht erlebt, seit du wieder bei uns wohnst?«, fragte meine Mutter.

Ich schüttelte den Kopf. »Nur mal hier und dort gesehen. Er hat ziemlich zugelegt.«

Meine Mutter sah mich bedeutungsvoll an, hob die Hand zum Mund und tat, als ob sie aus einem Glas trinken würde. »Dazu soll er hoffnungslos überschuldet sein. Ob's stimmt, weiß ich nicht, muss mich ja auch nicht interessieren. Noch scheint er seine Rechnungen pünktlich zu bezahlen, ansonsten hätten sie ihm ja den Hof und seinen Maschinenpark längst unter dem Hintern weggepfändet.« Sie verzog das Gesicht, als hätte sie in eine Zitrone gebissen. »Ich mag ihn einfach nicht. Wenn der mit seinem Bulldoggen-Gesicht durchs Dorf rennt, geht mir ein kalter Schauer über den Rücken.« Sie schüttelte sich.

»Und Helenes Mutter?«

»Die Monika? Hm, die sieht man ganz selten.« Sie überlegte. »Ich weiß ehrlich nicht mehr, wann ich sie das letzte Mal gesehen habe. Wird viel zu tun haben auf so einem großen Anwesen.«

Ich schlug mein Ei auf und widmete mich wieder meinem Frühstück.

»Der Erich hat alle im Dorf nach dem Krieg durchgefüttert. Gab ja kaum was. Ohne ihn wären deine Großeltern vermutlich verhungert. Der Erich hatte selbst nicht viel, doch er fand immer noch etwas Essbares, was er anderen geben konnte.« Meine Mutter schaute zur Küchenuhr. »Oh, jetzt aber Schluss damit. Wir müssen los, der Pastor wartet nicht auf uns. Übrigens«, sie wartete, bis sie ganz sicher war, dass ich ihr zuhörte, »die Helene singt im Kirchenchor. Wenn du sie wiedersehen willst, musst du nur mit zur Messe kommen.«

Meiner Mutter hatte ich noch nie etwas vorspielen können. Sie wusste, woher der Wind wehte. »Mal sehen«, gab ich unbestimmt zurück.

Sie eilte nach oben, um sich umzuziehen.

Ich löffelte hastig mein Ei aus. »Ach, was soll's. Ich komme mit«, murmelte ich mit vollem Mund.

»Was für eine Überraschung«, sagte mein Vater lakonisch und faltete die Zeitung zusammen.

3

Enttäuscht trat ich aus der Pfarrkirche St. Maximin. Helene war nicht aufgetaucht. Um sie wiederzusehen, musste ich wohl zum Angriff übergehen und direkt bei ihr an der Tür schellen.

Missmutig schritt ich über den sonnigen Vorplatz und schlug die Richtung zur Hauptstraße ein. Ein paar Bier in der Gaststätte »Zum Kalkofen« würden meine Laune vielleicht ein klein wenig heben.

»Jung, warte mal.«

Ich stoppte und wandte mich um.

Mein Vater stand vor mir und keuchte. Seit er seine Tätigkeit als Fliesenleger gesundheitsbedingt hatte beenden müssen, litt seine Fitness unter dem guten Essen meiner Mutter. »Du hast ja ein Tempo drauf«, beschwerte er sich.

Ich ging nicht darauf ein. Mein schlendernder Spaziergangschritt war für ihn vermutlich so etwas wie ein Olympiarekord im Einhundertmeterlauf. »Ich will zum Frühschoppen. Kommst du mit?«

Er schüttelte den Kopf und zog mich am Oberarm mit sich. »Zu viele Ohren.«

Besorgt folgte ich ihm.

Im Schatten des Kirchturms standen einige ältere Damen in feiner Sonntagsgarderobe. Ohne weiter auf sie zu achten, marschierte mein Vater mit mir im Schlepptau an ihnen vorbei zum Friedhof. Ich konnte gerade noch die Hand zum Gruß heben.

Wir setzten uns auf eine Bank.

Singvögel zwitscherten ausgelassen, Insekten schwirrten emsig in der warmen Sonne. Einige ältere Frauen besuchten die Gräber ihrer Lieben, ansonsten herrschte eine beschauliche Ruhe.

»Du bist also an Helene interessiert?«

Etwas verlegen kratzte ich mich am Hinterkopf. »Äh … so direkt würde ich … nun ja …«

Lachend klopfte mir mein Vater auf die Schulter. »Hör auf zu stottern. Bist doch kein Kind mehr.« Er wurde ernst. »Jung, wegen heute Morgen. Ich kann dir noch etwas erzählen.«

»Ist dir noch was eingefallen? Oder war dir vorhin die Zeitung wichtiger?«

»Ach was«, wehrte er ab. »Deine Mutter mag es nur nicht, wenn ich über andere schlecht rede. Sie ist mitunter so … harmoniesüchtig.«

Ich lachte. »Wo hast du denn das Wort aufgeschnappt?«

Versonnen blickte er über die Gräber. »Der Hubert ist ein Säufer, zumindest das hat dir deine Mutter ja erzählt. Nur ist das nicht alles. Er soll auch ein Spieler sein, nach dem, was man so hört. Und da er selbst kaum noch einen Handschlag macht, hat er sich so ausländisches Gesocks auf den Hof geholt. Die hausen dort und arbeiten für einen Hungerlohn, zwei Tschechen, Kroaten oder was weiß ich, woher die kommen. Die sprechen mit niemandem. Weil sie vermutlich kein Deutsch verstehen, geschweige denn sprechen können.«

Ich stöhnte auf. »Papa, mach mal halblang. Nur weil jemand von außerhalb kommt, muss er kein schlechter Mensch sein.«

»Ja, ja, ist schon gut. So meinte ich das auch gar nicht. Ich habe ja nichts gegen sie, ist mir nur so herausgerutscht.«

Das stimmte, er meinte es nicht persönlich. Ich kannte meinen Vater lange genug, um das zu wissen. Er fürchtete sich vor einer Überfremdung. Nicht selten wetterte er auch gegen die Holländer, die schleichend die Eifel aufkauften, anstatt froh zu sein, dass dadurch in vielen baufälligen Ruinen wieder Leben einzog.

Kies knirschte.

Eine Frau kam mit einer Gießkanne in der Hand vorbei.

Wir grüßten freundlich.

Als sie wieder außer Hörweite war, sagte mein Vater: »Eine große Schnauze hat der Hubert und nichts dahinter. Ein Angeber ist er, arglistig, selbstherrlich, größenwahnsinnig. Zusammengefasst: ein Arschloch.« Er ballte die Fäuste.

»Arschloch?«, wiederholte ich erstaunt. Mein Vater benutzte normalerweise keine Kraftausdrücke. In meinem ganzen Leben hatte ich nur ein Mal das Wort »Scheiße« von ihm gehört. Es war an dem Tag gewesen, als unser Golf, eingehüllt in eine dunkle Qualmwolke, den Geist aufgeben hatte.

»Ein riesiges, ja«, bekräftigte er. »Das steht fest.«

»Okay, alles klar. Er prahlt gern, trinkt zu viel und verzockt hier und da Geld beim Skat. Wenn einen das zum Arschloch macht, müsste man allerdings jedem zweiten Eifler vorsichtig begegnen.« Ich lachte amüsiert.

Mein Vater verzog keine Miene. »Wir hatten in den Neunzigern einige große Feuer hier in der Gegend, vielleicht erinnerst du dich. Brandstiftung, wie sich später herausstellte. Der Täter wurde nie gefasst.«

Mein Lachen blieb mir im Hals stecken. »Was willst du andeuten?«

Blöde Frage, ich ahnte bereits, worauf er hinauswollte.

»Hubert zeigte damals besonderen Einsatz und wurde von allen Seiten gelobt. Als er bald darauf aus der Feuerwehr ausschied, übrigens nicht ganz freiwillig, hörten die Brände auf.«

»Kann Zufall sein.«

»Ja.« Seine raue Stimme verriet, dass er anders dachte.

Resigniert hob ich die Arme und ließ sie wieder fallen. »Okay, hab verstanden. Du magst ihn nicht, und alles Unheil hier im Dorf hat Hubert verschuldet. Das ist mir etwas zu einfach gestrickt, aber wenn es deine Meinung ist, respektiere ich sie.« Ich wollte aufstehen, doch mein Vater hielt mich am Oberarm zurück und sah mich eindringlich an.

»Pass gut auf dich auf, Junge.«

Spöttisch zog ich eine Augenbraue nach oben. »Jetzt halt mal den Ball flach, Papa. Helene interessiert mich, nicht der Hubert. Aber wenn es dich beruhigt, werde ich versuchen, ihm aus dem Weg zu gehen.«

Mein Vater packte meinen Arm fester und drückte so heftig zu, dass mir der Schmerz bis in den Ellbogen schoss. Mit zusammengekniffenen Augen sah er mich an. »Das ist mein Ernst. Der Hubert ist gefährlich. Sieh dich vor.«

Ich schluckte. »Ist ja gut, ich passe auf.« Da mein Vater mich zweifelnd ansah, fügte ich noch ein »Versprochen« an.

Einen Moment zögerte er, dann ließ er meinen Oberarm los.

Ich rieb mir die schmerzende Stelle.

Begütigend klopfte er mir auf die Schulter. »Gut, sehr, sehr gut. Vorsicht ist die Mutter der Keramik.«

»War es nicht Porzellan? In einer Kiste?«

Er lachte und stand auf. »Nicht für einen ehemaligen Gas- und Wasserinstallateur.«

»Du warst Fliesenleger.«

»Das auch. Ich habe alles gemacht, bin eben ein Multitalent.«

Beschwingt ging er davon. Mein Versprechen schien eine Last von ihm genommen zu haben. Kurz darauf verschwand er hinter der Kirche aus meinem Blickfeld.

»Soso, der Hubert ist also gefährlich«, murmelte ich kopfschüttelnd. »Was sich alte Leute so einreden.«

Später habe ich mir oft gewünscht, ich hätte die warnenden Worte meines Vaters nicht so leichtfertig abgetan.

4

Den Rest des Tages und fast den ganzen Montag schob ich den Besuch auf dem Hof der Rechkemmers vor mir her. Dabei wäre genug Zeit für einen Abstecher gewesen, auch zwischen zwei Aufträgen. Aber einfach so auf den Hof zu fahren und Helene zum Essen einzuladen, schien mir nicht der richtige Weg zu sein. Wie würden wohl ihre Eltern auf so etwas reagieren? Hier, in der dörflichen Eifel, sah man das etwas enger als in der Stadt. Ich konnte nicht einfach mit der Tür ins Haus fallen, da würde ich wie ein dahergelaufener Eindringling wirken, der keinen Anstand besaß. Gut, ich hätte anrufen können. Doch meiner Meinung nach war das noch unpersönlicher.

In solchen Dingen kannte ich mich einfach nicht aus. Wie auch, mir fehlte die Übung. Außer einer Verflossenen in Ludwigshafen, die ich ganz stadtgemäß in einer Disco kennengelernt hatte, hatte ich noch keinem Mädchen ernsthaft und vor den Augen der Eltern den Hof gemacht.

Stundenlang grübelte ich darüber nach, wie ich am besten vorgehen sollte. Mir fiel partout keine einfache Lösung ein.

Es dämmerte bereits, als ich den Mut fasste und meinen Lieferwagen allen Bedenken zum Trotz zum Hof der Rechkemmers steuerte. Sollte ich auf Helenes Eltern treffen, würde ich mich artig vorstellen und versuchen, mich in ein gutes Licht zu rücken. Besser als nichts.

Mein Lampenfieber brachte mich fast um.

Obwohl ich schon oft an dem Anwesen vorbeigefahren war, beeindruckte mich die Ansicht aus der Nähe und flößte mir zusätzlichen Respekt ein. U-förmig gruppiert standen die Gebäude des Dreiseithofes etwas abseits von Giesdorf inmitten von Wiesen und Äckern. Eine Hochspannungstrasse führte unweit des Hofs den Nordseewind-Strom in die südlichen Bundesländer. Direkte Nachbarn gab es nicht, sah man einmal von dem Getränkehandel ab, der etwas entfernt auf der anderen Straßenseite lag.

Das riesige Wohnhaus wirkte klein im Vergleich zu dem Schweinestall, der von der Größe her jeder Kaserne Konkurrenz machen konnte. Ich fuhr durch die Einfahrt auf einen großzügigen Innenhof, der alles von mir bisher Gesehene in den Schatten stellte. Hier hätte die Dürener Annakirmes stattfinden können.

Links von mir stand das Haus der Rechkemmers.

An den Stall, der im rechten Winkel zum Wohnhaus stand und die Grundlinie des Us bildete, lehnte sich ein deutlich kleineres, baufälliges Gebäude an. Es sah aus wie ein ehemaliges Wohnhaus, vermutlich die alte Unterkunft der Familie. Das U wurde auf der rechten Seite von der Scheune, einer Werkstatt, der Fuhrparkhalle und einer Garage komplettiert, deren Tor offen stand. Wie Wehrtürme überragten außerdem zwei Silotürme das Anwesen. Sie standen vor dem U, vergleichbar mit ü-Pünktchen, und versperrten mit zahlreichen mannshohen Sträuchern davor größtenteils die Sicht von der Straße in den Innenhof.

Ich stieg aus. Es roch widerlich nach dem Mist, der als dampfende Masse vor dem Stall aufgehäuft lag.

Eine finstere Gestalt drückte sich an der Stalltür herum.

Die tiefe lange Narbe auf seiner linken Backe fiel mir sofort auf.

Er schaute zu mir herüber, betrachtete mich eine Weile aus zusammengekniffenen Augen und schien dann ein Urteil gefällt zu haben. Er spuckte auf den Boden und verschwand im Stall. Offensichtlich stellte ich keine Gefahr dar.

Ich fasste mir ein Herz und schellte.

Kurz darauf hörte ich Schritte im Hausflur.

»Wer ist da?«, fragte eine kaum verständliche Frauenstimme.

Ich stutzte. Das war überaus unüblich. Hier in der Gegend wurde sogar Vertretern der Zeugen Jehovas bereitwillig die Tür geöffnet. War das Helene? Oder doch eher ihre Mutter Monika?

Ich räusperte mich. »Klaus! Klaus Schmelzer.«

»Oh.« Der Schlüssel wurde gedreht, und die Tür schwang auf. Endlich stand ich Helene gegenüber.

Das lief ja wie am Schnürchen. Die ganzen Bedenken, die ich mit hierhergeschleppt hatte, fielen von mir ab.

Ihre Haare standen in alle Richtungen. Sie schien gerade aus dem Bett gestiegen zu sein. Mit hastigen Handbewegungen versuchte sie, die Frisur wieder in Form zu bringen, und starrte mich an.

»Was willst du denn hier?« Sie wischte sich eine widerspenstige Haarsträhne hinter das Ohr.

Aus dem Inneren des Hauses hörten wir eine dumpfe Stimme fragen, wer denn gekommen sei.

Helene rief meinen Namen nach hinten. Diese Information schien der Person zunächst zu genügen, sie fragte nicht weiter nach.

Ich bemerkte, dass ich nervös an meinem Ohrläppchen zupfte, und zwang mich, die Hände in den Hosentaschen meiner Latzhose zu verstauen. »Ich wollte dich fragen, ob wir nicht mal ausgehen könnten.«

Mist! Mit den Händen in den Taschen sah ich bestimmt aus wie Kapitän Seebär aus den Petzi-Geschichten, die ich als Kind so sehr geliebt hatte. Schnell zerrte ich sie wieder heraus und ließ sie einfach baumeln.

Helene zog ihre Stirn kraus. »Ausgehen?«

»Hochoffiziell und ganz zwanglos«, versicherte ich. »Wir kommen ins Gespräch, plaudern ein wenig über Gott und …«

»Nein.«

Ein Wort nur. Aber es traf mich unvermittelt wie eine Ohrfeige. Brutaler konnte man niemanden abweisen. Mein Magen zog sich schmerzhaft zusammen.

Traurig schüttelte sie den Kopf. »Es ist nicht so, wie du denkst, Klaus, ich …«

Ein Schatten tauchte hinter Helene auf. »Schmelzers Klaus? Mein Gott, dich habe ich ja ewig nicht mehr gesehen. Du bist doch in die Stadt, oder?« Monika Rechkemmer drängte sich an Helene vorbei und streckte mir die Hand zum Gruß entgegen.

»Meine Mutter Monika«, stellte Helene überflüssigerweise fest.

Die Ähnlichkeit der beiden war verblüffend. Wären da nicht

die faltigen Mundwinkel und die Krähenfüße in Monikas Gesicht, sie hätten als Zwillinge durchgehen können.

Ich schlug ein und lächelte freundlich. Dann musterte ich sie skeptisch. Irgendetwas stimmte mit ihr nicht. Ihr schlaffer Händedruck fühlte sich an, als würde ich in Pudding greifen. Die hohlen Wangen, die dürren Ärmchen und ihre gebeugte Körperhaltung ließen sie zerbrechlich aussehen.

War sie krank?

Erwartungsvoll sah Helenes Mutter mich an. Ich musste etwas sagen. »Äh … nun ja … Sie können sich also noch an mich erinnern?«

»Selbstverständlich kann ich das. Du warst mit Helene im Kindergarten und in der Schule. Ich habe das sprichwörtliche Elefantengedächtnis.« Sie tippte sich an die Schläfe. »Was ich darin abspeichere, vergesse ich nicht mehr.« Sie wandte sich an Helene. »Schatz, bitte denk nicht, ich hätte gelauscht.«

Helene verdrehte die Augen. »Wie könnte ich?« Ihr sarkastischer Tonfall bewies, dass sie genau das Gegenteil dachte.

»Was ist denn los?«, wollte ihre Mutter wissen.

Helene zögerte. Einen kurzen Moment lang sah ich Furcht in ihren Augen.

Mein Gott, hat sie etwa Angst vor mir?, dachte ich. Aber warum denn nur? Meine Laune rutschte in den Keller.

»Klaus hat mich eingeladen«, erwiderte Helene tonlos. Es hörte sich an, als hätte ich etwas Unmoralisches getan.

Ihre Mutter strahlte. »Wie schön. Das freut mich für dich.«

Helene antwortete nicht. Krampfhaft verdrehte sie die Hände ineinander.

Ich hatte genug gesehen. »Vielleicht ein andermal«, sagte ich und wandte mich um. Schon nach wenigen Schritten war ich bei meinem Auto angelangt. Nur schnell fort von hier, raus aus dieser schmerzlichen Situation.

Doch Frau Rechkemmer hielt mich auf. »Klaus, warte! Bitte.«

Ich blieb stehen.

»Wo ist das Problem?«, fragte sie ihre Tochter leise, und die beiden flüsterten eine Weile.

Sosehr ich mich auch anstrengte, ich konnte nichts verstehen. Es schien aber heftig hin und her zu gehen, denn beide wirkten verspannt, und ihre Hände waren zu Fäusten geballt.

Was sollte das?

Helene sollte doch nicht dazu überredet oder sogar gezwungen werden, mit mir auszugehen. Ein gemeinsamer Abend, der nur unter Zwang stattfand, war nicht gerade das, was ich mir erhofft hatte.

Ich fühlte mich wie Sauerbier, das angepriesen wurde.

Oder ging es um ganz etwas anderes?

Das alles hier war mir vollkommen unverständlich. Und auch zu blöd. Ich zog die Fahrertür meines Wagens auf.

»Eine Sekunde noch!«, rief Frau Rechkemmer. Zu Helene sagte sie: »Mach dir keine Sorgen, ich klär das schon.« Sie schlang die Arme um Helene, die stocksteif und unschlüssig dastand, und drückte sie fest. Dabei murmelte sie ihrer Tochter etwas ins Ohr.

Helene erwiderte die Umarmung, und die Spannung fiel von beiden ab. Sie schienen erleichtert zu sein.

Neugierig wartete ich ab. Die Situation schien sich nun doch noch zu meinen Gunsten zu verändern. Und wenn nicht, konnte ich immer noch als geprügelter Hund vom Hof schleichen.

Helene löste sich aus der Umarmung ihrer Mutter und kam lächelnd auf mich zu. Die Furcht war aus ihren Augen gewichen. »Morgen Abend um acht? Du kennst bestimmt ein gutes Restaurant. Vielleicht in Prüm? Wäre dir das recht?«

Überrascht sah ich an ihr vorbei zu ihrer Mutter. Die nickte mir aufmunternd zu und verschwand im Inneren des Hauses. Ich konzentrierte mich wieder auf Helene. »Du sollst dich aber nicht … äh … verpflichtet fühlen.«

Sie lachte. »Was redest du für einen Unsinn? Ich gehe gern mit dir aus.«

Es klang aufrichtig.

»Dann gern. Morgen um acht, ich stehe pünktlich bei dir auf der Matte.« Ungelenk drückte ich sie kurz an mich und stieg dann ins Auto. Zum Abschied winkte ich ihr zu.

Mit einem strahlenden Lächeln im Gesicht winkte Helene zurück.

***

Am nächsten Tag drehten sich meine Gedanken nur um die Verabredung.

Die Mittagspause verbrachte ich zu Hause. Doch selbst den Döppekochen meiner Mutter, den ich sonst so sehr schätzte, konnte ich nicht richtig genießen. Zu sehr flatterten mir die Schmetterlinge im Magen.

Abends um sieben nahm ich den Lichtbogen eines Kurzschlusses zum Anlass, für heute aufzuhören. Ich hatte vergessen, beim Wechseln einer Steckdose die Sicherung auszuschalten. Eine lebensgefährliche Nachlässigkeit. Ich konnte mich einfach nicht mehr konzentrieren. Daher verabschiedete ich mich von meinem Kunden und versprach ihm, die Arbeit am kommenden Morgen wieder aufzunehmen.

In einem Affenzahn raste ich nach Hause. Dabei überrollte ich fast eine schwarze Katze, die auf dem von der Sonne warmen Asphalt lag und döste. Gerade noch rechtzeitig rettete sie sich mit einem riesigen Sprung auf den Bürgersteig.

Später habe ich oft an diese Szene gedacht. Ob es wohl ein Omen gewesen war?

Zu Hause angekommen sprang ich unter die Dusche. Sauber gekleidet und frisch rasiert saß ich keine zehn Minuten später bereits wieder im Auto.

Dabei war die Eile vollkommen überflüssig gewesen; ich erreichte den Hof der Rechkemmers zwanzig Minuten zu früh. So beschloss ich, den Wagen im Ort stehen zu lassen und ein Stück zu Fuß zu gehen. Der Spaziergang würde mir helfen, meine Unruhe unter Kontrolle zu bringen.

Gierig saugte ich die warme Luft ein. Ein tiefes Brummen von Dieselmotoren hing über dem Dorf. Die Ernte war in vollem Gange. Zu dieser Jahreszeit fuhren die Mähdrescher bis tief in die Nacht hinein. Erst wenn die Halme vom nächtlichen Tau zu feucht wurden, um weiter geschnitten zu werden, stoppten sie. Ich warf einen Blick auf die grüne Kuppel der Biogasanlage am Ortsausgang. Die gehörte auch den Rechkemmers.

Wenige Minuten später schritt ich durch die Einfahrt des u-förmigen Hofes.

»Sieh an, der Schmelzers Klaus.«

Mit der flachen Hand schirmte ich meine Augen ab und suchte nach dem Mann, dem die krächzende dünne Stimme gehörte. Links von mir, im Schatten des Vordachs, saß er in einem Rollstuhl. Trotz des warmen Sommerabends lag eine karierte Decke über seinen Beinen. Auf seinem kahlen Schädel blühten Altersflecken, die Augen wirkten glasig und der Unterkiefer zitterte. Die graugelbe Hautfarbe wies auf eine schwere Erkrankung hin.

Zögerlich näherte ich mich ihm. Ich kannte den Mann. Damals in der Grundschule nannten wir ihn »Herkules«. Er war ein Berg von einem Mann gewesen, mit Unterarmen wie Popeye und einem fassgleichen Brustkorb. Davon war heute rein gar nichts mehr zu sehen. Vor mir saß Helenes Großvater, der alte Erich.

Mit seinen gichtigen Händen fingerte er unter der Decke herum und zog eine Packung filterlose Ernte 23 hervor. Er steckte sich eine an und nahm einen tiefen Zug, dann spie er einen Tabakkrümel aus. »Scheißzeug«, sagte er und bot mir auch eine an.

Ich schüttelte den Kopf.

»Ist auch besser so. Kinder sollten nicht rauchen.« Er lachte röchelnd, wies dann mit der Hand auf die Bank an seiner Seite. »Setz dich, wir müssen reden.«

Neugierig, was der alte Mann von mir wollte, nahm ich die Einladung an. Ein paar Minuten hatte ich noch.

Er glotzte mich aus tief in den Höhlen liegenden Augen an, ein hohlwangiger Totenkopf, wie es schien, zog heftig an seiner Kippe und schien seinen Wunsch nach einem Gespräch vergessen zu haben.

»Damals nannten wir Sie ›Herkules‹«, sagte ich, um das Schweigen zu brechen.

Er lachte gequält. »Ist nicht mehr viel von über.«

»Nun ja«, wich ich aus, »so einen Schlaganfall muss man erst mal wegstecken.«

Er schüttelte den Kopf. »Nein, nicht den Schlaganfall.« Er hob seine Decke ein wenig an, und ich sah einen durchsichtigen Beutel, in dem eine gelbliche Flüssigkeit schwappte. »Blasenkrebs.«

»Übel.«

»Weißt du, was das Schlimmste daran ist?«

»Die Schmerzen?«

»Der Pimmel an der Leine.« Prustend lachte er los. Wieder hob er die Decke an und tippte mit der Hand, die die Zigarette hielt, auf den Katheter.

Ich fiel in das Lachen ein. Erich sah zwar aus wie ein mit Pergamentpapier bespanntes Gerippe, doch sein Humor schien unter dem Verfall nicht gelitten zu haben.

Er hielt mir die Hand hin. »Bin der Erich.«

Ich schlug ein. »Meinen Namen kennst du ja bereits.«

»Und du willst mit Helene ausgehen?«

»Mit deiner Erlaubnis.«

»Dummschwätzer.« Er lächelte verschmitzt. »Als ob ich euch daran hindern könnte. Ihr Jungs macht doch heute, was ihr wollt.«

»Wir hatten gute Lehrmeister.«

Krächzend lachte Erich. »Du gefällst mir, bist nicht auf den Mund gefallen.« Er aschte auf den Boden und wurde ernst. »Du willst dich also tatsächlich in Gefahr begeben?«

»Oh, so schlimm wird es hoffentlich nicht werden. Also, im Sandkasten konnte Helene sicher fuchsig werden, wenn man ihr ein Förmchen klaute, aber inzwischen …«, scherzte ich.

Er lachte nicht. »Du solltest wissen, wann ein Spaß angebracht ist und wann nicht«, erwiderte er brüsk. »Nicht alles lässt sich mit einem Scherz aus der Welt schaffen.«

Ratlos sah ich ihn an. Was meinte er? Und was hatte diesen Stimmungsumschwung veranlasst?

»Weißt du, ich habe mir immer etwas auf meine gute Menschenkenntnis eingebildet.« Versonnen blickte Erich in Richtung Schweinestall. Das Narbengesicht von gestern Abend lehnte dort lässig am Türrahmen und sonnte sich in der Abendsonne. »Dass ich mal so sehr danebenliegen könnte, hätte ich niemals erwartet. Wäre ich nicht an diesen Rollstuhl gefesselt, nicht in diesem Wrack von einem Körper gefangen, ich hätte schon längst was unternommen.« Seine Kiefermuskeln zuckten angespannt.

Er kramte nach einer neuen Zigarette, sah sie sich einen Moment an, steckte sie dann hinter sein Ohr. »Du kannst den Leuten nur vor die Stirn schauen, Klaus, merk dir das.«

Ich nickte und blickte wieder zu dem Narbengesicht hinüber. Besonders vertrauenswürdig sah er in seiner abgerissenen Hose nicht aus. Man musste kein großer Menschenkenner sein, um skeptisch zu werden.

Ein zweiter Mann tauchte aus dem Dunkel des Stalls auf, schob sich an dem anderen vorbei und hockte sich an die Außenwand. Die beiden sahen sich ähnlich, vermutlich waren sie Brüder. Sie redeten etwas in einer Sprache, die ich nicht verstand, und lachten lauthals.

Die Haustür schwang auf, und Helene trat heraus. »Du bist ja schon da.« Sie zog mich von der Bank hoch und umarmte mich.

Maulaffen feilhaltend stand ich vor ihr.

Mir fehlten die Worte.

Helene sah atemberaubend aus. Sie hatte sich mächtig in Schale geschmissen. Der knielange Rock und das eng anliegende Top brachten ihre Rundungen perfekt zur Geltung.

»Sabber nicht rum, Jung«, sagte Erich. »Mach den Mund zu und fahrt endlich los.«

Die Röte schoss mir ins Gesicht.

Der Alte grinste von einem Ohr zum anderen. Er schien sich köstlich zu amüsieren.

Ich räusperte mich. »Mein Wagen steht im Dorf.«

Erst jetzt wurde mir mit einem Blick auf ihre Füße bewusst, wie ungünstig das war. Auf ihren Pumps würde Helene eher die kurzen Wege suchen. »Ich hol ihn rasch.«

»Ach was.« Helene nahm meinen Arm und setzte sich in Bewegung. »Die paar Meter schaffe ich schon.«

Als wir den Hof verließen, riefen wir dem Alten noch ein »Tschüss« zu und winkten.

Er bedachte uns mit einem besorgten Blick, der mich im Innersten berührte. Rasch konzentrierte ich mich wieder auf Helene und auf den Abend der Abende, der nun vor uns lag.

5

»Hast du das von Erich schon gehört?«, fragte Lobowski leise.

Klaus Schmelzer wandte sich vom Fenster ab. »Was meinst du?«

»Er ist gestern im Krankenhaus verstorben.«

Schmelzer presste die Lippen aufeinander und blickte betroffen zu Boden. In seinen Augen schimmerten Tränen. Die Nachricht schien schwer auf ihm zu lasten.

»Es tut mir leid«, sagte Lobowski. Er spürte, wie sehr sein Freund den alten Kerl gemocht hatte. »Wer weiß, wofür es gut war. Zumindest bleibt ihm so die Untersuchungshaft erspart.«

Schmelzer kam zum Tisch zurück und setzte sich. »Erich war ein anständiger Kerl.«

»Wie man's nimmt«, konnte sich Lobowski nicht verkneifen zu bemerken.

»Wie meinst du das?«

»Nun, immerhin hat er Beihilfe zum Mord geleistet. Zumindest nach dem, was ich bisher gehört habe. Ich hatte noch keine Akteneinsicht. Ich glaube aber nicht, dass …«

Schmelzer schlug donnernd mit der Faust auf den Tisch, sodass die Aktentasche ein Stück in die Höhe hüpfte. »Hör auf! Du weißt gar nichts.«

Unbeeindruckt sah Lobowski ihn an. »Und wenn Erich dir deiner Meinung nach die Sterne vom Himmel geholt hat: Er hätte sich vor Gericht dafür verantworten müssen.« Er beugte sich vor. »Egal, was du mir noch erzählst, Klaus, den Tatsachen solltest du in die Augen schauen.« Er lehnte sich wieder zurück. »Und nicht nur das. Liest du hier drin Zeitung?«

Schmelzer schüttelte den Kopf.

»Solltest du aber.« Lobowski öffnete die Erinnerungsapp in seinem Smartphone. »Ich lass dir die Tagespresse zukommen. Schau dir an, was die Medien aus euch machen, dann verstehst du mich.«

Schmelzer atmete schwer. »So schlimm?«

»Ihr habt sämtliche Kriegsverbrecher, Vergewaltiger und Pädophile von der ersten Seite vertrieben.«

»Scheiße.«

Lobowski steckte das Smartphone zurück in die Tasche. »Dass der Erich in Ordnung war, glaube ich dir ja. Aber es hilft nicht, es einfach nur lautstark zu verkünden.«

Schmelzer nickte stumm.

»Hunger?«

Unbestimmt zuckte Schmelzer mit den Schultern.

Lobowski stand auf und klopfte an die Tür.

Ein Schlüssel rasselte im Schloss, und das Gesicht des Polizeibeamten tauchte im Türspalt auf. »Fertig?«

»Leider nein, es wird noch eine Weile dauern. Kann ich vielleicht eine Pizza bestellen?«

Missmutig verzog der Beamte das Gesicht.

»Ich sag Ihnen was: Sie vertreten sich kurz die Beine und besorgen uns zwei Salamipizzen. Etwas frische Luft hat noch keinem geschadet.«

»Der Kerl könnte auf Sie losgehen.«

Lobowski lachte. »Ich weiß mich zu wehren. Davon abgesehen sind wir alte Freunde.«

Der Beamte zögerte noch kurz, dann gab er sich einen Ruck. »Okay. Ein wenig frische Luft wird mir tatsächlich guttun.« Er gähnte ausgelassen.

Lobowski gab ihm einen Zwanzig-Euro-Schein und setzte sich wieder zu Schmelzer.

»Helene?«, fragte der mit belegter Stimme und sah ihn hoffnungsvoll an.

»Bitte?«

»Du weißt doch bestimmt auch, wie es Helene geht.« Seine Hände zuckten vor. Es sah aus, als wollte er sie auf Lobowskis legen, was er jedoch im letzten Augenblick unterließ.

»Da muss ich dich leider enttäuschen. Aber ich verspreche dir, mich nach ihr zu erkundigen, wenn ich hier raus bin.«

Enttäuscht ließ Schmelzer den Kopf hängen. »Das«, er schluckte schwer, »ist nett von dir.«

»Nein, nur selbstverständlich. Jetzt lass uns weitermachen. Du mochtest Erich also?«

Ein warmes Lächeln stahl sich in Schmelzers Mundwinkel. »Ein feiner Mensch.«

»Hm, mir erschien er immer ein wenig brüsk. Vor allem in den letzten Jahren.«

»Er hat es nie verwunden, Hubert den Hof übereignet zu haben. Das hat ihn irgendwie bitter gemacht.«

»Ich hab nie verstanden, wieso er einem Wildfremden seinen gesamten Grundbesitz übereignet hat. Ich meine, er hätte doch alles seiner Tochter, äh ...«

»Monika.«

»Richtig, Monika. So blöd kann man doch nicht sein. Warum hat er es nicht ihr überschrieben?«

»Ich glaube, genau diese Frage hat Erich bis ins Grab hinein verfolgt. Oder ihn vielleicht sogar ins Grab gebracht. Die einzige Erklärung, die ich parat habe, ist die, dass Erich ein sehr konservatives Weltbild hatte. Der Mann versorgt die Familie, die Frau steht am Herd. Und er war sehr religiös, katholisch noch dazu. Bis dass der Tod uns scheidet. Für ihn war die Ehe heilig, eine Scheidung ausgeschlossen. So machte es für ihn wohl keinen Unterschied, ob sein Nachfolger zur Familie gehörte oder nur angeheiratet war. Zunächst jedenfalls nicht. So überschrieb er Hubert halt den Hof.«

»Sehr blauäugig.«

»Oder gutmütig? Es ist müßig, darüber nachzudenken. Es war ein schwerwiegender Fehler, das hat Erich schließlich verstanden.«

Lobowski ließ es auf sich beruhen. Es nutzte nichts, über verschüttete Milch zu diskutieren. »Okay, gut, kommen wir auf die beiden Knechte zu sprechen. Dieses Narbengesicht und sein Bruder. Wenn es denn sein Bruder ist.«

»Ist es. Ivan Krovz, der mit der Narbe heißt Sergej.«

»Beide sind flüchtig, habe ich in der Zeitung gelesen.«

Schmelzer schüttelte den Kopf. »Ivan hat das Land vor der Tat verlassen. Er wollte zurück in die Heimat.«

»Hast du das der Polizei erzählt?«

»Ich sah dazu keine Veranlassung. Ivan hat mit alldem nichts zu tun.«

»Mag sein, aber die Polizei weiß das nicht. Mit einer Aussage kannst du ihm helfen.«

Schmelzer überlegte einen Moment. »Verstehe, ja, okay. Organisier das bitte.«

»Mach ich. Und was ist mit Sergej?«

»Ich vermute, der ist inzwischen bei seinem Bruder.« Schmelzer lachte verhalten. »Das sind vielleicht zwei Spitzbuben. Leider aber durch den Krieg verroht.«

»Krieg?«

»Ja. Beide waren Soldaten im Kosovo. Was sie durchgemacht haben, ist unvorstellbar. Sie haben ihre Landsleute sterben sehen, Männer, Frauen und Kinder, grausam getötet durch den Feind. Sergej musste sogar …« Wieder schluckte Schmelzer hart. »Seine Familie, seine Tochter und seine Frau wurden vergewaltigt und aufgeknüpft. Er war desertiert, um ihnen zur Flucht zu verhelfen. Doch es ging schief.«

»Verstehe. Der Feind war schneller.«

Schmelzers Gesichtszüge verhärteten sich. »Es waren die eigenen Leute. Sergej war ein Deserteur, ein Vaterlandsverräter. Und das haben sie ihn spüren lassen. Es waren seine eigenen Kameraden, denen er mehr als einmal das Leben gerettet hatte. Er hat alles mit anschauen müssen.«

»Und ihn haben sie leben lassen?«

Schmelzer nickte. »Gibt es etwas Grausameres?«

Sie schwiegen eine Weile. Lobowski versuchte, die schrecklichen Bilder, die sich in seinem Kopf festgesetzt hatten, zu verdrängen. Es war ihm halbwegs gelungen, als es im Türschloss rasselte und der Beamte eintrat. Er stellte zwei Pizzakartons und eine Flasche Cola auf dem Tisch ab, wünschte »Guten Appetit« und verschwand so schnell, wie er eingetreten war.

Lobowski schob Schmelzer einen der Pizzakartons zu und öffnete den zweiten. Es roch verführerisch nach Mozzarella, Basilikum und Oregano. »Am besten erzählst du einfach weiter«, sagte er und biss von der ersten Ecke ab. Der Käse zog einen Faden. »Beim Essen ist mir eine Liebesgeschichte angenehmer.«

Schmelzer probierte seinerseits ein Stück und nuschelte: »Das könnte aber nach hinten losgehen.«

6

Wir fuhren nach Prüm und setzten uns an einen freien Außentisch im Restaurant »Kölner Hof«. Eine angenehm warme Spätsommerbrise umwehte uns. Der Herbst schien noch weit entfernt zu sein.

Wir bestellten zwei Weinschorlen und die Speisekarte.

Helene war nicht wiederzuerkennen. Hier ein kokettes Lächeln, dort eine leichte erotisierende Berührung – sie bestach durch Esprit und ausgezeichnete Laune. Mit jeder Geste signalisierte sie mir ihre Zuneigung. Ich fühlte mich wie im siebten Himmel.

Wir plauderten über Gott und die Welt. Nach dem Essen schlenderten wir zur Abteikirche hinunter. Die rosa Fassade leuchtete satt in der untergehenden Abendsonne. Wir tranken noch ein Gläschen Wein in der »Stiftsklause« und machten uns auf den Heimweg.

Zum Auto gingen wir eng umschlugen. Dort angekommen nahm ich meinen ganzen Mut zusammen, beugte mich zu ihr hinab und küsste sie.

Leidenschaftlich erwiderte sie den Druck meiner Lippen.

Ich fühlte mich schwerelos und konnte gar nicht genug von ihr bekommen. Für mein Empfinden viel zu früh drängte sie mich sanft von sich und lachte. »Was sollen die Leute sagen?«

»Lass sie reden.« Ich beugte mich vor, um erneut ihre Lippen zu berühren. Sollte sich unter uns der Boden auftun, würde ich Helene noch im Fall zum Erdmittelpunkt umklammern und küssen.

Sie stoppte mich, indem sie die Hand auf meine Brust legte. »In aller Öffentlichkeit, also wirklich.« Kokett wedelte sie mit dem Zeigefinger vor meiner Nase herum. »Lass uns lieber fahren, es wird Zeit.«

»Widerwillig«, brummte ich. Doch ich konnte ihr keine Bitte abschlagen.

Während der Fahrt lehnte Helene ihren Kopf an meine

Schulter und summte leise die Lieder mit, die im Radio gespielt wurden.

Auf dem Hof der Rechkemmers angekommen, blieben wir noch einen Moment im Wagen sitzen und lauschten auf das Knacken des erkaltenden Motors. Aus den Sprossenfenstern des Wohngebäudes fiel gelbes Licht zu uns nach draußen und malte Rechtecke auf den Beton.

»Sehen wir uns morgen?«, fragte ich.

Helene lehnte sich vor und blickte sich um, als suchte sie etwas. »Klar, gern«, sagte sie dann.

»Ist acht Uhr okay?«

»Bestens.« Es klang, als wäre sie nicht ganz bei der Sache. Fast hatte es den Anschein, als könnte sie es nicht erwarten auszusteigen.

»Was ist los?«

»Nichts, gar nichts.« Sie lachte überspitzt.

Ich ließ es darauf beruhen, obwohl ich ihr nicht glaubte. »Wir können uns beim ›Kalkofen‹ in Rommersheim auf die Terrasse setzen und was trinken. Oder ins Kino fahren.«

»Kalkofen hört sich gut an.«

»Soll ich dich abholen?«

»Schon okay, ich fahre mit dem Fahrrad. Ist gut für meine Figur.« Sie lächelte angestrengt.

Die Ausgelassenheit, die sie in Prüm an den Tag gelegt hatte, war wie weggeblasen.

Was war hier los? Kein normaler Mensch fuhr in der Eifel Fahrrad. Hier wurde alles mit dem Auto erledigt.

Bevor ich der Sache auf den Grund gehen konnte, wurde die Beifahrertür aufgerissen. »Komm raus!«, befahl eine harsche Stimme.

Ungestüm wurde Helene aus meinem Wagen gezerrt. Sie ließ es widerstandslos geschehen.

»He!«, rief ich und versuchte, sie am Arm zurückzuhalten, doch meine Finger glitten ab. Ich sprang aus dem Wagen, wuchtete mich um den Kotflügel herum und hob meine Fäuste.

Alles Mögliche hatte ich erwartet: Einbrecher, Entführer

oder das Narbengesicht, das auf der Suche nach einem Opfer war. Stattdessen stand ich Helenes Vater gegenüber.

Hubert achtete nicht auf mich, sondern stieß Helene in Richtung Haustür. »Los! Rein!«, befahl er.

Und Helene trottete los. Das Wort Widerstand schien sie nicht zu kennen. Mein Gott, sie war erwachsen. Wie konnte sie sich von ihrem Vater nur so behandeln lassen? Sie musste doch wenigstens eine Spur von Stolz besitzen.

»Was soll das?«, rief ich und fasste Hubert an der Schulter.

Der blieb wie festgefroren stehen und sah mit einem eisigen Blick auf meine Hand. »Nimm deine dreckige Flosse weg.«

Ich dachte gar nicht daran. Zwar war er einen Kopf größer als ich, doch ein ansehnlicher Bauch spannte seine Manchesterhose fast zum Bersten. Die knorrige rote Nase, sein glasiger Blick und die Alkoholfahne ließen keinen Zweifel daran, dass er zu tief ins Glas geschaut hatte. Bei einem Zweikampf würde er garantiert den Kürzeren ziehen.

»Wir waren mitten im Gespräch«, sagte ich scharf.

»Scher dich vom Hof!« Er schüttelte meine Hand ab.

Ich warf einen Blick zu Helene hinüber. Sie stand unter dem Vordach der Haustür und beobachtete alles. Normalerweise hätte ich Hubert eine gelangt, ein Kind von Traurigkeit war ich nie. Doch ich wollte vor ihr nicht als Schläger dastehen. Daher versuchte ich, die Wogen zu glätten. »Herr Rechkemmer, ich versichere Ihnen …«

»Du kannst dir deine Versicherung in den Arsch schieben«, zischte er. Speicheltröpfchen benetzten mein Gesicht.

Das war zu viel. Ich holte aus.

»Nein!«, rief Helene erschrocken.

Bebend vor Wut hielt ich inne, unfähig, einen klaren Gedanken zu fassen.

Hubert grinste blöde. Fast schien er enttäuscht zu sein, dass ich nicht angriff. »Sieh zu, dass du Land gewinnst«, sagte er und ließ mich einfach stehen.

Krachend schlug die Haustür hinter den beiden zu.

Ich blieb wie gelähmt draußen stehen. Die Grillen nahmen

ihr Zirpen wieder auf, einige Schweine grunzten im Stall, und irgendwo liebten sich kreischend zwei Katzen.

Dann hörte ich Hubert Rechkemmer schreien. Leider verstand ich kein Wort. Das Ganze endete mit einem Poltern, gefolgt von einem schmerzvollen Aufschrei, der mir die Gänsehaut auf die Haut trieb. Kurz darauf verloschen alle Lichter im Haus.

Wie betäubt setzte ich mich hinters Lenkrad und fuhr vom Hof, krampfhaft darum bemüht, Haltung zu bewahren.

Ich hatte keine Ahnung, was da gerade passiert war – und vor allem, warum.

***

An dem Abend wurde mir klar, dass bei den Rechkemmers irgendetwas nicht stimmte. Warum ließ sich Helene von ihrem Vater derart erniedrigen? Wieso war Hubert mir gegenüber so aggressiv? Er hatte doch keinen Grund dafür. Und das Geschrei hinter verschlossener Haustür zeugte auch nicht gerade von einem liebevollen Umgangston.

Ich machte mir meine Gedanken und kam zu dem Schluss, dass ich Helene darauf ansprechen musste. Sollte sich wirklich mehr zwischen uns entwickeln – und davon ging ich nach unserer gestrigen Verabredung aus –, wollte und musste ich alles über diese Familie wissen. Ansonsten stand eine Beziehung doch auf tönernen Füßen.

Der folgende Tag verstrich ohne weitere Ereignisse, und um kurz vor acht saß ich wie verabredet im »Kalkofen« und wartete auf Helene.

Nachdem ich mir ein Bit bestellt hatte, überlegte ich, was wir nach dem Essen unternehmen konnten. Den ganzen Abend hier in der Dorfkneipe zu verbringen, erschien mir nicht gerade romantisch. Ein Spaziergang wäre gut. Das milde Wetter lud dazu ein. Allein mit Helene durch die Wiesen zu streifen, erschien mir sehr verlockend.

Um Viertel nach acht war Helene immer noch nicht da, und ich wurde ungeduldig.

Hans, der Wirt, fragte mich im Vorbeigehen: »Möchtest du was zu essen?«

»Ich warte noch.«

»Oh! Habe ich was verpasst?«

»Ich habe ein Date.«

Der Wirt stützte sich mit den Armen auf dem Tisch ab. »Nee, sag bloß. Wer ist denn die Glückliche?«

»Neugierig bist du aber nicht, oder?«

»Mach es nicht so spannend.«

Ich grinste. »Helene«, sagte ich nicht ohne Stolz. »Kannst schon mal deinen Ofen anfeuern.«

Er richtete sich auf. Seine Augenbrauen rückten zusammen. »Die Helene vom Rechkemmer Hubert?«

Ich nickte.

»Na dann viel Spaß. Pass gut auf dich auf.« Er drehte sich um und ging hinaus, um die Gäste auf der winzigen Terrasse zu bedienen.

Überrascht von seiner Reaktion sah ich ihm nach. Was sollte die Warnung? Alle hier schienen mehr zu wissen als ich.

Um halb neun rutschte ich auf dem Stuhl hin und her und wippte nervös mit den Beinen. Ich ließ die Eingangstür nicht aus den Augen. Der Gastraum füllte sich zusehends, doch von Helene fehlte jede Spur. Einige Bierdeckel lagen zerfetzt vor mir auf dem Tisch. War ihr etwas zugestoßen? Ein Fahrradunfall? Verdammt, ich hätte sie abholen sollen.

Im Geiste sah ich Helene verletzt im Straßengraben liegen, das Rückgrat von einem Lkw-Spiegel zerschmettert. Sollte ich losfahren und sie suchen? Unschlüssig blieb ich hocken. Immer wieder kontrollierte ich mein Smartphone, hoffte auf eine erklärende Nachricht von Helene. Doch es zeigte sich nichts auf dem Display.

Um neun bestellte ich mir ein Schnitzel mit Fritten, pickte aber nur darin herum. Mir war der Appetit gründlich vergangen. Ich hätte allen Grund gehabt, wütend zu sein. Wieso versetzte sie mich? War es so schwer, eine erklärende SMS abzusetzen? Doch ich spürte nur bodenlose Enttäuschung.

Mit einigen Bieren hielt ich es schließlich sogar noch bis

halb elf aus. Der Schankraum leerte sich, und ich erwischte den Wirt bei einem spöttischen Lächeln.

»Kleiner Wildfang, die Helene, was?«, sagte er. »Scheint nach ihrem Vater zu kommen.«

»Kümmer dich um deinen eigenen Kram.« Missgelaunt stand ich auf, warf einen Fünfziger auf den Tisch und stapfte hinaus.

Ich ließ den Wagen stehen. Mein Vater konnte mich morgen früh hierherbringen. Er würde mich jetzt auch abholen, wenn ich ihn darum bitten würde. Doch in meinem Kopf wirkte der Alkohol, und meine Gefühle fuhren Karussell. Ich entschied mich, zu Fuß zu gehen. Die drei Kilometer an der frischen Luft würden mir guttun.

Auf dem Heimweg ertappte ich mich dabei, wie ich den Straßengraben absuchte. Neben diversen PET-Flaschen fand ich einen angegammelten Autoreifen und ein verrostetes Fahrradgestell. Besser als eine tote Helene, tröstete ich mich.

Um Mitternacht lag ich endlich im Bett. An Schlaf war aber mal wieder nicht zu denken. Unruhig wälzte ich mich hin und her.

Nach einer Stunde hielt ich es nicht mehr aus, schälte mich aus dem Bettlaken und schlich in die Küche. Ein Tee konnte nicht schaden. Mir klebte die Zunge am Gaumen, und der schale Nachgeschmack des Biers ekelte mich.

Als ich im Schrank nach dem Teebeutel suchte, fiel mir eine Packung Baldriankapseln in die Hände. Ich überflog den Begleittext auf der Rückseite der Schachtel. Zwei Kapseln schrieb die Dosierungsanleitung vor. Nach dem Grundsatz »Viel hilft viel« drückte ich sechs aus dem Blister. Schließlich wollte ich endlich zur Ruhe kommen und ein wenig schlafen.

Nachdem ich meinen Tee ausgetrunken und mit einer halben Flasche Wasser nachgespült hatte, ging ich wieder zu Bett.

Ich schlief tief und traumlos, was ich den Baldriankapseln zuschrieb. Dass ich am nächsten Morgen verkatert aufwachte, führte ich allerdings ebenfalls darauf zurück. Ich beschloss, zukünftig keine Baldriankapseln mehr einzuwerfen – oder vielleicht ein paar Bierchen weniger zu trinken.

***

Die Tage plätscherten dahin. Von Helene hörte ich nichts, meine Anrufe endeten auf ihrer Mailbox. Meine SMS las sie möglicherweise trotzdem, doch eine Antwort bekam ich nicht.

Inzwischen war ich richtig sauer. Ich war drauf und dran, auf den Rechkemmer-Hof zu fahren und ihr die Meinung zu geigen. Stattdessen beschloss ich, das Kapitel Helene einfach abzuhaken, sosehr es auch schmerzte. Sie hatte deutlich gemacht, dass sie keinen Kontakt mehr zu mir haben wollte. Was nützte da noch eine heftige Auseinandersetzung? Die Würfel waren gefallen.

Dann eben nicht, dachte ich trotzig und versuchte, mich so über die Schmerzen zu pushen.

Es funktionierte. Nach einem ruhigen Wochenende frühstückte ich am Montagmorgen mit Appetit. Da ich um elf einen Termin bei der Sparkasse hatte, für den ich mir den Vormittag frei gehalten hatte, konnte ich mir Zeit lassen und setzte mich mit der Zeitung in den Garten.

Um kurz vor elf stieg ich in meinen Lieferwagen und fuhr zur Sparkasse nach Prüm. Dort traf ich Andreas Henkel, meinen Kumpel aus der heimischen Fußballmannschaft, der in dieser Niederlassung der Filialleiter war.

»Komm rein in die gute Stube«, begrüßte er mich herzlich und verlor kein Wort über mein grottenschlechtes Spiel vom Samstag.

Wir setzten uns an seinen kleinen Konferenztisch und gingen Schritt für Schritt meine Finanzen durch. Bei meiner Firmengründung hatten wir gemeinsam den Finanzplan erstellt. In unregelmäßigen Abständen bat ich ihn, den Status quo zu überprüfen. Andreas wusste von meinem Misstrauen gegenüber Steuer- und Finanzberatern. Dass er mir half, obwohl es nicht zu den eigentlichen Aufgaben eines Filialleiters gehörte, rechnete ich ihm hoch an. Zufrieden stellten wir fest, dass mein Unternehmen auf sicheren Füßen stand.

»Alles bestens«, bestätigte Andreas. »Solltest du mit dem Gedanken spielen, dich zu vergrößern, steht dem nichts im Wege. Ich vermittle dir gern einen Kredit.«

»Ja, ja, schon klar. Darauf wartest du ja nur, wie eine Spinne im Netz. Wickelst deine Opfer ein und saugst ihnen den letzten Tropfen Blut aus den Adern.«

»Stimmt. Ich kann ganz schön fies sein.«

Lachend verabschiedete ich mich und riss seine Bürotür auf.

Mich traf fast der Schlag.

Vor mir stand Helenes Vater und versperrte mir den Weg.

»Du schon wieder«, knurrte er.

Ich zögerte kurz, überlegte, ob ich ihn nach Helene fragen sollte. Aber was sollte das bringen? Sie hatte mir bereits durch ihr Verhalten zu verstehen gegeben, was sie von mir wollte: nichts.

Ich wollte mich also an Hubert vorbeidrücken, doch er hielt mich am Arm zurück. »Moment!«

Verdutzt schaute ich auf seine Hand. Hinter mir sagte Andreas: »Sie können jetzt eintreten, Herr Rechkemmer.«

Hubert säuselte: »Herr Henkel, ich bitte Sie noch um ein wenig Geduld. Geben Sie mir zwei Minuten. Ich möchte gern ein paar Worte mit Herrn Schmelzer wechseln.«

»Wie Sie wünschen«, sagte Andreas. »Klopfen Sie bitte, wenn Sie so weit sind.« Er verschwand in seinem Büro.

»Sie können also auch freundlich«, stichelte ich.

Hubert lachte. Sein Bauch wackelte, als wäre dort ein Erdbeben ausgebrochen. »Kennst du den Henkel gut?«

»Ist ein Kumpel von mir«, gab ich offen zu. »Wir spielen Fußball zusammen.«

Seine Gesichtszüge hellten sich auf. »Schön, schön, schön«, murmelte er. »Wie läuft denn dein Laden? Du bist doch so ein Elektrofuzzi, oder? Geldsorgen?« Er wies mit dem Kinn auf Andreas' Büro.

»Ganz im Gegenteil«, beschied ich ihn brüsk. »Mein Geschäft brummt.«

»Schön, schön, schön«, sagte er wieder. Seine Augen leuchteten.

»Noch was?«, fragte ich genervt.

Hinter mir öffnete sich die Tür. Andreas strich sich mit einer Hand über die Krawatte. »Ich muss nun bitten, Herr Rechkemmer. Ich habe noch einen Anschlusstermin.«

Ich machte den Weg frei.

Hubert schob sich an mir vorbei. Bevor er mit Andreas das Büro betrat, sagte er noch: »Komm doch mal wieder bei uns vorbei. Helene weint sich die Augen nach dir aus.« Er zwinkerte mir vertraulich zu. »Bist ein ganz schöner Herzensbrecher, nicht wahr?« Die Tür schloss sich hinter ihm.

Verblüfft starrte ich auf die Stelle, an der er eben noch gestanden hatte. Dann verließ ich die Filiale.

***

Eigentlich wollte ich nicht zu Rechkemmers fahren. War ich nicht schon genug gedemütigt worden? Helene heulte sich also die Augen aus. Ja, warum meldete sie sich denn dann nicht einfach und erklärte mir alles? Hubert konnte mir viel erzählen.

Aber was, wenn es stimmte?

Zwei Tage hielt ich durch, dann kapitulierte ich.

Helene konnte es kaum glauben, als ich am Nachmittag überraschend vor der Tür stand. »Du?« Ihre Verwunderung war nicht gespielt, das spürte ich. Sie wollte mich umarmen, doch ich trat einen Schritt zurück.

»Ich habe versucht, dich zu erreichen«, sagte ich kühl. Mein Herz pochte, eine irritierende Welle von Wut und Zuneigung schoss durch meinen Körper. Ich fühlte mich wie eine Kompassnadel in einem rotierenden Magnetfeld.

Helene sah ängstlich zu ihrem Vater, der am anderen Ende des Hofes gerade einen der Traktoren aus dem Schuppen fuhr. Er hob die Hand und grüßte freundlich. Dann fuhr er vom Hof, ohne uns weiter zu beachten.

Helene entspannte sich, kaum dass er außer Sichtweite war. »Möchtest du einen Kaffee?«

Eigentlich wollte ich nur eine Erklärung. Aber ich versank in ihre blauen Augen. »Gern«, brachte ich gerade noch so hervor.

Wir gingen durch den fensterlosen Flur in die riesige Küche des Wohngebäudes. Ich staunte nicht schlecht. Eine gut sechs Meter lange moderne Küchenzeile zog sich an der Wand entlang. Meiner Schätzung nach nahm sie die gesamte Hausbreite ein. Große Fenster gewährten freie Sicht auf den Innenhof und runter zum Dorf. In der Mitte des Raumes stand ein rechteckiger Eichentisch, groß genug, um darauf einen Tango tanzen zu können. Dagegen wirkten die Stühle fast winzig.

»Setz dich«, sagte Helene.

Ich nahm das Angebot an und sah zu, wie sie Kaffee in den Filter löffelte. Asthmatisch röchelnd nahm die Maschine den Dienst auf. Der aromatische Duft, der sich gleich darauf in der Küche breitmachte, beruhigte meine flirrenden Nerven.

Helene stellte zwei Tassen, Löffel, Milch und Zucker bereit und lehnte sich dann an die Arbeitsplatte. Ihre Beine in den eng anliegenden Röhrenjeans schienen endlos zu sein. Meine Wut verpuffte augenblicklich. Ich konnte so einem zauberhaften Wesen einfach nicht böse sein.

»Fleischbeschau?«, fragte mich Helene amüsiert.

Die Röte schoss mir ins Gesicht. »Äh, nein, ich …«

Sie feixte.

Ich ließ den Satz unvollendet und zuckte mit den Schultern. »Bot sich gerade an.«

Helene stemmte sich von der Arbeitsplatte ab und setzte sich neben mich an den Tisch. Sie ergriff meine Hände und hielt sie in ihren. »Es tut mir leid. Ich kann es dir nicht erklären. Es ist … schwierig.«

»Versuch es einfach.«

»Du wirst es nicht verstehen.«

»Einen Versuch wäre es wert.«

Bekümmert sah sie mich an. »Ein andermal, okay?«

»Gibt es denn dazu noch Gelegenheit?«

»Wenn du mir verzeihst: ja.«

»Du gibst uns eine Chance?«, fragte ich skeptisch. Ich traute dem Braten nicht.

»Klaus, ich …« Sie brach ab und senkte den Blick.

»Was?«, drängte ich. Ich wollte es hinter mich bringen. Fest rechnete ich mit dem Spruch: Wir können doch Freunde bleiben. Alles andere würde nach ihrem Verhalten der letzten Tage keinen Sinn ergeben.

Sie sah auf. Tränen schimmerten in ihren Augen. »Ich liebe dich.«

Wie bitte? Hatte ich richtig gehört? Erst tagelang keine Reaktion und dann das hier? Das passte doch nicht zusammen. »Hä?«, machte ich verständnislos.

Sie fasste meinen Kopf mit beiden Händen, zog mich näher zu sich heran und küsste mich.

Ich warf alle Bedenken über Bord und drängte mich an sie. Was interessierte mich das, was vorher war? Jetzt ging es zur Sache, endlich passierte das, was ich mir tagelang ausgemalt hatte. Ich wäre ein Idiot gewesen, hätte ich die Gelegenheit nicht beim Schopfe gepackt.

Ich erwiderte ihren Kuss, zunächst zärtlich, dann immer wilder. Es war wie ein Dammbruch. Wie eine Pflanze, die am Abend eines heißen Sommertages nach Wasser gierte, lechzte ich nach Helenes Zuneigung. Am liebsten hätte ich die Zeit angehalten.

»Hallo? Was ist denn hier los?«

Helene stieß mich von sich, griff nach hinten und flocht ihre Haare neu. Einige Strähnen hatten sich aus dem Haargummi gelöst.

Widerwillig löste ich den Blick von ihr und wandte mich um.

Helenes Mutter Monika stand in der Tür, zur Salzsäule erstarrt. Sie sah müde und abgekämpft aus. Ein blauer Fleck zierte ihre linke Wange, schon einige Tage alt, denn an den Rändern färbte er sich bereits gelblich.

Innerlich heulte ich auf wie ein geprügelter Hund. Einen schlechteren Zeitpunkt, um uns zu überraschen, hätte sie sich kaum aussuchen können. Äußerlich versuchte ich, ruhig zu bleiben, doch ich glaube, es gelang mir nicht sehr gut. »Frau Rechkemmer, ich versichere Ihnen …« Ich brach ab, als mir bewusst wurde, wie bescheuert sich das anhören musste. Das Blut schoss mir erneut ins Gesicht. Vermutlich sah ich aus wie eine rote Ampel.

Sie schmunzelte. »Schon in Ordnung. Ihr könnt gleich weitermachen. Der Kaffeeduft hat mich angelockt. Ich wollte nicht stören.«

Schweigend sahen wir dabei zu, wie sie sich einen Kaffee eingoss und anschließend mit einem wissenden Lächeln die Küche verließ.

Verlegen fuhr ich mir durch die Haare. Die Situation war mehr als peinlich. »Scheiße«, stellte ich fest, dann lachte ich los.

Helene fiel mit ein. »Ja, schon doof.«

»Shit happens.« Ich rückte ein wenig von ihr ab. »Besser, du bindest mir die Hände auf den Rücken.«

»Oh nein, das werde ich nicht tun.« Sie hauchte mir einen Kuss auf die Wange. »Wir klammern uns stattdessen züchtig an den Kaffeetassen fest.« Sie schlenderte zur Kaffeemaschine.

Um sie nicht wieder anzugaffen wie ein notgeiler Primat, fragte ich: »Was ist mit deiner Mutter?«

Helene versteifte sich. »Was meinst du?«

»Na, ihr Gesicht.«

»Ach das.« Sie lachte überspitzt. »Hatte ich schon fast wieder vergessen. Sie ist die Treppe runtergefallen. Meine Mutter. Immer für eine Bauchlandung gut.«

In mir schrillte eine Alarmglocke. Sie log, davon war ich überzeugt. Argwöhnisch beobachtete ich sie.

Mit zittriger Hand goss Helene den Kaffee ein, verschüttete dabei die Hälfte. »Ach, Mist«, zischte sie ärgerlich. Eine dampfende Lache bildete sich rund um die Tassen. Sie knallte die Kanne auf die Arbeitsplatte und putzte hastig mit dem Spüllappen über die Stelle. »Ich bin auch nicht besser.« Sie schluchzte auf. »Ich habe mir die Hand verbrüht.«

»Echt?« Das hatte ich nicht gesehen. Ich stand auf, öffnete den Wasserhahn und hielt ihr gerötetes Handgelenk unter den kalten Wasserstrahl. Dann drehte ich sie bei der Schulter in meine Arme.

Sie wehrte sich nicht.

Nach einer Weile hob ich ihr Kinn an und wischte ihr mit einem Taschentuch die Tränen aus den Augenwinkeln.

Sie lächelte.

Diesmal störte uns niemand beim Küssen.

7

Lobowski klappte den leeren Pizzakarton zusammen. »Du holst ganz schön aus. Ist das notwendig?« Er sah auf die Uhr. Kurz nach zwei. Draußen schallten wieder Männerstimmen über den Hof. Die Mittagsruhe war eindeutig vorbei.

Schmelzer zuckte mit den Schultern. Eine Hälfte seiner Pizza lag noch auf der Pappe. »Ich fühle mich besser, wenn ich nichts auslasse. Dann kann ich auch nichts vergessen, was vielleicht wichtig für die Verteidigungsstrategie sein könnte. Wieso? Hast du keine Zeit mehr?«

Lobowski seufzte. Er stand auf, stellte sich hinter seinen Stuhl und machte einige Kniebeugen. »Zeit ist nicht das Problem. »Ich muss einfach nicht jedes Detail erfahren. Nachher erzählst du mir noch von eurer ersten gemeinsamen Nacht.«

»War keine Nacht. War ein Sonntagmorgen.«

»Au Mann, genug jetzt.« Lobowski lachte. »*Das* will ich definitiv nicht wissen, verstanden?«

»Ich werd's mir merken.«

»Danke. Wenn ich dich richtig verstanden habe, bist du mit Hubert nach der Begegnung in der Sparkasse wohl ganz gut ausgekommen.«

»Stimmt.«

»Hat dich sein Wandel nicht stutzig gemacht?«

»Das nicht, gewundert habe ich mich allerdings schon. Aber es gibt solche Dinge, nicht wahr? Man trifft jemanden zum ersten Mal und kann ihn auf Anhieb nicht ausstehen. Lernt man ihn dann etwas besser kennen, merkt man, dass er doch ganz okay ist.«

»Und so war es bei dir und Hubert?«

»Das hatte ich mir anfänglich zumindest so zusammengereimt. Heute bin ich schlauer.«

»Erzähl mir davon.«

Unwillig verzog Schmelzer das Gesicht. »Der Reihe nach, Florian. Ich …«

»Ja, ja, schon gut. Du hast Sorge, etwas zu vergessen.«

»Richtig. Außerdem war Hubert nicht mein vorrangiges Problem, als das mit mir und Helene anfing.«

»Das Narbengesicht?«

»Auch nicht. Dem ging ich aus dem Weg.«

»Wer dann? Monika etwa?«

»Ach was, die ist herzensgut.«

Genervt schloss Lobowski die Augen. »Sondern?«

»Helenes Bruder.«

Lobowski öffnete die Augen wieder. »Ach ja. Von dem habe ich in der Zeitung gelesen. Marco, oder?«

»Mario.«

»Stimmt. Nicht gerade ein typischer Name für die Eifel.«

»In ihrer Jugend hatte Monika den Traum, eine Fattoria in Italien zu bewirtschaften. Daher hat sie einen italienischen Namen für ihren Sohn gewählt.«

»Hm, okay. Nur aus Neugierde: Warum nannte sie ihre Tochter Helene?«

Schmelzer schmunzelte. »Sie wollte auch mal nach Skandinavien auswandern.«

»Interessant, wie sich Kindernamen so finden. Aber zurück zu Mario. Wieso war er ein Problem? Mit dem hast du doch gemeinsame Sache gemacht. Um einen Mord zu planen, sollte man sich vertrauen, könnte man meinen.«

»Oder einen gemeinsamen Nutzen haben, der mehr einbringt, als sich weiterhin zu streiten.«

»Und so war es bei euch?«

»In etwa.«

»Was soll das denn heißen?«

Schmelzer verzog das Gesicht; er sah aus, als hätte er auf eine Zitrone gebissen. »Siehst du, auch deswegen will ich alles chronologisch erzählen. Dadurch erklärt sich alles wie von allein.«

Lobowski seufzte und setzte sich wieder. Der Stuhl knarrte gefährlich unter ihm. »Also gut. Ich gebe mich geschlagen. Aber bitte in aller Kürze, da, wo es möglich ist.«

»Ich werde mir Mühe geben.«

8

Die folgenden Wochen flogen nur so dahin. Helene und ich waren ein Paar, ich schwebte auf Wolke sieben. Meine Arbeit verrichtete ich mit traumwandlerischer Gelassenheit, Reklamationen nahm ich mit einem gütigen Lächeln zur Kenntnis. Mich brachte nichts mehr aus der Ruhe. Obwohl ich niemals ein Miesepeter gewesen war, wurde meine Glückseligkeit meinen Kumpels bald unheimlich. Ich zerstreute ihre Sorgen mit einigen Lokalrunden, und so versuchten sie gar nicht erst, die Situation zu ändern.

Helene blühte auf, lachte viel und freute sich auf jede gemeinsame Aktivität.

Meine Sorge, ihr Vater könnte erneut seine Meinung ändern, bewahrheitete sich Gott sei Dank nicht.

Von Anfang an plante Helene eine gemeinsame Zukunft. Sie ließ nichts aus, Verlobung, Hochzeit, Haus und Kind, bis dass der Tod uns scheidet. Für mich war das absolutes Neuland. Auf die Idee, eine Familie zu gründen, war ich zuvor noch nie gekommen. War ich tatsächlich bereit, mein Junggesellendasein zu opfern?

Die Bedenken lösten sich regelmäßig in Luft auf, wenn Helene in meinen Armen lag. Warum nicht?, dachte ich mir dann, es wird schon werden.

Mit Helenes Familie kam ich weitestgehend klar, sah man von ihrem Bruder Mario und seiner Freundin Claudia ab. Die beiden sprachen kaum ein Wort mit mir, und wenn sie doch einmal etwas sagten, kamen nur Sticheleien und Gemeinheiten über ihre Lippen.

Aus Rücksicht auf Helene unterließ ich es, es ihnen mit gleicher Münze heimzuzahlen.

Einige Male versuchte ich, Mario zur Rede zu stellen. Doch er ließ mich abblitzen. Nach einer Weile gab ich es auf. Ich hoffte, es würde sich alles einrenken, wenn er mich erst besser kennenlernen würde.

Nach zwei Monaten waren Helene und ich so weit, dass wir zusammenziehen wollten.

Normalerweise verläuft so ein Umzug recht unspektakulär: Man mietet sich eine nette Wohnung, packt seine Siebensachen, bittet seine Kumpels um Hilfe und versorgt sie am Tag X mit Bier und Mettbrötchen. Gemeinsam wird der Hausstand in einen Transporter gestapelt und in der neuen Wohnung wieder ausgepackt.

Normalerweise.

Doch nicht so bei Helene und mir.

Sie wollte partout nicht vom Rechkemmer-Hof fort. Sie bestand darauf, dass ich bei ihr und ihrer Familie mit einzog.

Absurd.

Ich konnte mir nicht vorstellen, mit Mario unter einem Dach zu wohnen. Ganz abgesehen von Hubert, mit dem ich zwar eine Art Burgfrieden geschlossen hatte, dem ich aber nach wie vor nicht vollends über den Weg traute. Und der Platz reichte auch nicht aus. Außer ihrem recht kleinen Zimmer und einem angrenzenden Bad gab es keine Räumlichkeiten, die wir für uns allein nutzen konnten.

Mit Engelszungen redete ich auf sie ein. Doch sie ließ sich nicht erweichen.

Den allerletzten Versuch, sie umzustimmen, unternahm ich bei einem Spaziergang.

Wir saßen Arm in Arm auf unserer Lieblingsbank und genossen die wärmende Oktobersonne. Ringsherum lagen uns die Felder und Wiesen zu Füßen. Der Herbst tauchte die Bäume in bunte Farben, aufgeregte Eichhörnchen flitzten herum und sammelten so viele Eicheln, wie sie finden konnten. Ab und an strich eine frische Böe über die Kuppe und ließ das gefallene Laub rascheln. Eine romantische Stimmung, die ich ausnutzen wollte.

»Fantastisch, oder?«

»Mhm«, murmelte Helene und kuschelte sich noch näher an mich.

Ich zögerte kurz, dann brachte ich den Mut auf, das heiße Eisen anzupacken. »Du, Helene, ich hätte da eine Wohnung an der Hand. In Schönecken, hübsch gelegen, unten am Sportplatz. Ein Kunde von mir …«

»Du kennst meine Einstellung«, murrte sie.

»Es ist doch nicht weit weg. Wir kaufen uns einen kleinen Wagen, mit dem du …«

»Weißt du, was so ein Zweitwagen kostet? Kommt nicht in Frage.«

»Das sparen wir an der Miete wieder ein. Mein Kunde macht uns einen Sonder…«

»Mag sein, aber ich will nicht.«

Allmählich kroch mir eine Laus über die Leber. Sie ließ mich ja noch nicht einmal aussprechen. Mein Ton wurde ruppiger. »Du musst doch aber den Wunsch haben, selbstständig zu werden.«

Helene wand sich aus meiner Umarmung und setzte sich aufrecht hin. Sie verzog den Mund wie ein trotziges Kind. »Was soll das heißen? Selbstständig werden? Glaubst du etwa, ich komme nicht allein zurecht? Oder nur, wenn du Händchen hältst?«

»So meinte ich das nicht.«

»Wie dann? Du wohnst doch auch immer noch bei deinen Eltern.«

»*Wieder* bei meinen Eltern. Das war von vornherein nur als Übergangslösung gedacht.«

»Egal, ich kann meine Mutter nicht im Stich lassen. Und Opa auch nicht.«

»Das sollst du ja auch nicht. Niemand verbietet dir, sie zu besuchen. Du kannst jederzeit hinfahren. Schönecken ist nicht der Mars.«

Sie verschränkte die Arme vor der Brust. »Du verstehst nichts.« Demonstrativ schaute sie in die Ferne und wich so meinem Blick aus. Ich hatte sie noch nie so wütend erlebt.

»Dann erklär's mir«, bat ich.

»Das … kann ich nicht.«

Ich warf die Arme in die Luft. »Na klasse.«

»Es ist aber auch egal, wieso«, zischte sie. »Ich werde nicht abhauen.«

»Abhauen? Mensch, Helene, hör dir doch mal selbst zu. Du redest, als würdest du aus einem Gefangenenlager ausbrechen und deine Kumpels allein zurücklassen.«

»Vielleicht ist das ja so.«

»Quatsch. Wir sind ein Paar, das zusammenziehen möchte. Nicht mehr und nicht weniger. Das passiert jeden Tag Tausende Male auf Erden.«

Sie sprang von der Bank auf. »Mir ist egal, was auf der Welt wie oft passiert und was andere machen. Fakt ist, ich ziehe nicht vom Hof runter.« Sie drehte sich um und rannte davon.

Frustriert blickte ich ihr hinterher.

***

In ihrer Wut war Helene in die falsche Richtung gelaufen. Ich folgte ihr. Nur mit Mühe konnte ich sie überzeugen, mit mir zurückzukommen.

Die Nacht hatte sich wie eine Decke über das Land gelegt, als wir den Hof der Rechkemmers erreichten. Erichs viel zu laut eingestellter Fernseher plärrte Volksmusik durch das gekippte Fenster. Hinter der Glasscheibe flackerte der Bildschirm und warf bläuliches Licht in den Innenhof.

Ohne weiter auf mich zu achten, wollte Helene zur Haustür gehen.

Beherzt fasste ich sie bei der Hand und hielt sie zurück.

»Was denn noch?«, knurrte sie. »Ich bin müde.«

Ich seufzte. »Also gut«, gab ich mich geschlagen, »ich rede mit deinem Vater.«

Ihr Widerstand erlahmte. »Echt?«

»Ja. Wenn ich auch nicht daran glaube, dass er begeistert sein wird.«

Sie kam einen Schritt näher und sah zu mir hoch. »Das würdest du für mich tun? Obwohl du eigentlich nicht hier wohnen willst?«

»Ich halte es immer noch für eine blöde Idee«, gab ich zu. »Aber wenn das der einzige Weg ist, mit dir zusammenzuziehen, dann, ja, opfere ich mich.« Ganz wohl war mir bei dem

Gedanken nicht. Aber was tut man nicht alles für die große Liebe?

Helene stieß einen Jauchzer aus und fiel mir um den Hals. »Du bist ein Schatz.«

»Dann pass gut auf, dass ihn dir niemand klaut.« Ich küsste sie zum Dröhnen einer Marschmusikkapelle.

Da erfasste uns grelles Licht, ein Motor heulte auf, und ein Fahrzeug raste von der Hofeinfahrt her auf uns zu. »Was …«, stieß ich aus, packte Helene und zog sie mit einem großen Schritt hinter einen großen Blumenkübel. Sie schrie auf. Gleichzeitig wurde mir bewusst, wie nutzlos die Aktion war. Der Wagen würde einfach darüber hinwegbrettern und uns an die Hauswand nageln.

Im letzten Moment bremste der Fahrer, die Räder blockierten, und das Gummi rubbelte über den Asphalt. Keinen Meter von dem Blumenkübel entfernt kam der Wagen zum Stehen. Da der Fahrer das Licht nicht löschte, blieb mir zunächst verborgen, wer dieses waghalsige Manöver zu verantworten hatte. Ich hörte, dass die Türen geöffnet wurden. Eine Stimme rief hämisch: »Sieh mal, Claudia, meine Schwester und ihr Lover, in flagranti erwischt. Hosen hoch, ihr zwei.«

Es war Mario, Helenes Bruder.

»Du bist so ein Arschloch«, schrie Helene.

Claudia, das blöde Huhn, lachte gackernd. Am liebsten hätte ich ihr den Hals umgedreht.

Stattdessen ließ ich Helene los, umrundete den Blumenkübel, drängte mich an Mario vorbei ins Innere seines Käfers und löschte das Scheinwerferlicht.

Mario schnappte nach Luft. »Raus da, sofort! Du hast dadrin nichts zu suchen.«

Nur zu gern kam ich dem nach. Der Wagen roch, als ob ein Tier darin verwesen würde. Da nutzten selbst die am Innenspiegel baumelnden Duftbäume wenig. »Wollte nur deine Batterie schonen.«

Mario öffnete den Mund und schloss ihn wieder – auf, zu, auf, zu – wie ein Fisch auf dem Trockenen.

Claudia sah mich aus großen Augen an. »Wie jetzt? Batterie?«

Helene kicherte. Sie zog mich von Mario weg und quer über den Hof zu meinem Bus. »Mach, dass du fortkommst«, flüsterte sie mir ins Ohr. »Bevor mein Bruder wieder Luft kriegt.«

Ich sprang in den Wagen und winkte ihr zum Abschied. Mario zeigte ich im Vorbeifahren den Stinkefinger.

Das mulmige Gefühl kehrte zurück.

Und mit so einem Typ sollte ich demnächst unter einem Dach leben?

Das konnte ja heiter werden.

9

Ich erwischte Hubert zwei Tage später. Er schraubte gerade vor der Werkstatt auf dem Hof an der Kupplung eines Anhängers rum, als ich Helene besuchen wollte.

Jetzt oder nie, dachte ich mir und nahm all meinen Mut zusammen. Ein wenig flau war mir schon im Magen. Noch vor nicht allzu langer Zeit hatte der Mann mich zum Teufel geschickt. Jetzt wollte ich bei ihm einziehen. Ob ihm das gefallen würde?

Doch meine Bedenken erwiesen sich als vergebens, er war sofort Feuer und Flamme für meine Idee. Erst nach einer Weile verfinsterte sich seine Miene. Er kratzte sich nachdenklich am Kinn. »Hm, Jung, leider gibt es wohl ein Platzproblem. Im Souterrain wohnen die Knechte, in der linken Haushälfte Erich, rechts Monika und ich und Mario oben, in der kleinen Einliegerwohnung neben Helene.«

Ich sah zum Dachfirst.

Hubert Rechkemmer folgte meinem Blick. »Nein, nein, vergiss es. Die Decke wäre zu niedrig.«

»Na dann«, sagte ich und versuchte, meine Stimme enttäuscht klingen zu lassen. Insgeheim jedoch frohlockte ich. Jetzt konnte ich Helene unumstößliche Gründe für eine Wohnung weit weg vom Rechkemmer-Hof liefern. Bestimmt würde mich ihr Vater sogar dabei unterstützen.

»Na, na, wirf nicht gleich die Flinte ins Korn«, sagte Hubert. »Komm mal mit. Ich habe eine Idee.« Wir gingen auf den Schweinestall zu. »Stör dich nicht an der Scheiße hier«, er wies mit einer Hand auf den dampfenden Misthaufen. Ich würgte von dem Gestank. »Spätestens in ein, zwei Monaten kommt das weg, auf die andere Seite vom Stall. Hatte ich schon lange vor, aber es ist immer etwas dazwischengekommen. Dann können wir schön im Innenhof sitzen und grillen.«

Grillen? Danach stand mir im Moment wahrhaftig nicht der Sinn. Der scharfe Geruch nach Ammoniak stach mir in die

Nase. Schon vor dem Haus war es unangenehm, hier, näher am Stall, geradezu unerträglich.

Wir betraten den Schweinestall.

Das Narbengesicht fütterte gerade die Schweine. Er sah kurz auf, nickte uns zu und kümmerte sich nicht weiter um uns. Dem wollte ich wirklich nicht nachts begegnen.

Hubert führte mich an den Koben vorbei. Ich hatte in meinem ganzen Leben noch nie so viele Schweine gesehen. Zu Hunderten drängten sie sich in dem riesigen Gebäude. Ihre Borsten raschelten aneinander, das Grunzen und Quieken war allgegenwärtig, und es roch kaum besser als direkt neben dem Misthaufen.

Hubert stieß eine Tür am hinteren Ende des Stalls auf. Wir traten in einen leeren Raum, von dem weitere Türen abgingen. Dicke Spinnweben hingen an den Fachwerkbalken, zwei Fenster mit trübem Glas ließen ein wenig Licht herein. Die hinter uns zufallende Tür dämpfte die Geräusche aus dem Stall.

Hubert drückte das Kreuz durch und schob seine Mütze aus der Stirn. »Das ist das alte Wohnhaus. Hier sind Monika und Helene groß geworden.«

»Im Stall?«

Er lachte und zwinkerte mir verschwörerisch zu. »Lass das Monika nicht hören. Ich musste meinen ganzen Charme in die Waagschale werfen, um sie vom Neubau zu überzeugen. Die wollte hier nicht raus.«

Jetzt wurde mir einiges klar. Helene kam offensichtlich nach ihrer Mutter. Einmal verwurzelt, immer verwurzelt.

»Den alten Stall habe ich abgerissen und neu gebaut, als wir die Schweinezucht vergrößerten, aber das Wohnhaus ist stehen geblieben.« Er klopfte an einen Deckenbalken. Staub rieselte herab. »Die Bausubstanz ist in Ordnung. Und einen Bauantrag benötigst du auch nicht. Es ist noch als Wohngebäude gemeldet. Komm, ich zeig dir alles.«

Wir gingen in den Nebenraum, der sich als Flur entpuppte. Von hier aus konnte ich in das Badezimmer sehen. Eine alte Emaillewanne mit schnörkeligen Füßen stand darin, und ein röhrenförmiger Boiler hing an der Wand. Am Ende des Flurs führte eine Holztreppe ins Obergeschoss.

»Oben gibt es drei kleine Räume«, erklärte Hubert, »ein Schlaf-, ein Arbeits- und ein Kinderzimmer. Das kannst du dir später anschauen.«

Weiter ging es in einen etwas größeren Raum. Zweifelnd blickte ich mich um. Abgeplatzter Putz lag auf den Holzdielen. Ich strich über den mit Stroh vermengten Lehm der Wände. Dann wischte ich mit der Hand über das Fensterglas und sah nach draußen. Die beiden Silotürme warfen einen Schatten genau in meine Richtung.

»Damit sich eure Investition auch rentiert, überschreibe ich Helene den Teil des Hofes hier. Und? Was meinst du?«, fragte mich Hubert.

Ich schloss die Augen, verdrängte den allgegenwärtigen Gestank und versuchte, mir das Haus im renovierten Zustand vorzustellen: Meine Kinder flitzen durch die Räume, ein Kaminofen strahlt kuschelige Wärme ab, und es findet sich weit und breit kein Misthaufen vor der Tür. Eine Schallschutzwand trennt das Haus vom Schweinestall, der Eingang verlegt zum Innenhof. Nur ab und zu hört man ein Poltern, mehr aber auch nicht.

Große Fenster.

Ja, ich musste große Fenster einbauen, um das Sonnenlicht reinzulassen. Diese kleinen Bullaugen hier gingen gar nicht. Es könnte recht hübsch werden. Zumindest würde ich meine eigenen vier Wände haben.

»Hm«, brummte ich.

»Was gibt es denn da nachzudenken? Es ist doch perfekt.«

»Nun ja, perfekt?« Ich drehte mich um. »Herr Rechkemmer, ich müsste schon …«

Er trat näher und klopfte mir auf die Schulter. »Jetzt vergiss mal den Herrn Rechkemmer.« Er hielt mir seine Pranke hin. »Ich bin der Hubert.«

Überrascht schlug ich ein. »Okay, freut mich. Also was ich sagen wollte …«

»Ich weiß, ich weiß. Du willst es dir zuerst ein wenig herrichten. Kann ich verstehen. Und das Geld ist bei euch jungen

Leuten ja immer etwas knapp. Aber das ist kein Problem, überhaupt keins. Ich kenne eine ganze Menge Leute, wie du dir vorstellen kannst. Die besorgen dir alles zum guten Preis.« Er lachte dröhnend. »Ach was, wir machen das anders: Du sagst mir, was du brauchst, ich werd es besorgen. Dann kannst du in der Zeit kostengünstig renovieren.«

Argwöhnisch sah ich ihn an. »Ich will aber keinen Ärger bekommen.«

»Wo denkst du hin? Das sind doch meine Kumpels, zuverlässig wie die Deutsche Bank. Die machen mir einen Freundschaftspreis.«

»An der Steuer vorbei?«

Er winkte ab. »Mach dir deswegen keine Sorgen. *Ich* wickle die Sache ab. Dein Name muss nirgends auftauchen.«

»Okay, von mir aus.« Ich willigte ein. Für mich bestand ja keine Gefahr.

»Und damit du schneller fertig wirst, helfen dir meine beiden Knechte. Die sind hinter dem Geld her wie der Teufel hinter der armen Seele.«

Ich schürzte die Lippen und dachte auch über dieses Angebot einen Moment lang nach. Verlockend war es, keine Frage. Helene und ich würden einige Wochen gewinnen. Doch schließlich siegte meine Ehrlichkeit.

»Danke für dein Angebot. Aber ich möchte mich als selbstständiger Handwerksmeister auf gar keinen Fall mit Schwarzarbeitern in Verbindung bringen lassen.«

Huberts Miene verdüsterte sich. Er sah aus, als ob er saure Milch getrunken hätte.

»Schön, schön, schön«, sagte er, doch ich hörte, dass er das Gegenteil meinte. »Dann machen wir das jetzt so.«

Er zog seine Mütze wieder tiefer ins Gesicht, drehte sich um und stiefelte davon.

Ich sah ihm irritiert hinterher. Was für ein seltsamer Mensch. Womit hatte ich ihn wohl diesmal verärgert?

***

Gleich am nächsten Tag machte ich mich auf den Weg zur Sparkasse in Prüm. Glücklicherweise konnte Andreas mich sofort empfangen. Eifrig ratterte ich die Kalkulation herunter, die ich noch in der Nacht aufgestellt hatte.

Andreas hörte aufmerksam zu. Doch seine ernste Miene verriet mir, dass ihm etwas auf der Seele lag. Er rutschte auf dem Stuhl hin und her wie auf einer heißen Herdplatte. Eine Weile ignorierte ich seine Unruhe, doch schließlich hielt ich es nicht mehr aus.

»Mensch, was ist los?«, fragte ich ihn geradeheraus.

Andreas zögerte kurz, dann sagte er: »Lass die Finger davon.«

»Bitte?« Ich verstand die Welt nicht mehr. Seit wann lohnte es sich nicht mehr, sein Geld in Immobilien anzulegen? »Einhunderttausend für ein fachmännisch renoviertes Haus ist doch wohl eher ein Schnäppchen.«

Andreas seufzte. »Ich rede hier mit dir nicht nur als Leiter einer Sparkassenfiliale, sondern auch als Freund. Die Sache ist eine Nummer zu groß für dich. Du würdest dich übernehmen.«

Unsicher lachte ich. »Haben wir heute den ersten April?«

»Ich scherze nicht.« Andreas sah mich ernst an. Er schloss die Augen und rieb sich angestrengt mit Daumen und Zeigefinger den Nasenrücken. »Du hast keine Sicherheiten für so einen hohen Kredit. Helene ebenfalls nicht, zumindest noch nicht. Der Anteil am Hof muss ja erst noch überschrieben werden.«

»Aber das ist doch nur eine Frage der Zeit.«

»Dann nimm dir die Zeit.«

»Jetzt hör aber auf. Weißt du, wie lange der Ausbau dauern wird? Wochen, vielleicht Monate. Wenn ich nicht gleich anfange, dauert es ewig, bis wir einziehen können.«

Verächtlich schnaufte Andreas. »Du willst doch nicht wirklich ohne jegliche Rückversicherung all dein Geld in eine Ruine stecken? Das kannst du nicht ernst meinen.«

Langsam keimte Ärger in mir auf. Ich konnte seine Argumentation zwar nachvollziehen, doch an der Sache änderte das nichts. Letztlich war alles nur eine Frage der Zeit. Es ging mir in erster Linie darum, anfangen zu können. »Neulich hast du mir doch noch von dir aus einen Kredit angeboten. War das nur ein Lippenbekenntnis?«

»Das war etwas anderes.«

»Ach?« Wütend hieb ich mit der Faust auf den Tisch. »Bin ich jetzt kreditwürdig oder nicht?«

»Du führst dich auf wie ein trotziges Kind«, erwiderte Andreas ungerührt.

»Du sagst doch immer, ich soll investieren.«

Er beugte sich vor und sah mich eindringlich an. »Mensch, Klaus, jetzt denk doch mal nach. Was ist, wenn dein Schwiegervater in spe seine Meinung ändert und Helene gar nichts überschreibt? Dann ist dein Geld weg.«

»Das wird nicht passieren. Helene und ich werden heiraten.«

»Gratuliere. Ändert aber nichts an meinem Ratschlag, das Ganze langsam anzugehen. Lass die Finger von dem Deal.«

Wütend sprang ich auf. »Gibst du mir das Geld oder nicht?«

»Selbst wenn ich wollte, ich kann nicht. Null Sicherheit gleich null Hypothek. Zumindest in der von dir gewünschten Höhe. Es tut mir leid.«

Meine Wut schien mir die Luft abzudrücken. »Da braucht man mal einen Freund …«, zischte ich. »Weißt du was? So kannst du mit Hinz und Kunz umspringen, aber nicht mit mir. Ich werde mir eine andere Bank suchen.«

Bekümmert blickte Andreas mich an. »Tu, was du nicht lassen kannst. Beschwer dich später aber nicht.«

Ich wollte nichts mehr davon hören. Tief enttäuscht stürmte ich zur Tür hinaus.

Andreas war schließlich nicht der Einzige, der Geld verlieh.

***

In den folgenden Tagen besuchte ich ein Geldinstitut nach dem anderen, von der Deutschen Bank in Prüm angefangen bis hin zu den großen Geldinstituten in Köln und Bonn.

Doch sie schienen sich abgesprochen zu haben. Nirgends wurde mir ein größeres Darlehen ermöglicht.

Ich vermutete, dass Andreas hinter den Absagen steckte.

Diese Banker schachern doch alle untereinander. Ein Wort von ihm an der richtigen Stelle, so glaubte ich, und ich bekäme selbst dann keinen Kredit, wenn ich das Geld dafür mitbrächte.

In mir keimte sogar der Verdacht, dass er selbst hinter Helene her sein könnte und mir deswegen mein Glück mit ihr neidete.

Fieberhaft suchte ich nach einem Ausweg. Längst hatte Trotz mein rationales Denkvermögen lahmgelegt.

Ich wollte anfangen.

Ich wollte bauen.

Ich wollte mit Helene in die eigenen vier Wände ziehen.

Es ging doch nur um eine Vorfinanzierung. Sobald Hubert Helene den Hofanteil überschrieben hatte, würden wir mit einer Hypothek umschulden.

Was sollte schon passieren? Beim besten Willen konnte ich mir nicht vorstellen, dass Hubert seine eigene Tochter übervorteilen würde. Vieles traute ich ihm zu, aber das nicht.

Ich grübelte einige Tage über meine Finanznöte und gestand mir dann ein, dass nur noch eine Option blieb: Ich musste jemanden um das Geld bitten.

Zum Beispiel meine Eltern.

Allein der Gedanke daran trieb mir die Schamesröte ins Gesicht. Wer pumpt schon gern seine Eltern an? Mein Vater hatte immer hart für seine paar Kröten geschuftet. Die Raten für das Haus hatte er sich vom Munde abgespart. Und jetzt kam ich daher und hielt die Hand auf.

Ich beschloss, es nicht unnötig hinauszuzögern, und tröstete mich damit, dass ich das Haus, das sie nun meinetwegen beleihen sollten, nach ihrem Tod so oder so erben würde. So gesehen bat ich nur um eine kleine Anzahlung aufs Erbe.

Ich erwischte meine Eltern im Wohnzimmer. Sie saßen auf dem Sofa und schauten fern. Ich nahm auf dem Sessel Platz. »Können wir kurz reden?«

Mein Vater schaute irritiert, drückte aber die Lautstärke herunter. »So förmlich? Was ist denn mit dir los?«

»Also, äh … ich wollte … äh, fragen, äh …«

Mist. Auf der Fahrt hierher hatte ich mir alles so schön überlegt. Jetzt stotterte ich wie Scatman-John.

Beruhigend legte meine Mutter ihre Hand auf meinen Unterarm. »Junge, hol doch erst mal Luft.«

Ich tat wie mir geheißen, und dann ging alles wie von allein. Keine zwei Minuten später kam ich zum Kern meiner Bitte: »Daher wollte ich euch um eine kleine Anschubfinanzierung bitten.«

Zufrieden wie ein Boxer nach einem gewonnenen Kampf in seiner Ecke lehnte ich mich in den Sessel zurück. Ich sah von einem zum anderen.

Die Mundwinkel meiner Mutter hatten sich nach unten gesenkt, mein Vater schaute grimmig.

Mir schwante nichts Gutes.

»Du verlangst also allen Ernstes, dass wir eine Hypothek auf unser Häuschen aufnehmen, damit du den Rechkemmer-Hof verschönern kannst?«, fragte mein Vater.

Verlegen sah ich zu Boden. »Nun ja, wenn du es so ausdrückst, hört es sich schon ein wenig seltsam an. Aber darüber musst du dir keine Gedanken machen. Ich zahl ja alles auf Heller und Pfennig zurück. Keine Sorge.«

»Warum pumpst du nicht einfach Hubert an?«

Daran hatte ich tatsächlich auch schon gedacht, es aber schnell wieder verworfen.

»Wie sieht das denn aus?«, echauffierte ich mich. »Er schenkt uns schon das Haus, und dann setze ich noch einen obendrauf, indem ich ihn wegen der Renovierungskosten angehe? Hubert würde sich bedanken.«

In Wirklichkeit hatte ich meine Eltern vorgezogen, um mich vor dem peinlichen Gespräch mit Hubert zu drücken.

Mein Vater verschränkte die Arme vor der Brust und grunzte unwillig.

»Ihr mögt Helene doch, oder?«, fuhr ich großkalibrige Geschütze auf. Ich musste die Bastion mit allen Mitteln erstürmen. Auf die Gefühlsebene auszuweichen, erschien mir Erfolg versprechend.

Getroffen zuckte meine Mutter zusammen. »Helene hat

damit nichts zu tun. Du weißt, dass wir nichts gegen das Mädel haben. Hier geht es um ganz was anderes.«

»So ist es«, sagte mein Vater. »Ich habe mein Leben lang für dieses Haus geschuftet. Ist noch nicht lange her, dass wir die letzte Rate überwiesen haben. Und das war eine große Erleichterung. Meine Rente reicht nicht aus für ein sorgloses Leben, müsste ich weiter tilgen.«

»Aber du hättest doch mit den Raten nichts zu schaffen«, gab ich zu bedenken. »Die übernehme selbstverständlich ich.«

»Ich bin nicht blöd, Junge, das habe ich schon verstanden. Aber bei allen Dingen im Leben ist es nun mal so, dass sie auch schiefgehen können.« Er machte eine bedeutungsschwangere Pause und entschied dann: »Tut mir leid. Das Risiko sind wir nicht bereit zu tragen.«

Ich fühlte mich, als hätte mein Vater mir einen Hieb in die Magengrube verpasst. Ich krümmte mich auf dem Sessel zusammen, versuchte aber, mir nichts anmerken zu lassen. Das Leder quietschte unangenehm. Fieberhaft suchte ich nach einem Ausweg. Ich wollte nicht bei Hubert Rechkemmer betteln müssen. Um das abzuwenden, sollte eine kleine Notlüge doch erlaubt sein. »Helene und ich, wir …« Ich stockte. Mein Magen krampfte. Es fühlte sich an, als wollte er mich daran hindern zu lügen. Zeit meines Lebens war ich zu meinen Eltern ehrlich gewesen. Nun schickte ich mich an, diese eherne Regel zu brechen. »Helene und ich wollen in Kürze heiraten«, presste ich hervor und freute mich, meinen Magen besiegt zu haben. »Daher die Eile.« Ich senkte den Kopf. Verstohlen beobachtete ich die Reaktionen meiner Eltern.

Mein Vater rieb sich das Kinn, meine Mutter zupfte an ihren Ohrläppchen. Die Mauern bröckelten.

Schweren Herzens beschloss ich, noch eins obendrauf zu setzen. »Es könnte nämlich etwas unterwegs sein.«

Meine Mutter sog scharf Luft ein. »Ein Kind?«

Ich nickte, wissend, dass ich später eine weitere Lüge auftischen musste, um das Kind wieder aus der Welt zu schaffen. Ich nahm mir vor, irgendetwas von Helenes Enttäuschung über das Einsetzen ihrer Tage zu erzählen.

Mein letzter Trumpf war ausgespielt. Wie ein Angeklagter das Urteil erwartete ich nun die Entscheidung meiner Eltern.

Mein Vater warf meiner Mutter einen Blick zu und räusperte sich. »Um was für eine Summe geht es?«

»Hunderttausend sollten ausreichen. Ich habe alles genauestens durchkalkuliert.«

Er seufzte. »Nun gut. Ich möchte nicht, dass mein Enkel zusammen mit dem Hubert unter einem Dach aufwächst. Wir werden dir das Geld leihen.«

Mich hielt nichts mehr auf dem Sessel. Es war vollbracht.

»Vielen, vielen Dank!« Ich umarmte meine Mutter und schüttelte meinem Vater die Hand. Wenn nur diese verdammten Magenschmerzen nicht wären. »Darauf sollten wir mit einem Aufgesetzten anstoßen«, sagte ich feierlich.

Meine Mutter lächelte und wollte aufstehen, um die Flasche aus dem Schrank zu holen. Doch mein Vater hielt sie zurück.

»Lass es. Auf das Kind stoßen wir nach der Geburt an. Sonst bringt es Unglück.«

»Macht nichts«, sagte ich lachend, »dann halt einen Kurzen auf mein … nein, auf unser neues Heim.«

Mein Vater wollte nicht darauf eingehen. Er sah mich ernst an. »Ich wünsche euch alles Glück der Welt. Doch um es zu erreichen, ist mit Sicherheit mehr als ein Schnaps nötig.«

***

Nachdem die Finanzierung geklärt war, musste ich Fakten schaffen. Meine Eltern hatten mir versprochen, sich um die Hypothek zu kümmern. Ich nahm meine bescheidenen Ersparnisse, kaum mehr als fünftausend Euro, und drückte sie Hubert in die Hand. Nur einen kleinen Teil hielt ich für ein Vorhaben zurück, das mir neben dem Hausausbau äußerst wichtig war. Hubert versprach, umgehend kostengünstige Baumaterialien wie Beton, Sand, Kies und Gipsplatten zu besorgen.

Die kleine Notlüge lag mir unterdessen schwer im Magen. Dagegen musste ich etwas unternehmen. Ich schnappte mir Helene und fuhr mit ihr nach Trier. Dort hatte ich bei

»Becker's« einen Tisch reserviert, laut Guide Michelin eines der besten Restaurants in der Umgebung.

Merklich beeindruckt schaute Helene sich um. »Toll«, murmelte sie.

Stumm stimmte ich zu. Die moderne und schlichte Eleganz gefiel mir außerordentlich.

Ein Ober führte uns zum Tisch und empfahl uns einen erstklassigen Moselwein. Wir entschieden uns für das siebengängige Menü, das mit einem marinierten Schottenlachs eingeleitet wurde.

Der Wein zauberte Helene eine leichte Röte auf die Wangen. Die Teller wurden auf- und wieder abgetragen, unsere Mägen füllten sich, und obwohl ich nur die Hälfte der Namen richtig aussprechen konnte, schmeckten alle Speisen vorzüglich.

»Ein gekochtes Liebesgedicht«, sagte ich und stieß meinen Dessertlöffel in den »Gateau von der Moccabohne mit Mango«.

Helene kicherte. »Ja, phantastisch.« Sie legte den Löffel ab, stützte den Kopf auf ihre Handfläche und säuselte: »So, ich habe mich lange genug geduldet. Jetzt erzähl mal. Warum führst du mich hierhin aus?«

»Äh, wieso, was meinst du?«, erwiderte ich perplex, erstaunt darüber, dass Helene mich durchschaut hatte. Offensichtlich kannte sie mich schon besser, als ich vermutet hatte.

»Na komm schon, spann mich nicht länger auf die Folter. Wenn ein Mann eine Frau in so einen Tempel der Essensgenüsse führt, hat er Hintergedanken.«

Unwillkürlich musste ich lächeln. »Vielleicht bin ich anders. Die große Ausnahme.«

»Alles, nur nicht das.« Unbekümmert lachte sie, ihre Augen strahlten. »Und das ist auch gut so.«

Ich kramte in meiner Tasche und ertastete die kleine, quadratische Kiste. In einer eleganten Bewegung zog ich sie hervor und platzierte sie auf meiner linken Hand. Mit der anderen öffnete ich die Schatulle und präsentierte Helene stolz einen weißgoldenen Verlobungsring.

Helenes Augen weiteten sich, sie schlug die Hände vor den

Mund. »Klaus«, hauchte sie, »also … der ist wunderschön. Ist der für mich?«

»Ja, das ist er. Helene Rechkemmer, möchtest du mich heiraten?«

Tränen schimmerten in ihren Augen. »Ja, Klaus, ja, nichts möchte ich mehr als das.«

10

Fast aber wäre nichts daraus geworden, denn nicht alle freuten sich über unser Glück.

Keine zwei Wochen später fuhr ich auf den Rechkemmer-Hof, um Helene zu einem Kinoabend im »Scala« in Bitburg abzuholen. Mit Beginn der Bauarbeiten würde uns nicht mehr viel Zeit für solche Dinge bleiben. Hubert hatte bereits einige Materialien eingelagert, und ich plante, in Kürze loszulegen.

Dass etwas nicht stimmte, merkte ich bereits in dem Augenblick, als Helene die Tür aufriss und in den Lieferwagen kletterte.

»Mmh«, murmelte sie frostig.

»Dir auch einen schönen Abend.« Ich beugte mich zu ihr rüber, um ihr einen Begrüßungskuss zu geben.

Sie entzog sich mir, indem sie so weit wie möglich in Richtung Tür rückte.

Ich hauchte in meine hohle Hand und führte sie zur Nase. »Also ich rieche nichts.« Das anschließende Lachen blieb mir im Hals stecken. Helene saß da wie ein Racheengel.

Verwundert startete ich den Wagen und fuhr los.

»Wer ist sie?«, keifte Helene plötzlich. Fast hätte ich das Lenkrad verrissen.

»Hä?« Etwas Schlaueres fiel mir nicht ein, so überrascht war ich.

»Tu doch nicht so scheinheilig.«

»Ich habe keine Ahnung, wovon du sprichst.«

»Ach? Wirklich nicht?«

Ich stoppte wenige Meter hinter dem Ortsausgangsschild und musterte Helene. Ihre Halsschlagadern stachen unter der Haut hervor, fest presste sie die Kiefer aufeinander. Ohne Zweifel war das kein Spaß. Ich versuchte, ihre Hand zu greifen. Sie zog sie rasch zurück.

»Helene, also, ich weiß wirklich nicht, was …«

»Man hat dich gestern gesehen. Du bist aufgefallen«, schrie sie unter Tränen und schniefte.

Zaghaft deutete ich auf die Papiertaschentücher im Fach der Beifahrertür. Umständlich fingerte sie eins heraus und schnaubte ohrenbetäubend hinein.

»Jetzt sag mir doch bitte endlich, um was es geht«, forderte ich sie auf. »Wer soll mich mit wem gesehen haben?«

»Claudia hat *dich* mit einer … einer … *Schlampe* gesehen«, schrie sie erneut los. »Mario wollte es mir erst nicht erzählen. Er wollte nicht verantwortlich dafür sein, dass unsere Beziehung in die Brüche geht.«

»Wie rücksichtsvoll von ihm«, murrte ich. Es war unschwer zu erahnen, was hier vor sich ging. Die Magensäure stieg in mir auf. Mario. Das Dreckschwein wollte mich sabotieren. Klar, dass seine Schnalle Claudia mit ins Lügenhorn stieß. »Und du glaubst ihm einfach so?«

»Warum nicht? Er ist immerhin mein Bruder.« Helene hob störrisch die Nase und sah mich wütend an. »Und die Frau wird ja wohl kaum deine Mutter gewesen sein. Die kennt Claudia schließlich.«

Es war ein Witz, es musste einer sein. Oder ein Alptraum. So etwas passierte doch nur in Seifenopern. Diese ewigen Sticheleien. Aber diesmal waren die beiden zu weit gegangen. Ich wendete den Wagen und fuhr zurück.

»Wo willst du hin?«, fragte Helene.

»Ich polier deinem Bruder die Fresse.«

Helene kiekte entsetzt.

Ich trieb die Drehzahlnadel in den roten Bereich. »Der kann was erleben.«

»Klaus, ich habe Angst«, jammerte Helene und hielt sich mit beiden Händen am Haltegriff fest.

Ich bretterte auf den Hof der Rechkemmers und legte eine Vollbremsung hin. Das Antiblockiersystem stotterte. Kaum dass der Wagen zum Stillstand gekommen war, sprang ich raus. An der Haustür klingelte ich bei Mario Sturm. Ich war absolut geladen.

Der Öffner summte.

Ich warf mich gegen die Haustür, die laut gegen die Flurwand krachte, und hastete die Treppe hinauf. Helene folgte mir auf dem Fuß, doch ich achtete nicht weiter auf sie.

Mario stand am oberen Treppenabsatz und grinste maliziös. »Sieh an, der Herr Schwager. Oder hat sich dieser Status erledigt?«

Obwohl er mich um fast eine Handbreit überragte, drängte ich ihn in die kleine Wohnung. »Du Saukopp!«

Claudia saß auf dem Bett. Sie stand auf, zwängte sich an mir vorbei und nahm Helene fürsorglich in den Arm. Diese Heuchelei trieb meinen Blutdruck in ungeahnte Höhen.

»Na, na, mach mal halblang«, forderte Mario. »Was willst du überhaupt von mir?«

»Das weißt du ganz genau.«

Ich bebte vor Wut, konnte mich nur mit Mühe beherrschen, Mario eine Abreibung zu verpassen.

»Willst du etwa bestreiten, dass du gestern mit einer Frau durchs Dorf gefahren bist?«, fragte Claudia. Ihre Mundwinkel zuckten amüsiert. Sie musste an sich halten, nicht zu lachen, das sah ich ihr an. »Ich hab dich doch gesehen. Bildhübsch, die kleine Blonde, das muss ich neidlos anerkennen. Helene reicht dir wohl nicht?«

Helene schluchzte auf.

»Na toll«, schrie ich. »Und anstatt mich darauf anzusprechen, erzählt ihr den Quatsch einfach ungefiltert Helene.«

Mario lachte spöttisch. »Das ist ja wohl meine Pflicht als Bruder, oder? Ich muss meine kleine Schwester doch beschützen.«

»Er wollte ja erst gar nicht«, warf Helene weinend ein. »Ich musste ihn anbetteln.«

Ungeduldig winkte ich ab. »Ja, ja, das hast du schon erzählt.« Ich machte einen Schritt auf Mario zu. Unsere Nasen berührten sich fast. »Ist dir bestimmt schwergefallen, das Schweigen zu brechen.«

Er schmunzelte, und seine Lippen formten stumm das Wort »Arschloch«.

»Dann erzähl doch mal, wie es aus deiner Sicht wirklich war«, sagte Claudia. Sie führte Helene zum Bett und drückte sie auf die Bettkante.

Ein Schlag in Marios Visage hätte mir besser gefallen. Nur

wäre das sicher als Schuldeingeständnis gewertet worden: Wer zuschlägt, dem fehlen Argumente.

Darauf hätte ich eher kommen sollen. Ein wenig schämte ich mich für meinen Auftritt.

Ich schnaufte tief durch und senkte die Fäuste. Helene sah mich aus rot geränderten Augen erwartungsvoll an. Zumindest schien sie mir jetzt zuhören zu wollen. Ihre Wangen glänzten feucht von den Tränen.

»Die Frau ist eine Kundin. Sie ist kürzlich mit ihrer Familie zugezogen. Ich soll ihr Haus elektrisch auf Vordermann bringen.«

»Und bei der Gelegenheit verlegst du bei ihr wohl auch gleich noch eine Leitung?«, spottete Mario.

Claudia gluckste amüsiert.

Meine Wut kochte wieder hoch. Mein Blick verengte sich. Ich sah nur noch Marios schmieriges Grinsen. Bevor mein Verstand endgültig aussetzte, spürte ich einen Griff am Unterarm. Ich wollte mich losreißen, erkannte dann aber gerade noch rechtzeitig Helenes feingliedrige Finger. Ich sah sie an.

»Warum hast du sie mitgenommen?«, fragte sie mit sanfter Stimme. Jegliche Wut und Enttäuschung war daraus verschwunden.

»Sie wollte zum Supermarkt, verdammt, einfach nur zum Supermarkt, um einzukaufen. Da habe ich sie eben mitgenommen.«

Helene nickte. »Okay.«

»Das kann ja jeder behaupten«, ätzte Mario. »Was für eine dämliche Ausrede. Du wirst das doch nicht glauben, Schwesterchen?«

Helene wandte sich ihm zu. »Lass das mal mein Problem sein.«

Sie zog mich zur Tür hinaus. Verdattert folgte ich ihr die Stufen hinunter bis auf den Hof.

»Komm, lass uns ins Kino fahren. Die Spätvorstellung schaffen wir noch.«

Wie in Trance stieg ich in den Wagen. Ich verstand überhaupt nichts mehr. »Du glaubst mir? Wieso? Mario hat recht: Ich könnte das nur behaupten.«

Hatte ich das wirklich gesagt? Sprang ich meinem Erzfeind zur Seite?

Sie zuckte mit den Schultern. »Ich war so naiv. Bitte verzeih mir. Gerade eben erst wurde mir bewusst, was die beiden für ein hinterhältiges Spiel spielen. Aus irgendeinem Grund gönnen sie uns nicht das Schwarze unter den Fingernägeln. Wenn sie sich wirklich Sorgen um mich machen würden, hätten sie sich ihr Dauergrinsen bestimmt verkniffen. Außerdem ist mir da noch etwas eingefallen.«

»Was?«

»Gestern Nacht halt.«

Ich wusste nicht, was sie meinte.

Schelmisch zwickte sie mich in die Seite. »Wie oft war es? Dreimal?«

»Äh … viermal, um genau zu sein.«

»Richtig. Eine unmögliche Leistung, wenn du schon tagsüber … na, du weißt schon.«

»Da ist was dran.« Ich startete den Wagen.

Happy End, dachte ich erleichtert.

Trotzdem nahm ich mir vor, Mario so etwas nicht noch einmal durchgehen zu lassen.

11

Der November war heftig.

Der Betrieb brummte. Ich erhielt den Zuschlag bei der Sanierung der elektrischen Anlage im städtischen Hallenbad, und die Aufträge kamen im Stundentakt rein. Ich musste sogar einen Gesellen einstellen.

Leider führte das dazu, dass der Dispokredit meines Geschäftskontos ständig ausgereizt war. Das Geld, das ich einnahm, musste ich für Vorleistungen sofort wieder ausgeben. Es war ein Ritt auf Messers Schneide. Wenn alles lief wie erwartet, würde ich irgendwann im nächsten Jahr einen satten Gewinn einfahren. Aber bis dahin war es noch ein langer Weg.

Eigentlich sehnte ich mich abends nur noch nach einem warmen Bad und Helenes Körper. Doch daraus wurde nur selten etwas, schließlich musste ich mit dem Ausbau vorankommen.

Bis spät in die Nächte hinein schuftete ich. Nicht selten fielen mir bei einer Pause die Augen zu. Wenn Helene mich dabei erwischte, braute sie mir zur Aufmunterung einen Kaffee, in dem der Löffel stehen blieb.

Ende November verputzte ich eines Nachts noch einige Kabelschlitze im Badezimmer. Am nächsten Tag wollte ich kacheln. Mitternacht war schon lange durch, Helene schlummerte bereits im warmen Bett. Ich hatte sie dazu überredet. Sie schuftete ansonsten fast so hart wie ich. Tagsüber kümmerte sie sich um Erich und schmiss den Haushalt für sämtliche Hofbewohner. Monika schien dafür kein Händchen zu haben. Abends rührte Helene für mich den Estrich an und riss überflüssige Wände mit mir ein. Sie packte mit an wie ein Altgeselle. Ich fragte mich, woher sie die Energie nahm. Sie beschwerte sich nie, allerdings zeigten mir ihre dunklen Augenringe, dass sie an ihre Grenzen ging.

Ich gähnte herzhaft.

Am liebsten hätte ich mich zu Helene ins Bett gelegt. Doch in ihrem ehemaligen Kinderzimmer – und damit in Marios

Nähe – fühlte ich mich inzwischen unwohl. Gleichzeitig war mir genau das ein Ansporn, so schnell wie möglich fertig zu werden. Dann würde ich mit Helene endlich ungestört leben können. Einfach den Haustürschlüssel umdrehen und damit die anderen ausschließen. Was für eine rosige Zukunft.

Ich ging in den Flur und betrachtete sorgenvoll meine Vorräte. Nur noch zwei Säcke Putz lehnten an der Wand. Hubert versprach mir täglich Nachschub, die bestellten Materialien würden in Kürze eintreffen. Hohles Geschwätz, wie ich befürchtete. Anscheinend gab es bei seinem Lieferanten ein kleines Logistikproblem.

Ich seufzte. Mir blieb wohl nichts anderes übrig, als zum Bauhandel zu fahren und einige dringend erforderliche Materialien zu bestellen. Huberts Lieferanten blieben dann eben auf ihrem Zeug sitzen.

Ich schnappte mir einen der Säcke mit dem Putz und wollte zurück ins Badezimmer. In dem Moment hörte ich einen Motor. Deutlich hob sich das Brummen von den allgegenwärtigen Stallgeräuschen ab. Da die Fenster noch fehlten, wurde es nicht gedämpft. Ich stellte den Sack wieder auf den Boden und trat in den dunklen Hof.

Hubert parkte soeben seinen Wagen in der Garage. Normalerweise trieb er sich um diese Uhrzeit irgendwo herum und zockelte mit seinem Benz von Kneipe zu Kneipe. Ein Wunder, dass sein Führerschein noch nicht in Flensburg lag.

Heute schien er ungewöhnlich früh nach Hause gekommen zu sein.

Huberts mächtige Gestalt schob sich aus der Garage ins Mondlicht und schloss das Tor. Eine der Hauskatzen kam angerannt und schmiegte sich an seine Beine. Er sah nur kurz runter, holte mit einem Bein weit aus und trat das arme Tier quer über den Hof.

Überrascht holte ich Luft.

Maunzend rappelte sich die Katze hoch und humpelte davon.

»Mistviecher«, lallte Hubert, schwankte über den Hof und schloss umständlich die Haustür auf. Mich schien er gar nicht bemerkt zu haben, obwohl er keine fünf Meter entfernt an mir vorbeigelaufen war.

Er warf die Haustür hinter sich ins Schloss.

Ich drehte mich um und wollte schon weitermachen, da hörte ich ein Poltern und einen spitzen Schrei.

Hatte Hubert sich verletzt? War er gestürzt? Gewundert hätte mich das bei seinem Alkoholkonsum nicht.

Ich schritt in die Mitte des Hofes, konzentrierte mich, strengte mein Gehör an. Musste ich hineingehen und ihm helfen? Ich hörte ein Wimmern, dann brüllte Hubert los. Seine Zunge schien vom Alkohol gelähmt zu sein. Außer Kraftausdrücken verstand ich so gut wie nichts.

Ich ärgerte mich über den Krach. Garantiert hatte er Helene damit aus dem Schlaf gerissen, den sie so sehr benötigte.

Gott sei Dank beruhigte er sich rasch wieder, und im Rechkemmer-Haus kehrte Ruhe ein. Die Lichter wurden gelöscht.

Fünf Minuten wartete ich noch, dann kehrte ich auf die Baustelle zurück, verständnislos den Kopf schüttelnd.

Monika war echt gestraft mit einem solchen Mann.

12

»Hubert hatte sich nicht gestoßen, nicht wahr?« Lobowski stand auf und stellte sich neben Schmelzer ans Fenster. Der Gefängnishof lag leer vor ihnen. Lobowski wusste, dass die Insassen ihrer Arbeit nachgingen. Erst gegen Abend würde sich der Hof wieder füllen, bis es dann zum Abendessen und anschließend in die Zellen ging.

Schmelzer lächelte müde. »Ich wollte es dir gerade erzählen.«

»Monika? Er hat sie geschlagen?«

»Ja.«

»Warum ist sie nicht fortgegangen?«

»Monika ist eine Kämpferin.«

»Kämpfer verteidigen sich. Sie lassen sich nicht einfach so verprügeln.«

»Sie wollte nicht alles im Stich lassen. Immerhin ist sie auf dem Hof aufgewachsen. Und was wäre aus Erich geworden? Glaubst du, Hubert hätte den Alten seinen Lebensabend genießen lassen?«

»Es gibt Altenheime.«

»Ach was. Das hätte sie sich gar nicht leisten können. Und einen alten Baum verpflanzt du nicht so einfach.«

»Nun gut, von mir aus. Trotzdem hätte Monika etwas unternehmen können. Hubert anzeigen zum Beispiel.«

Schmelzer lachte sarkastisch. »Klar, das hätte sie tun können. Aber wer hätte sie dann vor Huberts Wut beschützt? Die Polizei?«

»Wohl kaum.«

»Siehst du.«

Sie schwiegen eine Weile. Lobowski versuchte, sich in Monika hineinzuversetzen. Bei den körperlichen Schmerzen funktionierte das noch, aber bei der bodenlosen Verzweiflung und Hoffnungslosigkeit, die die Frau empfunden haben musste, streikte sein Vorstellungsvermögen.

»Versetz dich für einen Moment in Monikas Lage«, bat Schmelzer.

»Habe ich gerade versucht. Ist nicht einfach.«

»Klar. Aber überleg mal, was sie wohl gefühlt hat, als ich in Helenes Leben trat und dazu noch bereit war, auf den Hof zu ziehen.«

»Hm«, brummte Lobowski. »Ich verstehe, auf was du hinauswillst. Für Monika muss dein Auftauchen ein Silberstreif am Horizont gewesen sein.«

»Sie hatte gehofft, dass sich Hubert zurücknehmen würde.«

»Und? Hat er?«

»Kann ich nicht beurteilen. Eine Weile vielleicht? Wer weiß. Das kann nur Monika beantworten. Zum Schluss aber bestimmt nicht mehr.«

»Ganz schön heftig. Bei ihr kann ich ein Motiv erkennen.«

»Du meinst, bei mir besitzt du diesen Durchblick noch nicht?«

Lobwoski zuckte mit den Schultern. »Bisher nicht, richtig. Hubert schien mir nie der Typ zu sein, mit dem ich Freundschaft schließen wollte. Doch deiner bisherigen Erzählung zufolge scheint er sich dir gegenüber einigermaßen benommen zu haben.«

Unlustig lachte Schmelzer. »Warte nur ab.«

13

Bereits am nächsten Tag kam es zu einem Kräftemessen.

Übermüdet schlich ich nach der Arbeit zu unserer zukünftigen Wohnung. Helene hatte mich begrüßt und war, als sie meine Erschöpfung bemerkte, ins Haus geeilt, um mir einen Kaffee à la Teerpappe aufzusetzen.

Ich riss überrascht die Augen auf, als ich Hubert in unserem zukünftigen Wohnzimmer vorfand. Übergangslos fiel die Müdigkeit von mir ab. »Ich hoffe, du bringst mir mein Baumaterial.«

Ich sah keinen Sinn darin, meinen Ärger zu verschleiern. Wobei dieser noch geschürt wurde von dem, was ich bei meiner Ankunft draußen im Hof entdeckt hatte: den toten Kadaver der Katze auf dem Misthaufen. Huberts Tritt von gestern Nacht hatte sie nicht überlebt.

Er verschränkte die Arme hinter dem Rücken und betrachtete die Decke, an der der Putz trocknete, den ich gestern aufgetragen hatte. »Schön, schön, schön. Du kannst was«, lobte er. »Sieht fachmännisch aus.«

»Es sieht nicht nur so aus. Ich würde zudem gern weitermachen, nur fehlen mir die von dir versprochenen Baumaterialien.«

Hubert kratzte sich den Nacken und wirkte tatsächlich verlegen. Er erinnerte mich an den dicken Mann auf den Guinness-Bierdosen.

»Genau deswegen bin ich hier«, sagte er. »Ich, äh … es gibt ein kleines Problem, was den Nachschub betrifft.«

»Was soll das denn jetzt heißen?«

»Äh … die Fünftausend, die du mir gegeben hast, reichen nicht ganz aus.«

Fassungslos starrte ich ihn an. Hubert hatte mir bisher bestenfalls Baumaterialien für zweitausend Euro besorgt. Was war mit dem restlichen Geld passiert?

»Ich weiß, ich weiß«, kam Hubert meinem Unmut zuvor,

»ich kann verstehen, dass du dich wunderst. Aber die Rechnung geht trotzdem auf. Mein Kumpel hat alles schon besorgt. Es ist Material für knapp zwölftausend Euro. Er will mir das ganze Zeug für achttausend überlassen und umgehend liefern, vorausgesetzt, ich gebe ihm vorher den Differenzbetrag.«

Ich holte tief Luft. »Vielleicht sollte ich deinen Kumpel mal anrufen und ein ernstes Wörtchen mit ihm reden.«

Hubert zog die Augenbrauen zusammen. »Und was soll das bringen? Traust du mir etwa nicht?«

Insgeheim fürchtete ich eine Auseinandersetzung. Noch hatte Hubert Helene das Haus nicht überschrieben, er saß somit am längeren Hebel. Wenn er wollte, konnte er mich in echte Schwierigkeiten bringen. Ich entschied, die Wahrheit für mich zu behalten, und ließ seine Frage unbeantwortet. »Das bedeutet, du brauchst noch dreitausend?«

Er nickte.

»Woher nehmen, wenn nicht stehlen?«, murmelte ich. Zwar hatte ich das Geld von meinen Eltern inzwischen erhalten, aber der ganze Ausbau war auf Kante genäht. Gab ich Hubert jetzt dreitausend Euro zusätzlich, würden sie später womöglich an anderer Stelle fehlen. Eine blöde Situation. Andererseits würde ich mit Baumaterialien im Gegenwert von zwölftausend Euro weiter kommen als mit dem, was ich für meine fünftausend ursprünglich erwartet hatte.

»Was ist das denn für ein Kauz?«, fragte ich. »Der kann doch nicht einfach mehr Geld von mir verlangen, wenn er noch nicht mal geliefert hat, was ich bereits bezahlt habe.«

Hubert zuckte mit den Schultern. »Ja, ist ein komischer Geselle. Aber ich hab schon öfter mit ihm gemauschelt. Ist am Ende immer alles glatt über die Bühne gegangen.« Er trat auf mich zu und legte mir eine Hand auf die Schulter. »Pass auf, Junge. Wenn alle Stricke reißen und die Sache schiefgehen sollte, bekommst du das Geld aus meiner Tasche wieder, versprochen.« Er seufzte. »Ich würde es dir ja jetzt schon vorstrecken. Nur steht die nächste Rate für meinen Fuhrpark an. Das muss ich erst abrechnen, und der nächste Satz Schweine ist noch nicht so weit. Dafür hast du doch Verständnis, oder?«

»Okay«, gab ich mich geschlagen. Huberts Versprechen, für etwaige Verfehlungen seines Kumpels geradezustehen, hatte mich überzeugt. »Ich besorge das Geld. Morgen Abend hab ich es hier. Jetzt muss ich aber loslegen, wenn ich heute noch etwas schaffen will.«

»Schön, schön, schön«, sagte Hubert und wandte sich zum Gehen, stoppte dann aber im Türrahmen. »Ach, Klaus, erzähl Helene oder meiner Frau bitte nichts von dem Geschäft. Die regen sich immer so schnell auf, muss ja nicht sein.« Zerknirscht blickte er zu Boden. »Und … weißt du, ich … äh, mit Monika ist es schwierig im Moment. Wir haben da ein paar … äh … Probleme. Ich will das wieder kitten, und bei Geld regt die sich immer so auf.«

Das freute mich zu hören, und ich wollte der Versöhnung nicht im Wege stehen. Es konnte für Helene und mich nur von Vorteil sein, wenn hier auf dem Hof ein wenig mehr Harmonie einkehrte. »Mach dir keine Sorgen, das geht schon klar.«

Fröhlich summend schlenderte Hubert davon.

14

Einer Fertigstellung des Hauses vor Weihnachten stand nichts mehr im Wege. Immer mehr Freunde hatten von meinem Vorhaben gehört und halfen bereitwillig. Die von mir beauftragten Handwerker hatten allesamt Zeit, meine Wünsche rasch umzusetzen. Darüber war ich selbst ein wenig erstaunt und vermutete, dass sie andere Aufträge hintenanstellten, um mir zu helfen. Ganz nach dem Motto: Man kennt sich, man hilft sich. Mir konnte es nur recht sein. Wir hatten dadurch die Möglichkeit, noch vor unserer Hochzeit, die wir am einunddreißigsten Dezember feiern wollten, in unser neues Heim einzuziehen.

Das neue Jahr versprach gut zu beginnen. Helene und ich freuten uns darauf.

Mitte Dezember musste ich mir allerdings eingestehen, dass ich mich finanziell übernommen hatte. Nach Bezahlung der ausstehenden Rechnungen für die neuen Fenster, die Heizungsanlage, das neue Dach, die Sanitäreinrichtungen und vieles mehr war von dem Geld meiner Eltern kaum noch was übrig. Trotzdem gab es noch diverse Arbeiten zu erledigen, für die ich weiteres Material wie Farbe, Fußleisten, Tapeten und Kleister kaufen musste. Material, das ich mir nun nicht mehr leisten konnte.

Ich nahm mir vor, ein ernstes Wörtchen mit Hubert zu reden. Von seinem versprochenen Baumaterial war noch immer weit und breit nichts zu sehen. Und davon abgesehen: Sollte die Ware doch noch eintreffen, konnte ich damit nichts mehr anfangen. Die Phasen, für die ich die Baustoffe benötigte, waren abgeschlossen. Ich hatte sie schließlich über eigene Quellen bestellt. Ein Retournieren der Ware war bei einem Kauf ohne Rechnung aber natürlich nicht möglich und meine achttausend Euro somit größtenteils in den Wind geschossen.

Auf meinem Konto gähnte ein Loch, das Hubert wie versprochen stopfen sollte.

Am zweiten Adventsonntag war es so weit. Den ganzen

Morgen lauerte ich auf der Baustelle und ließ die Wohnungstür der Rechkemmers nicht aus den Augen. Während ich eine Wand anstrich, legte ich mir meine Worte zurecht, von meiner Position aus durch eins der Fenster den Hof überblickend. Achttausend Euro hatte ich bezahlt, davon musste ich zweitausend Euro für Material abziehen, das Hubert tatsächlich besorgt hatte. Blieben sechstausend, die er mir schuldete. Für Hubert bestimmt nur ein Klacks, den er aus der Portokasse finanzieren konnte. Für mich dagegen ein immenser Betrag, der in meiner Kalkulation hinten und vorne fehlte.

Die Tür schwang auf. Hubert trat hinaus und äugte vorsichtig wie ein Dieb nach links und rechts.

Entschlossen legte ich die Farbrolle zur Seite und ging hinaus.

Als Hubert mich erblickte, drehte er sich um und wollte wieder im Eingang verschwinden. Mit einem energischen »Hubert!« hielt ich ihn zurück.

Er zuckte kaum merklich zusammen und wandte sich zu mir um. »Ah, der Klaus, schon bei der Arbeit? So früh am Sonntag? Hab noch gar nicht mit dir gerechnet. Schön, schön, schön. Endlich treffe ich dich mal an.«

»Red keinen Stuss. Du gehst mir aus dem Weg.«

Erstaunt riss er die Augen auf. »Nein, nein, wie kommst du denn darauf?«

Was für ein Schauspieler.

»Ehrlich nicht«, versicherte er mir. »Ich wollte mit dir reden, aber du bist ja immer bis über beide Ohren beschäftigt.«

»Erzähl mir doch nichts.« Ich lachte verächtlich.

Er verschränkte die Arme vor der Brust und sah mich von oben herab an. »Auf meinem eigenen Hof gehe ich niemandem aus dem Weg, damit das klar ist.«

Seine Arroganz beflügelte mich. »Du schuldest mir Geld.«

Hinter einem der Fenster des Wohnhauses bemerkte ich eine Bewegung. Erich. Er schien unseren Disput zu verfolgen.

»Nun stell dich doch nicht so an«, sagte Hubert gleichgültig. »Hat halt nicht so geklappt wie vorgesehen. Ich werde dir das Geld zurückgeben.«

Ich betrachtete ihn skeptisch. War das nur ein Trick, um mich ruhigzustellen? Eine hohle Phrase?

»Ich regele das«, sagte Hubert und wischte sich einen Strohhalm von seiner Cordweste. »Mach dir nicht ins Hemd.« Er lächelte mich an und zwinkerte verschwörerisch. »Ich will genau wie du, dass Helene ein schönes Zuhause hat. Und dazu gehört ja wohl auch ein zufriedener Ehemann.«

Er schien es ernst zu meinen. Erleichtert holte ich Luft. Zwar waren meine Bedenken nicht gänzlich zerstreut. Am liebsten wäre ich sofort mit ihm zur Sparkasse gefahren, um das zu regeln. Aber zum einen war Sonntag, und zum anderen könnte Hubert das als Affront auffassen. Ein paar Tage würde ich auf das Geld schon noch verzichten können, und so entschloss ich mich, das Kriegsbeil bis auf Weiteres zu begraben. »Gut, ich verlass mich auf dich.«

Er klopfte mir auf die Schulter. »Schön, schön, schön.«

»Ich hab da aber noch was.«

Rasch zog er seinen Arm zurück. »Was ist denn heute mit dir los? Habe ich ›Beschwerdestelle‹ auf der Stirn stehen?« Er lachte gackernd.

»Hast du deinen Notar schon angerufen?«, fragte ich.

Sein Lachen erstarb. Eindringlich sah er mich an. »Meinst du nicht, dass es meine Sache ist, wie ich die Dinge regele? Was geht das dich an?«

Ich straffte mich. »Deine Sache? Hör mal, ich stecke viel Geld in die Hütte. Da möchte ich auch eine Sicherheit haben.«

»Bisher läuft doch alles, oder nicht?«

»Aber nur, weil meine Eltern eine Hypothek … das weißt du selbst. Ich will endlich umschulden. Meine Eltern sollen aus der Nummer raus.«

»Es tut ihnen doch nicht weh. Du zahlst schließlich die Raten, oder nicht?«

Ich war sprachlos. Wollte er damit etwa andeuten, dass er in dieser Hinsicht nichts zu unternehmen gedachte? Seine nächsten Worte brachten Klarheit.

»Warum also die Eile? Ist doch alles bestens.« Seine Stimme klang kalt. »Ich habe mir das durch den Kopf gehen lassen. Die

Kosten für die Überschreibung sind nicht unerheblich. Notargebühren und der ganze Rattenschwanz, da kommt einiges zusammen.«

»Das finanziere ich«, sagte ich mit belegter Stimme. Ich ahnte Schlimmes.

Er lachte. »Wenn du das Geld übrig hast, wieso bettelst du mich dann wegen der paar läppischen Kröten an?«

Betteln?

»Jetzt mach mal 'nen Punkt, Hubert, ich bettle nicht, es ist mein …«

»Helene wird einen Teil des Hofes erben«, unterbrach er mich. »Das Überschreiben ist also unnötig. Das Geld können wir uns sparen.« Er lächelte übertrieben freundlich, setzte sich ohne ein weiteres Wort in Bewegung und rempelte mich im Vorbeigehen absichtlich an. Lässig steckte er die Hände in die Taschen und schlenderte zur Garage.

»Scheißkerl«, zischte ich ihm hilflos hinterher. Das Geld meiner Eltern steckte in dem Ausbau. Ich hatte ihnen versprochen, so rasch wie möglich umzuschulden. Wie stand ich denn jetzt da? Was sollte ich ihnen erzählen? Im Geiste sah ich ihre verkniffenen Gesichter, spürte ihre enttäuschten Blicke, die auf meiner Haut brannten.

Andreas' Worte hallten durch meinen Kopf, und ich schämte mich, nicht auf ihn gehört zu haben.

Es donnerte.

Überrascht sah ich nach oben. Dunkelgraue Wolken hingen am Himmel. Ein Blitz flackerte über den Horizont. Schon öffneten sich die Schleusen; schwere Tropfen regneten herab und kühlten mein erhitztes Gesicht.

Hubert war in seiner Garage verschwunden.

Verärgert ballte ich meine Hand zur Faust. »Nein, so nicht«, murmelte ich wütend. So sollte er mir nicht davonkommen. Bevor ich jedoch hinter ihm herrennen konnte, hörte ich ein Klopfen. Erich bedeutete mir reinzukommen.

Unentschlossen schaute ich zwischen ihm und der Garage hin und her.

Hubert startete den Motor seines Wagens, und kurz darauf

rollte er vom Hof. Missmutig blickte ich ihm hinterher. Der Benz räucherte wie ein altersschwacher Trabant und hinterließ eine stinkende Abgaswolke.

Wieder klopfte Erich gegen die Scheibe.

Ich zog meinen Kragen enger und entschied, seiner Aufforderung nachzukommen. Auf der Baustelle weiterzumachen, als wäre nichts gewesen, danach stand mir im Moment nicht der Sinn.

Ich ging ins Haus und fand den Alten in seiner kleinen Küche. Er saß in seinem Rollstuhl, eine Decke wärmte seine Beine. »Na? Lernt ihr euch endlich richtig kennen?«, fragte er bitter.

Seufzend ließ ich mich auf die Eckbank fallen. »Du hast gelauscht?«

»Mach ich gern, hab ja sonst keinen Spaß mehr.«

»Ein zweifelhaftes Vergnügen.« Ich stützte das Kinn in die Hände.

»Nun lass den Kopf nicht hängen.« Er nahm zwei Flaschen Bier aus dem Kühlschrank und legte sie sich in den Schoß. Dann rollte er zu mir rüber und stellte sie vor mich auf den Tisch. »Mach mal auf. Mir schmerzen dabei immer die Finger.«

»Bier? Jetzt?«

»Frühschoppen.«

Ich zögerte nur kurz. Vielleicht war es gar keine schlechte Idee, die Nerven mit etwas Alkohol zu beruhigen. Ich hebelte die Kronkorken ab. Sofort lag der würzige Duft des Bieres in der Luft.

Erich steckte in seine Flasche einen Strohhalm, prostete mir zu und nuckelte daran. »Ah, tut das gut. Wenn Helene mich so sieht, wird sie wieder schimpfen. Ein gutes Mädchen, aber ein wenig zu streng. Pass bloß auf, sollte sich Nachwuchs bei euch einstellen.«

In mir rührte sich das schlechte Gewissen. Helene hatte sicher einen Grund, dem Alten das Bier zu verbieten. Und mir fiel nichts Besseres ein, als das zu unterlaufen. Andererseits hätte sie die Flaschen kaum in den Kühlschrank geräumt, wenn

Erich keinen Alkohol trinken durfte. Ganz so schlimm konnte es also nicht um ihn stehen.

Mein Zorn kehrte zurück. Ich knallte die Flasche auf den Tisch. Schaum stieg auf und sprudelte aus dem Hals. »Hubert ist ein Scheißkerl.«

Erich lachte spröde. »Gratuliere zu dieser späten Erkenntnis. Was willst du nun unternehmen?«

Ärgerlich setzte ich die Flasche an und trank sie auf ex leer. Der Alkohol stieg mir sofort zu Kopf und dämpfte meine Wut. »Ich muss drüber nachdenken.«

»Hast du keine Eier in der Hose? Hubert verdient eine Abreibung.«

Verständnislos sah ich ihn an. »Was redest du da? Was soll ich denn dagegen tun, mir sind doch die Hände gebunden.«

»Du musst ihm zeigen, dass er so nicht mit dir umspringen kann.«

»Und wenn ich nichts mache?«

»Wird es so weitergehen.«

Ich stand auf und holte mir eine weitere Bierflasche aus dem Schrank. Irrte ich mich, oder war da ein bittender Tonfall in Erichs Stimme? Aber warum sollte er wollen, dass ich mich mit Hubert anlegte? Es würde der Familie doch nur weiteren Ärger und Stress einbringen. Und davon hatten wir alle schon mehr als genug. »Ich werde noch mal mit ihm reden«, sagte ich.

Erich verzog gequält das Gesicht. »Reden«, grummelte er. »Was ist das nur für eine Zeit? Alle wollen nur noch reden, anstatt Fakten zu schaffen.«

»Nun, ich kann Hubert ja wohl kaum erschießen, oder?«

Erich blickte mich aus seinen trüben Augen durchdringend an, die Lippen zu einem Strich zusammengepresst. Mir lief eine Gänsehaut über die Unterarme.

»Vergiss es.« Ich lachte unsicher. »Das ist keine Option, es war nur so eine Bemerkung.«

Erichs Gesicht blieb reglos, wie in Stein gemeißelt.

Ich hörte auf zu lachen und stellte meine noch geschlossene Flasche auf die Anrichte. Der Alte war mir mit einem Mal unheimlich. Er schien nicht nur körperlich zu verfallen, sondern auch geistig. Vielleicht wurde er auf seine alten Tage arglistig und bösartig. Ich fühlte mich unwohl in seiner Nähe. »Ich muss dann jetzt weitermachen.«

Erich begleitete mich zur Tür. Er keuchte schon nach den ersten zwei Metern. Mit seinen gichtigen Fingern konnte er den chromglänzenden Ring an den Rädern kaum greifen. Immer wieder rutschte er ab. Als ich in den Innenhof trat, brach er sein Schweigen.

»Du weißt, wo du mich finden kannst. Mit mir kannst du über alles reden. *Alles*, damit das klar ist.«

***

Eine Stunde später tauchte Helene auf der Baustelle auf. Mit knappen Worten berichtete ich ihr von der Begegnung mit ihrem Vater. »Kannst du nicht mal mit ihm reden?«, bat ich sie.

Helene wurde kreidebleich, und ich befürchtete, sie würde in Ohnmacht fallen. Ich packte sie am Ellbogen und führte sie zu einem umgedrehten leeren Getränkekasten, damit sie sich setzen konnte. Dann griff ich nach einer in der Nähe stehenden Wasserflasche und reichte sie ihr.

Mit zittriger Hand setzte sie die Flasche an und trank einen großen Schluck.

»Soll ich jemanden holen?«

Sie schüttelte den Kopf. »Ist schon gut. Ich …« Sie stockte und brach in Tränen aus.

Ich wusste nicht, wie ich sie trösten sollte. Zögerlich strich ich ihr über die Haare.

Helene fing sich wieder. Mit den Schultern wischte sie sich ihre Tränen aus den Augenwinkeln. »Reden bringt gar nichts, glaub's mir«, sagte sie.

»Du kannst es doch zumindest mal versuchen. Immerhin bist du seine Tochter, vielleicht lässt er sein Herz erweichen.«

»Er lässt sich nicht umstimmen, wenn er sich einmal etwas in den Kopf gesetzt hat.«

»Nun ja, immerhin hat er seine anfänglich ablehnende Haltung mir gegenüber auch geändert.«

»Das war etwas anderes.«

»Inwiefern?«

»Er hat erkannt, dass du eine gute Partie für mich bist.«

»Das zeugt von Menschenkenntnis«, scherzte ich. Doch Helene ließ sich nicht aufheitern.

»Finde dich damit ab, dass wir allein klarkommen müssen. Von meinem Vater haben wir nichts zu erwarten.«

Ich stand auf und holte mir aus der fast fertigen Küche Kartoffelsalat und eine Bockwurst. Mit dem Fuß schob ich eine weitere Getränkekiste näher zu Helene und setzte mich. Appetit hatte ich zwar nicht, doch bei meinem Arbeitspensum musste ich essen. Ansonsten würde ich zusammenbrechen. Trotzdem stocherte ich nach wenigen Bissen nur noch im Essen herum. Schließlich legte ich die Gabel auf den Teller und stellte ihn auf den Boden. Nachdenklich und auch ein wenig mutlos ließ ich den Kopf hängen.

»Dir deinen Anteil noch nicht zu überschreiben, ist eine Sache«, sagte ich niedergeschlagen. »Aber wenn er mir die verlorenen Ausgaben nicht erstattet, weiß ich nicht, wie wir dieses Jahr noch fertig werden wollen. Hast du nicht noch etwas Geld?«

»Das bisschen, was ich gespart habe, ist doch für die Hochzeit.«

Überrascht riss ich den Kopf hoch. »Wie? Macht dein Vater noch nicht mal dafür Geld locker?«

Helene lächelte mich nachsichtig an. Ich fühlte mich wie ein Schuljunge, der etwas sehr Blödes gesagt hatte. »Ich erwarte das nicht von ihm. Ich erwarte *überhaupt nichts* von ihm.«

Enttäuscht stand ich auf und machte mich wieder an die Arbeit. Meine Naivität ärgerte mich maßlos. Ich hatte alle Warnungen in den Wind geschlagen, um auf Biegen und Brechen trotzig meinen Kopf durchzusetzen. Das hatte ich jetzt davon.

An dem Sonntag dachte ich, es könnte nicht mehr schlimmer kommen. Doch wenn du meinst, am Boden zu liegen, scheißt der Teufel dir noch einen dicken Haufen obendrauf.

15

Lobowski lachte verhalten bei der Vorstellung. Dann sah er Schmelzers traurigen Gesichtsausdruck und räusperte sich. »Tut mir leid. Was ist denn danach geschehen?«

»Mein Geselle fiel von der Leiter und brach sich ein Bein. Alle hatten mir geraten, mich bei einer Zeitarbeitsfirma zu bedienen. Aber ich Großkotz hatte ihn gleich fest eingestellt.«

»Verstehe. Sechs Wochen Lohnfortzahlung, und dazu hattest du selbst keine Arbeitsentlastung.«

»Und nicht nur das. Es kam auch noch Ärger mit der Stadt hinzu. Heute noch habe ich offene Rechnungen wegen angeblicher Mängel bei der Hallenbadsanierung. Zum Jahreswechsel stand mir das Wasser Oberkante Unterlippe.«

»Ärgerlich«, sagte Lobowski mitfühlend. »Und der Ausbau des Hauses? Gab es dort noch weitere Probleme?«

Schmelzer zuckte mit den Schultern. »Meine Eltern waren nicht begeistert, als ich ihnen die Situation erklärte.«

»Kann ich mir denken.«

»Zumindest konnten Helene und ich wie geplant vor Weihnachten dort einziehen. Zwar hatte ich noch nicht alle Ecken endgültig fertig, es blieb eine halbe Baustelle. Aber es war warm und trocken, das sollte für die erste Zeit reichen. Nur richtig freuen konnte ich mich nicht darüber, wie du dir denken kannst.«

»Und die Hochzeit?«

Versonnen blickte Schmelzer zu Boden. Seine Gesichtszüge entspannten sich. »Helene sah wunderschön aus. Du hättest sie sehen sollen.«

Lobowski schwieg betroffen. Er hatte die Einladung zur Hochzeit wegen eines schon gebuchten Kurztrips nach New York nicht wahrnehmen können. Eine Reise, die er locker bezahlen konnte, während Schmelzer finanziell nicht mehr ein noch aus wusste. Es fiel ihm schwer, sich in die Situation seines Freundes hineinzuversetzen, der nur in Momenten der Erinnerung wie diesem einen sorgenfreien Eindruck machte.

Viel zu schnell ging der Augenblick vorüber. Schmelzers Blick verfinsterte sich, und er sah auf. »Alles Schnee von gestern.«

»Sag das nicht. Ihr seid immer noch verheiratet und werdet die Sache gemeinsam durchstehen.«

Schmelzer schnaufte mutlos. »Wer weiß.«

»Zumindest bleiben dir die schönen Erinnerungen.«

»Ja, toll. Eingerahmt in einem Haufen Scheiße.« Er beugte sich über den Tisch und sah Lobowski in die Augen. »Das richtige Übel begann bereits am Tag vor der Hochzeit.«

16

Von den Vorbereitungen für meine Junggesellenabschiedsparty bemerkte ich rein gar nichts.

Am Abend vor unserer Hochzeit kam ich abgekämpft und übermüdet von der Arbeit und schloss die Haustür auf. Ich erschrak fürchterlich, als mir ein lautstarkes »Überraschung« entgegenschallte. Meine Kumpels grinsten von Ohr zu Ohr. Wäre ein Flugzeug auf mein Dach gestürzt, ich wäre nicht verblüffter gewesen.

Mit einem strahlenden Lächeln auf dem Gesicht schob sich Mario durch die Menge und drückte mir ein Bitburgerstubbi in die Hand. »Da staunste, was? Hab ich rasch auf die Beine gestellt. Helene ist mit Claudia unterwegs. Das kann dauern. Danach will mein Schwesterchen sich in ihr altes Kinderzimmer schleichen, um uns nicht zu stören. Wir haben also sturmfreie Bude.«

Mir fielen vor Erstaunen fast die Plomben aus den Zähnen. Mario war der Initiator? Sollte ich mich so in ihm getäuscht haben? Schwer vorstellbar, aber ich wollte die Chance nicht verspielen, mit ihm ins Reine zu kommen.

»Danke«, sagte ich daher und reichte ihm die Hand.

Er schlug ein und schob mich ins Wohnzimmer. »He, kein Problem«, brüllte er über die Musik hinweg, die jetzt aus den Boxen dröhnte und die Wände zum Wackeln brachte.

Mario war es gelungen, die komplette Fußballmannschaft und noch einige andere Freunde zu mobilisieren. Ich warf einen Blick in die Küche. Dort war ein Büfett aufgebaut. Mein Magen knurrte. Ich vergaß meine Müdigkeit und ließ mich von der ausgezeichneten Laune der anderen anstecken. Den Frust der letzten Monate verstaute ich im Hinterstübchen und stürzte mich ins Vergnügen.

Die nächsten Stunden waren phantastisch. Seit Langem hatte ich mich nicht mehr so gut amüsiert. Ich genoss die ausgelassene Stimmung und freute mich über Marios Kehrtwende.

Das Leben auf dem Hof würde dadurch deutlich angenehmer werden.

Gegen Mitternacht drehte Mario die Musik leiser. »So, Leute, wir treffen uns draußen. Ich habe noch eine Überraschung vorbereitet.«

Es dauerte eine Weile, bis er alle überzeugt hatte, sich in die Kälte hinauszubegeben, doch schließlich gaben wir nach.

Der Himmel war sternenklar und die Luft frostig, aber ich spürte die Kälte nicht. Amüsiert beobachtete ich, wie Mario auf eine bereitgestellte Holzkiste stieg. Fast wäre er heruntergefallen. Er ruderte mit den Armen und lachte.

»Voll wie eine Haubitze«, rief mir Andreas ins Ohr. Sein Atem roch nach Whisky. »Die Stripperin wird sich bedanken. Deren Brustwarzen sind bei der Kälte sicher so hart wie Diamanten.«

Ich nuckelte an meinem Bier und suchte voller Vorfreude die Umgebung ab. Irgendwo musste sich die Künstlerin doch verstecken. Außer Erich, der hinter seinem Küchenfenster hockte, konnte ich allerdings niemanden entdecken, der nicht zur Gesellschaft gehörte. Mein Blick fiel auf die Holzkiste. Groß genug wäre sie.

Mario hob die Hände. »Jungs! Bitte seid mal einen Moment still.«

Um mich herum erstarb das Gelächter und Gerede.

Nervös zupfte ich an meinem Hemdkragen. Lampenfieber, tröstete ich mich. Im Mittelpunkt zu stehen, war nicht meine Stärke. Trotzdem freute ich mich.

»So, Klaus, jetzt ist der Zeitpunkt gekommen«, rief Mario feierlich.

Ich stellte mich auf Zehenspitzen und suchte erneut die leicht bis gar nicht bekleidete Tänzerin. Andreas hatte recht: Sie würde sich den Hintern abfrieren, sollte ihre Show hier draußen stattfinden.

»Komm mal zu mir.« Mario winkte mich zu sich.

Von Schulterklopfern getrieben löste ich mich aus der Menge und trat an seine Seite. Meine Kumpels grölten und freuten sich sichtlich auf die barbusige Abwechslung.

»Du wirst morgen meine Schwester heiraten.«

»Nichts lieber als das«, sagte ich und schmunzelte.

Meine Kumpels johlten, einige pfiffen laut auf ihren Fingern. Falls Monika und Hubert bereits in ihren Betten geschlummert hatten, war damit jetzt Schluss.

Beschwichtigend hob Mario die Hände. »Ruhig, Jungs, ruhig.« Er holte tief Luft und wartete, bis der Lärm abschwoll. »Klaus, ich habe die Ehre, dich in den Kreis der Familie aufzunehmen.«

Mir wurde warm ums Herz. Dass ausgerechnet Mario diese Aufgabe übernahm, bedeutete mir sehr viel. Damit hatte ich in meinen kühnsten Träumen nicht gerechnet.

Mario ging in die Knie und legte mir eine Hand auf die Schulter. »Du musst dich nur noch dem traditionellen Rechkemmer-Ritual unterziehen. Bist du dazu bereit?«

»Klar«, sagte ich, ohne groß nachzudenken. Was konnte mich schon für eine Aufgabe erwarten? Mit verbundenen Augen einer halb nackten Frau Schlagsahne aus dem Bauchnabel lecken?

Mario sprang von der Holzkiste und hob den Deckel.

Ich grinste und erwartete, dass die Stripperin wie ein Phönix aus der Asche aus der Kiste emporsteigen würde.

Stattdessen quiekte etwas mitleiderregend.

Ein Schwein?

Meine gute Laune verflog. Was hatte das zu bedeuten? Ich wollte der Situation mit einer humorigen Bemerkung begegnen. Doch die Worte blieben mir im Hals stecken, als ich Marios arglistigen Blick bemerkte. Mir wurde bewusst, dass er mich den ganzen Abend getäuscht hatte, um nun die Katze aus dem Sack zu lassen.

Beziehungsweise das Schwein aus der Kiste.

Ich schluckte. Am liebsten hätte ich Mario meine Faust in die grinsende Visage geschmettert. Doch ich riss mich zusammen und machte gute Miene zum bösen Spiel.

»Mario, ich glaube, man hat dich übers Ohr gehauen. Wir alle hier hatten etwas anderes erwartet.«

Verhaltenes Lachen erklang. Meine Kumpels wussten offenbar nicht, was sie von der Sache halten sollten.

»Mag sein«, sagte Mario. »Doch Traditionen wollen gepflegt werden. Oder bist du da anderer Meinung?«

Mit einer schnellen Bewegung, die ich ihm bei seinem Alkoholkonsum gar nicht mehr zugetraut hatte, griff Mario in die Kiste und zog ein Ferkel an den Hinterbeinen heraus. Es zappelte wild und quiekte in derart hohen Tönen, dass es in den Ohren schmerzte. Die Vorder- und Hinterläufe waren zusammengeknotet, sodass es nicht fliehen konnte.

Wie ein Zauberkünstler, der gerade ein Kaninchen aus dem Hut gezaubert hatte, präsentierte Mario das Ferkel der Runde. Dann hockte er sich hin und drückte es mit einer Hand auf den Boden. Mit der anderen griff er in seine Hosentasche und zog ein Butterflymesser hervor. Gekonnt wirbelte er es herum. Die Klinge zischte durch die Luft.

»Lass doch den Quatsch, Mario. Was soll das denn?«, rief irgendjemand aus der Menge.

Doch Mario dachte gar nicht daran, es zu lassen. Er sah zu mir hoch. »Liebster angehender Schwager, es wird dir archaisch erscheinen. Aber dieser Brauch wird in unserer Familie seit Generationen gepflegt.« Er hielt mir das Messer hin. »Schneid dem Schwein die Kehle durch und trink das Blut.«

Ich lachte unsicher. So abgedreht konnte doch niemand sein. »Hör mit dem Quatsch auf. Du hattest deinen Spaß.«

»Das ist kein Spaß.«

»Was soll der Scheiß, Mario? Du glaubst doch nicht wirklich … Mensch, wo leben wir denn? Ich steche doch nicht einfach so ein Ferkel ab.«

Zustimmendes Gemurmel ertönte. Zumindest die anderen waren auf meiner Seite. Das bestärkte mich. »Pack das Schweinchen zurück in die Kiste und lass uns weiterfeiern«, sagte ich.

Mit unverhohlenem Hass sah Mario mich an. »Ich wusste es. Du bist ein Schisser.« Er stach mit dem Messer in meine Richtung und verfehlte nur knapp meinen Oberschenkel. »Traust dich nicht, stimmt's? Oder ist es unter deiner Würde, ein Schwein zu schlachten? Das hier ist ein Bauernhof. Schlachten gehört zum Alltag.«

Konnte das alles wahr sein? Ich musste mir etwas einfallen

lassen. Langsam beugte ich mich zu dem Ferkel hinab, das mich ängstlich anstarrte und heftig mit den Beinchen strampelte. Das Seil schnitt ihm in die Läufe. Mit einem triumphierenden Grinsen im Gesicht hielt mir Mario das Messer hin. »Na also, geht doch.«

Ich nahm es ihm ab.

Die anderen rückten näher und bildeten einen Kreis.

Ich blickte mich um. Die meisten wichen meinem Blick aus, einige schüttelten kaum merklich den Kopf. Keiner von ihnen wollte das Ferkel sterben sehen. Niemand sagte etwas, nur noch das Schweinchen quiekte ab und an herzzerreißend.

»Nun mach schon«, drängte Mario.

Okay, mein Auftritt, meine Show.

Ich holte tief Luft.

Regungslos betrachtete ich einige Sekunden lang das Ferkel. Ich streckte die Hand aus und streichelte es sanft. »Sch, sch, ganz ruhig«, murmelte ich einige Male. Nach einigen Sekunden beruhigte es sich und hörte auf zu strampeln.

»Für einen Anfänger nicht schlecht«, raunte Mario mir ins Ohr. »Stich zu!«

Ich verkniff mir das Lachen. Mario schien tatsächlich zu glauben, ich würde ein unschuldiges Wesen nur aufgrund eines abstrusen Brauches töten. Es wurde Zeit, ihm eine Lektion zu erteilen.

»Liebes Ferkelchen«, hob ich an, »hiermit schenke ich dir das Leben. Werde groß und stark und erfreue uns später einmal mit deinen Schnitzeln. Für deinen Abtritt ist es dann immer noch früh genug.«

Beherzt packte ich das Tier, legte es in die Kiste und schnitt die Fesseln durch. Sofort sprang es auf und rannte im Kreis herum.

Ich rammte die Messerspitze in den Rand der Kiste und stand auf, während meine Kumpels feixten. Kurz darauf lachten die Ersten los. Ich hielt Mario die Hand hin, um ihm aufzuhelfen. »Nichts für ungut«, sagte ich.

Wütend schlug er meine Hand aus. Er zog das Messer aus dem Holz, beugte sich in die Kiste und schlitzte mit einer geübten Bewegung die Kehle des Ferkels auf. Es fiel zur Seite, zappelte und versuchte zu quieken. Doch die Luft entwich pfeifend aus dem tödlichen Schnitt. Das Blut rann aus der Schlagader, sammelte sich am Kistenboden, sickerte durch die Ritzen und taute die dünne Schicht Raureif auf, die den Asphalt darunter überzog.

»So geht das, du feiger Pisser.« Mario stand auf und stellte sich drohend direkt vor mich. Für den Bruchteil einer Sekunde fürchtete ich, er würde auch mich abstechen. Vielleicht wäre das auch passiert, wenn ihn Andreas in diesem Moment nicht zur Seite gestoßen hätte.

»Jetzt ist aber Schluss!«

Mit wutverzerrtem Gesicht sah Mario ihn an, in der Rechten das blutbefleckte Messer. Meine Kumpels bauten sich an unserer Seite auf. Grimmig erwiderten sie Marios Blick.

»Weichei«, spie der mir ins Gesicht, machte dann auf dem Absatz kehrt und stapfte über den Hof davon.

Während die anderen sich auf den Weg ins Warme machten, griff Andreas nach meinem Arm. »Das hast du gut gemacht. Ich hätte das Ferkel auch nicht abgestochen.«

Zweifelnd betrachtete ich die Holzkiste, die jetzt in einer großen Blutlache stand. »Aber der Brauch. Vielleicht hätte ich doch …«

»Blödsinn.« Andreas zog mich mit sich zum Haus. »Es hätte auch nichts geholfen. Mario kann dich aus irgendeinem Grund nicht leiden, das ist gerade eben wohl jedem klar geworden. Was du auch getan hättest, es hätte nichts daran geändert. Geh ihm aus dem Weg, es ist besser so. Und vor allem: Vertrau ihm nicht.«

Ich nickte und nahm mir vor, diesmal auf Andreas' Ratschlag zu hören.

Doch manche Dinge sind leichter gesagt als getan.

Irgendwann in der Früh, als die letzten Gäste nach Hause gewankt waren, fiel ich todmüde ins Bett. In einem Alptraum jagte mich Mario mit einem Messer quer durch die Eifel. Dabei schlitzte er alle auf, die sich ihm in den Weg stellten und versuchten, mich zu schützen. Andreas, Helene, meine Eltern, niemand entkam seiner Wut.

Wer weiß, wer noch alles hätte dran glauben müssen, wenn mich ein Telefonläuten nicht unsanft aus dem Schlaf gerissen hätte. Mein Kopf brummte, als ich abhob.

»Ich muss dich sprechen«, hörte ich Erich sagen.

Ich stöhnte. »Hat das nicht Zeit bis heute Abend?« Die Leuchtziffer meines Weckers zeigte kurz nach sechs Uhr an.

»Zieh dich an und komm rüber. Wer saufen kann, kann auch reden.«

Es klackte in der Leitung. Er hatte aufgelegt.

Resigniert rappelte ich mich auf und fasste mir an den Schädel, der heute die doppelte Größe zu haben schien. Ich quälte mich aus dem Bett, schlurfte in die Küche und braute mir einen Kaffee. Während die Maschine röchelte, blickte ich mich um. Überall Gläser, leere Flaschen, Teller und Schüsseln mit Essensresten. Mir grauste es vor dem Aufräumen.

Eine halbe Stunde und zwei Aspirin später war ich in der Lage, zu Erich rüberzugehen. Im Stall brannte bereits Licht, Das Narbengesicht und sein Bruder werkelten fleißig, die Säue grunzten zufrieden. Zuverlässig schienen die beiden ja zu sein. Hubert konnte froh über ihre Unterstützung sein.

Beim alten Erich schlug mir in der Küche eine unangenehme Hitze entgegen. Ich ließ mich auf die Eckbank fallen. Erich schob mir einen Kaffeepott zu.

»War ja eine wilde Party gestern. Bis auf den kleinen Zwischenfall.«

»Ach, was soll's«, erwiderte ich wortkarg. Ich sehnte mich zurück ins Bett und hoffte, Erich würde rasch zur Sache kommen.

»Mario hat schon mal seltsame Ideen.«

Nun gut, wenn er unbedingt darüber sprechen wollte. Ich würde kein Blatt vor den Mund nehmen. »Er ist ein Kleingeist.«

Der Alte drehte seinen Rollstuhl und sah zum Fenster hinaus. »Ich bin zwar nur noch Haut und Knochen, doch hören kann ich wie eine Fledermaus und sehen wie ein Luchs. Mir entgeht nichts.«

»Das freut mich für dich.«

»Hör auf mit den Plattitüden«, fuhr er mich unwirsch an.

Ich gähnte und streckte mich. »Entschuldige, Erich. Nimm es mir nicht übel, ja? Ich bin todmüde. Nach so einer kurzen Nacht ist man schon mal schlecht gefusselt.«

Er rollte zurück an den Tisch, zündete sich eine Zigarette an und nahm einen Zug. Er hustete rau und lange, ohne eine Miene zu verziehen. »Mario hatte schon immer Aussetzer«, erklärte er dann. »Versteh mich nicht falsch, ich will ihn nicht verteidigen oder in Schutz nehmen. Ich will nur, dass du verstehst, womit du es zu tun hast. Auf der einen Seite kann er nett, verständnisvoll und, ja, sogar liebevoll sein. Leider aber gibt es auch eine andere Seite, die jähzornige, brutale. Er kommt da ganz und gar nach seinem Vater.«

Nachdenklich schaute ich in meine Kaffeetasse. »Und Helene?«, fragte ich.

»Helene ist durch und durch ein gutes Mädchen. Wie ihre Mutter. Um sie musst du dir keine Sorgen machen.«

Das erleichterte mich. »Gut.«

»Aber dir muss klar sein, dass mit dieser Heirat Probleme auf dich zukommen werden.«

»Nimm's mir nicht krumm, Erich. Ich kann es bald nicht mehr hören. Seit ich mit Helene zusammen bin, höre ich von allen Seiten nur noch gute Ratschläge, sei es privat oder geschäftlich.«

Er betrachtete die Spitze seiner Zigarette, von der kräuselnd blauer Rauch aufstieg. »Klar. War zu erwarten.« Wieder zog er an seiner Kippe. »Aber Helene ist mir lieb und teuer. Ich würde mein Leben für sie opfern. Dass du das weißt, ist mir wichtig.«

»Okay, danke, ich werde es mir merken.« Ich verbiss mir die Bemerkung, dass wir uns darüber auch am Nachmittag hätten unterhalten können. Dazu hätte er mich nicht aus dem Bett klingeln müssen. Aber offensichtlich galt der normale Tagesablauf für Erich nicht mehr. Er regelte die Dinge, wenn sie ihm in den Sinn kamen.

Er wies aus dem Fenster in den Hof. Dort lief das Narbengesicht mit einer Schubkarre zum Misthaufen und leerte sie. »Sind klasse, die beiden Brüder«, sagte Erich. »Hast du sie eigentlich schon näher kennengelernt?«

»Hm, wenn ich ehrlich bin, sind sie mir nicht ganz geheuer.«

Erich lachte gackernd. »Du solltest dich nicht vom Äußeren blenden lassen.«

»Sprechen die beiden denn überhaupt Deutsch?«

»Mehr oder weniger. Es reicht auf jeden Fall für eine Unterhaltung.« Er seufzte. »Ohne die Krovzs würde hier längst nichts mehr laufen.«

»Wie seid ihr denn eigentlich an die geraten?« Ich hegte seit längerer Zeit die Befürchtung, dass die beiden sich illegal in Deutschland aufhielten.

»Zufall. Helene hatte mich aus dem Krankenhaus abgeholt. Unterwegs streikte der Wagen. Sergej und Ivan stoppten und halfen uns. Dabei kamen wir ins Gespräch. Es stellte sich heraus, dass sie Arbeit suchten, und ich stellte sie ein.«

»Du? Nicht Hubert?«

»Hubert war froh, dass ich jemanden gefunden hatte. Er ist eine faule Sau.«

Ich lachte. Erichs Offenheit verblüffte mich immer wieder.

»Außerdem kann ich manchmal sehr überzeugend sein. Die beiden sind mir jedenfalls dankbar. Auf die kann ich mich verlassen.« Er blickte mich an, als würde er irgendetwas aushecken. »Mit Säuen verstehen sie umzugehen.«

»Das sollten sie als Schweineknechte auch«, sagte ich und stand auf. »Du, sei mir nicht böse. Aber mir läuft ein wenig die Zeit davon.«

»Die Hochzeit, ja, ja.« Er winkte mich mit seiner fast abgebrannten Kippe in der Hand zur Tür hinaus. »Wird bestimmt ein Mordsspaß.«

»Dein Wort in Marios Ohren.«

Ich zog die Haustür auf.

Die Reifen seines Rollstuhls quietschten auf dem Linoleum hinter mir. »Ach, fast hätte ich es vergessen.«

Ich drehte mich zu ihm um.

»Das Ritual.«

Ich ließ die Schultern hängen. »Ja, schon klar. Es ist euch

wichtig.« Obwohl ich mir sicher war, das Richtige getan zu haben, war mir die Sache vor dem Alten peinlich. »Ich habe es einfach nicht übers Herz gebracht.«

Ein Lächeln straffte seine Falten. »Du wärst der Erste gewesen.«

Ich verstand nicht. »Der Erste?«

»Mario hat dich angelogen. Es gibt kein solches Ritual der Familie Rechkemmer.«

Ich erwiderte nichts darauf, sondern nickte nur verhalten. Das hätte ich mir ja denken können.

Enttäuscht schloss ich die Tür hinter mir und atmete durch. Narbengesicht und sein Bruder verließen gerade den Stall. Sie gingen über den Hof und verschwanden im Inneren des Wohnhauses. Da ich im Schatten des Vordachs stand, bemerkten sie mich nicht.

Um mich über Marios Lüge zu ärgern, fehlte mir schlicht die Kraft. Stattdessen verfiel ich ins Grübeln. Warum tat er so etwas? Was wollte er erreichen? Mir waren seine Motive schleierhaft, ich konnte mir keinen Reim darauf machen. Vielleicht sollte mal jemand Mario zum Arzt schleifen und ihn auf seinen Geisteszustand untersuchen lassen.

Ich sah auf meine Uhr. Kaum eine Stunde wach und schon drehte sich wieder alles um meine neue Familie. Anscheinend musste ich mich daran gewöhnen, ob ich wollte oder nicht.

Als ich über den Hof gegangen war und die Haustür aufschloss, hörte ich einen Motor. Das Garagentor war unten. Es konnte also nicht Hubert sein, der von seiner nächtlichen Tour zurückkam. Ich ging hinein und stellte mich ans Wohnzimmerfenster, neugierig darauf, wer am frühen Morgen die Ruhe störte.

Ein dunkler BMW rollte in die Einfahrt. Das Licht der Scheinwerfer streifte die Außenfassaden der Gebäude. Der Wagen hielt, und ein Mann stieg aus. Er sah sich um, als würde er den Wert des Hofes taxieren.

Unwillkürlich duckte ich mich und spähte über das Fensterbrett hinaus. Im diffusen Licht der einsetzenden Dämmerung erkannte ich leider nur wenig. Trotzdem war ich mir sicher, den Fremden noch niemals zuvor hier gesehen zu haben.

Der Mann trug einen langen schwarzen Ledermantel über einem ebenso dunklen Anzug. Die Haare hatte er zum Zopf zusammengebunden. Trotz der Kälte schloss er seinen Mantel nicht, sondern schlenderte lässig zum Klingelknopf der Rechkemmers und drückte ihn.

Ich schlich zur Haustür und öffnete sie einen kleinen Spaltbreit. Ein wenig rührte sich in mir die Scham. Es war nicht richtig, hier auf der Lauer zu liegen und zu lauschen. Doch meine Neugierde war stärker. Vielleicht war der Typ ja ein Exfreund von Helene, der sie am Tag der Hochzeit davon abhalten wollte, einen seiner Ansicht nach riesigen Fehler zu begehen. Bei dem Gedanken lief es mir kalt den Rücken runter.

Die Außenlampe leuchtete auf, kurz darauf erschien Monika in der Tür.

Ich erschrak bei ihrem Anblick. Das letzte Mal hatte ich Monika zu Weihnachten gesehen, vor nicht einmal einer Woche. Zwar hatte ich ihr da bereits angesehen, dass es ihr nicht gut ging. Doch mit reichlich Schminke hatte sie sich einen Hauch von Normalität ins Gesicht gezaubert. Auf meine Nachfrage hatte sie mir versichert, dass es ihr gut gehe und ich mir keine Sorgen machen müsse.

Daran zweifelte ich jetzt. Sie hatte einiges an Gewicht verloren und stand gekrümmt wie ein Fragezeichen im Türrahmen. Sie schien Schmerzen zu haben.

Seltsam. Helene hatte mir nichts von einer Krankheit erzählt.

Zwischen dem Mann mit dem Ledermantel und Monika entbrannte ein Wortwechsel. Leider verstand ich nur wenige Wortfetzen. Es reichte nicht aus, um den Grund des Besuches zu erfahren.

Deprimiert wollte ich die Tür zudrücken, als Helene hinter Monika auftauchte und ebenso hitzig auf den Mann einredete. Ihre Stimme klang ängstlich.

Der Mann hörte eine Weile zu. Während Helene aufgeregt lamentierte, zog er gelassen ein blütenweißes Stofftaschentuch aus seiner Hosentasche und schnäuzte sich. Seine Bewegungen wirkten affektiert und arrogant.

Er steckte das Taschentuch wieder ein. »Stopp!«, wies er Helene daraufhin barsch an. »Ich will nichts mehr hören.«

Er senkte die Lautstärke wieder. Während er nun seinerseits auf die beiden Frauen einredete, fuchtelte er drohend mit dem Zeigefinger vor Helenes Gesicht herum. Ich spannte meine Muskeln, jederzeit bereit loszuspurten und Helene zur Hilfe zu eilen.

Einige Satzfetzen konnte ich verstehen: »... werdet schon sehen ... immer aus der Patsche geholfen ... ich will ihn sprechen, verstanden?« Er wandte sich ab, rief »Richtet ihm das aus« über seine Schulter zurück, stieg in seinen BMW und rauschte vom Hof.

Verblüfft blickte ich zu den beiden Frauen hinüber. Was ging denn hier ab? Wer war der Typ, und was wollte er von den Frauen, das ihnen solche Angst einjagte?

Monika krampfte sich zusammen und schluchzte auf. Helene umarmte sie tröstend und zog sie ins Haus hinein. Mit einem dumpfen Laut fiel die Haustür ins Schloss.

Ruhe kehrte auf dem Hof ein.

Ich ging in die Küche und setzte mich an den Tisch. Ein überquellender Aschenbecher stand direkt vor meiner Nase. Angewidert schob ich ihn hinter einige halb geleerte Schnapsflaschen, doch den Geruch nach kaltem Rauch bekam ich nicht aus der Nase. Ich hätte von den Jungs verlangen sollen, das Rauchverbot im Haus zu respektieren. Warum hatte ich es nicht einfach konsequent eingefordert?

Verstimmt verschränkte ich die Arme vor der Brust. Meine Gedanken kehrten zu dem Besuch des Fremden zurück. Was konnte er gewollt haben?

Dass es sich bei dem Kerl um einen Versicherungsvertreter oder irgendeinen Bürokraten handelte, schloss ich aufgrund von Monikas und Helenes heftiger Reaktion aus. Nach dem Weg hatte er mit Sicherheit auch nicht gefragt. In dem schicken BMW gab es bestimmt ein Navigationssystem. Ein alptraumhafter Gedanke kam mir in den Sinn: Er war Helenes Ehemann.

Sie konnte mich heute gar nicht heiraten, weil sie schon verheiratet war – es sei denn, sie wäre eine Heiratsschwindlerin. Helene eine Betrügerin?

Ich kicherte über den absurden Gedanken, konnte aber nicht verhindern, dass ich weiter in diese Richtung nachdachte. Was hätte Helene davon? Nun ja, immerhin hatte ich eine ganze Menge Geld und Arbeit in die ehemals verrottete Bude hier gesteckt. Verweigerte Hubert deswegen die Überschreibung? Steckte er mit Helene unter einer Decke? Vielleicht war das sogar offensichtlich, nur ich naiver Depp sah das Unheil wieder nicht auf mich zukommen.

Nervös schraubte ich den Deckel einer Schnapsflasche ab und nahm einen Schluck. Wärme breitete sich wie explodierend in meinem Magen aus, und die berauschende Wirkung setzte fast unverzüglich ein. Ich beruhigte mich ein wenig, nahm noch einen Schluck.

Die Anspannung fiel von mir ab. Ich beschloss, mit dem Grübeln aufzuhören. Es würde schon alles seine Richtigkeit haben. Vermutlich gab es eine ganz banale Erklärung. Mit einem guten Schuss Alkohol im Blut sah ich die ganze Sache nicht mehr so kritisch.

Schwerfällig schlich ich die Treppe hoch. Die Müdigkeit griff nach mir. Nur ein kurzes Nickerchen, um für das Standesamt fit zu sein. Ich legte mich, angezogen, wie ich war, aufs Bett und schlief fast augenblicklich ein.

17

Unsanft wurde ich an den Schultern gerüttelt.

»Klaus, wach auf«, rief eine aufgeregte Stimme, und nach einer kurzen Zeit der Desorientierung wurde mir klar, dass es Helene war, die sich über mich beugte. Ich drehte meinen Brummschädel zur Seite und blinzelte zum Wecker. Zwanzig vor elf.

Es dauerte eine kleine Ewigkeit, bis die Uhrzeit von meinem Gehirn verarbeitet wurde.

Um Elf war doch was.

Elf?

Elf!

Verdammt!

Ich sprang aus dem Bett und stürzte zum Schrank, riss die Türen auf und suchte nach meinem Anzug. In all der Hektik fand ich ihn zunächst nicht.

»Los, erst unter die Dusche«, befahl Helene. »Was hast du hier überhaupt gemacht? Du stinkst nach Schnaps wie eine Brennerei.«

Fix und fertig zurechtgemacht stand Helene vor mir und stemmte die Hände in die Seite. Sie zeigte viel Bein, ihr Rock endete deutlich über den Knien. Das dunkle Braun des Kostüms stand in einem angenehmen Kontrast zu ihrer hellen Haut. Die Haare hatte Helene hochgebunden, sie thronten perfekt gestylt auf ihrem Kopf.

Jetzt stöhnte sie ungeduldig auf und schob mich in Richtung Bad. »Nun mach schon.«

Gehorsam wankte ich los.

»Ich warte unten auf dich«, hörte ich sie noch sagen, bevor das Rauschen der Dusche alles übertönte.

Nach einer persönlichen Rekordzeit von zehn Minuten stand ich erfrischt und fertig angekleidet auf dem Hof.

Andreas und Mario, die als unsere Trauzeugen gemeinsam mit uns in Andreas' Wagen zum Standesamt fahren würden, warteten bereits neben Helene auf die Abfahrt. Ich scheuchte alle ins Auto, und Andreas gab seinem Audi die Sporen.

Um Punkt elf Uhr bremste Andreas scharf vor dem Haupteingang des Rathauses. Er ließ den Wagen einfach direkt vor der Tür im Parkverbot stehen und riskierte damit ein Knöllchen. Wir liefen hinein, grüßten nach links und rechts und standen schließlich nur eine Minute zu spät vor der Standesbeamtin, die trotzdem demonstrativ auf die Uhr schaute. »Schön, dass Sie es noch einrichten konnten«, sagte sie spitz.

Alles Weitere lief wie erwartet.

Zunächst der Papierkram. Dann hielt die Beamtin eine kleine Rede, Helene und ich sagten Ja, und ich durfte die Braut küssen. Händeschütteln, Gratulationen, Freudentränen.

Dass Mario mir als Einziger nicht gratulierte, kam für mich nicht unerwartet. Kaum dass die Trauung vorbei war, verzog er sich mit Hubert im Schlepptau.

Von Huberts Auftreten mit Schlips und Kragen hingegen fühlte ich mich geschmeichelt. Sogar viel Glück hatte er Helene und mir gewünscht. In mir keimte zaghaft die Hoffnung, dass er uns doch noch den Teil des Hofes überschrieb, den wir bewohnten. Vielleicht war das ja sogar sein Hochzeitsgeschenk.

Monika hielt sich tapfer aufrecht. Doch ich merkte ihr die Schmerzen an. Immer wieder erwischte ich sie dabei, wie sie krampfhaft die Kiefer aufeinanderpresste. Ich nahm mir fest vor, ihr ins Gewissen zu reden, gleich übermorgen zum Arzt zu gehen.

Langsam verschwanden meine Kopfschmerzen, und selbst der Sekt, mit dem wir am Rathausausgang empfangen wurden, fachte sie nicht neu an.

Nach und nach wurde mir bewusst, dass ich jetzt wirklich und wahrhaftig mit Helene verheiratet war. Ich gehörte zu ihr, sie zu mir, wir zueinander. Dieser Gedanke gefiel mir von Stunde zu Stunde besser. Vergessen war meine Sorge vom frühen Morgen. Eine Heiratsschwindlerin? Also ehrlich. Auf was für einen Holzweg war ich da geraten?

Als wir am Nachmittag in der Kirche unser Hochzeitsversprechen vor Gott und den Gästen wiederholten, ging mir das Herz vor Glück über. Zum ersten Mal in meinem Leben vergoss ich Freudentränen.

Die anschließende Feier verlief zunächst reibungslos. Ich bewunderte nicht nur Helene, die nun in einem schneeweißen Hochzeitskleid an meiner Seite wandelte, sondern auch ihr Organisationstalent. Beim Empfang liefen Kellner durch die Reihen und boten Getränke an. Die Kaffeetafel, die am frühen Morgen von einigen Frauen aus dem Dorf eingedeckt worden war, barst fast unter der Last der verschiedenen Torten. Eine kleine Combo spielte Musikstücke, wobei sie im Wechsel die Geschmäcker von Alt und Jung bedienten. An die einhundert Leute waren der Einladung gefolgt. Bestens gelaunt strahlten sie uns an wie kleine Sterne.

Mit einer Ausnahme.

Mario saß an der Theke und soff wie ein Loch.

Erst jetzt fiel mir auf, dass Claudia fehlte. Ich sprach Helene darauf an, als wir den Eröffnungswalzer tanzten.

»Die haben sich getrennt«, raunte sie mir zu. »Sie hat es nicht mehr mit ihm ausgehalten.«

Das erklärte natürlich einiges. Von der Freundin abserviert zu werden, kratzte bestimmt mächtig am Ego. Unser Glück vor Augen, gab der Zeitpunkt Marios Herz vermutlich den Rest. Fast tat er mir leid.

Nach dem Abendessen begegnete ich Monika beim Gang zur Toilette. Im engen Flur wollte ich mich an ihr vorbeidrücken, rutschte jedoch auf einer feuchten Stelle aus und rempelte sie an.

Monika zuckte zusammen, als hätte ich sie geschlagen. Dabei hatte ich sie nur leicht touchiert. Sie verkrampfte sich und presste die Lippen aufeinander. Jegliche Farbe wich aus ihrem Gesicht.

Fürsorglich hielt ich sie am Ellbogen fest. »Was ist?«

Sie versuchte ein Lächeln, doch es wurde nur eine schmerzverzerrte Grimasse daraus. »Es ist … alles in Ordnung«, brachte sie angestrengt hervor. »Ich habe nur seit ein paar Tagen solche Nierenschmerzen.«

»Was sagt denn der Arzt dazu?«

»Ach, das wird schon wieder«, wehrte sie ab. »Letzte Woche noch wäre ich gar nicht aus dem Bett gekommen. Danke für deine Hilfe.« Sie löste sich aus meinem Griff und eilte davon.

Bestürzt sah ich ihr hinterher, bis sie im Saal verschwunden war. Ich fand es unbegreiflich, wie man bei solchen Schmerzen keinen Arzt aufsuchen konnte. Es könnte sich um eine Nierenkolik oder Nierensteine handeln. Bei so etwas hörte die Eigenmedikation auf.

Davon abgesehen konnte Monikas Zustand auch den anderen nicht verborgen geblieben sein. Wie verantwortungslos war es da, sie *nicht* zum Arzt zu zwingen. Ich schwor mir, in einer ruhigen Minute nachzuhaken und ein ernstes Wort mit allen zu reden.

Einige Minuten später stand ich mit Andreas an der Theke und spülte meinen Ärger mit einem Bier runter.

Andreas prostete mir zu. »Du Glückspilz. Bei deiner Frau kann man richtig neidisch werden.« Kaum merklich wies er mit einem Kopfnicken auf Mario, der am anderen Ende der Theke hockte und vor sich hin brütete. »Wenn der Rest der Familie nicht mit dazugehören würde.«

»Alles Gewohnheitssache«, beschwichtigte ich. »Mit dem werde ich schon fertig.«

»Du bist zu gut für diese Welt.«

»Ich weiß nur nicht, was er gegen mich hat.«

»Geh ihm am besten aus dem Weg. Ich wiederhole mich, ich weiß, aber man kann es nicht oft genug sagen.«

»Ist schwierig.« Ich spähte zu Mario hinüber. Die Trennung schien ihm schwer zugesetzt zu haben. Aus dem Weg gehen? Vielleicht war genau das verkehrt. Schließlich gibt der Klügere nach.

Ich stellte mein Glas auf den Bierdeckel. »Bin gleich wieder da«, sagte ich zu Andreas, schlenderte an der Theke entlang zu Mario und setzte mich neben ihn.

Er blickte nicht auf, ließ weiterhin den Kopf hängen. Eine dunkle Haarsträhne klebte an seiner Stirn. Der Schlips hing ungebunden um den Hemdkragen, der Hosenstall stand weit offen. Sein derangiertes Äußeres schien Mario nicht zu stören. Er hustete. Mit einem Feuerzeug hätte ich seinen Atem anstecken können.

Ich räusperte mich. »Das mit Claudia tut mir leid.«

Es dauerte einige Sekunden, bis er reagierte. Aus rot geränderten Augen sah er mich an. »Jetzt hast du es also tatsächlich geschafft.«

»Wenn du damit andeuten willst, ich hätte etwas mit der Trennung zu …«

»Du mieser Erbschleicher«, schrie er unvermittelt.

Überrascht schob ich mich vom Hocker und stand auf, wich aber keinen Schritt zurück.

Um uns herum wurde es still.

»Mit Helene hätte ich mich schon irgendwie geeinigt«, schrie er, »aber nein, jetzt habe ich dich miese Ratte an der Backe.«

Speicheltröpfchen benetzten mein Gesicht. Ich zog mein Taschentuch aus der Jacketttasche und tupfte mich ab. »Mario, ich weiß ehrlich nicht, worauf du anspielst«, erwiderte ich beherrscht.

Er begann in seiner Jackentasche zu kramen und holte einen Hundert-Euro-Schein heraus, den er auf die Theke knallte. »Ich zahle meine Zeche selbst. Von dir will ich nichts haben.« Schwankend stand er auf. »Und noch eins: Auf dein Mitleid scheiß ich.« Er ließ mich stehen, schubste ungehobelt einige Gäste zur Seite und verließ das Restaurant.

Helene kam auf mich zu. »Was war los?«

Ich zuckte mit den Schultern. »Das weiß ich auch nicht so genau. Der faselt nur noch wirres Zeug.«

»Soll ich hinterher?«

Ich blickte in die entsetzten Gesichter derer, die Marios Ausbruch mitverfolgt hatten.

Nein. Mario würde mir nicht auch noch meine Hochzeitsfeier versauen.

Ich wandte mich den Gästen zu und sagte: »Er hat eine schwere Zeit. Vergesst den Vorfall einfach. Ich werde das später mit ihm klären.« Dann zog ich Helene hinter mir her zur Tanzfläche und legte einen Foxtrott mit ihr aufs Parkett.

Ich freute mich, die Angelegenheit trotz meiner Bestürzung souverän gemeistert zu haben.

Falls Mario hier aber noch mal auftauchen sollte, würde ich ihn eigenhändig erwürgen.

***

Meine Eltern lächelten glückselig, als sie sich von uns verabschiedeten. Sie umarmten Helene und mich und schlenderten dann Arm in Arm zum Ausgang. Ich konnte mich nicht erinnern, wann ich sie das letzte Mal so zufrieden gesehen hatte.

Den Jahreswechsel hatten wir mit einer halben Wagenladung Knaller und Raketen gefeiert. Jetzt, einige Stunden danach, leerte sich der Saal zusehends. Nur der harte Kern saß noch an den Tischen und ließ es sich gut gehen. Unsere Freunde achteten nicht auf mich, sondern konzentrierten sich auf Helene, die die Aufmerksamkeit sichtlich genoss. Für mich eine willkommene Gelegenheit, kurz frische Luft zu schnappen.

Ich bummelte über den Prümer Marktplatz. Abgesehen vom entfernten Lachen aus dem Festsaal war alles ruhig. Sternenklar spannte sich der Himmel über mir.

Was für ein Tag. Jetzt war ich also ein Ehemann, mit Rechten und Pflichten, in guten wie auch in schlechten Zeiten. Eine Verantwortung, der ich mich gern stellte. Trotzdem rief der Gedanke in mir ein mulmiges Gefühl hervor. Was, wenn ich versagte? Wenn ich Helene enttäuschte? Bisher hatte ich alle meine Handlungen nur vor mir selbst rechtfertigen müssen. Das ging nun nicht mehr. Dafür konnte ich meine Sorgen mit ihr teilen. Und geteiltes Leid ist halbes Leid, wie man so schön sagt.

Ich grübelte zu viel, eindeutig. Es war besser, die Dinge auf sich zukommen zu lassen. Ich blieb stehen und drehte mich auf dem Absatz um. Es wurde Zeit zurückzukehren. Mich fröstelte es in dem dünnen Sakko.

»Scheiße, Mann, so langsam ist meine Geduld am Ende.«

Ich hielt inne. Die aggressive Stimme kam aus der Seitengasse, an der ich gerade vorbeigelaufen war. Ich schlich zurück. War dort jemand in Gefahr?

»Jetzt mach mal halblang. Bisher hat es doch immer gut funktioniert«, antwortete eine andere Stimme.

Ich stutzte. Das war doch Hubert? Seinen brummigen Bariton hätte ich unter Tausenden sofort erkannt. Neugierig drückte ich mich in den Schatten einer Hauswand.

»Gut? Hast du den Arsch auf? Was soll denn daran gut gewesen sein? Auf dich ist einfach kein Verlass, so ist es und nicht anders.«

Die Stimme des anderen Mannes kam mir ebenfalls bekannt vor, ich konnte sie aber auf die Schnelle nicht zuordnen. Vorsichtig spähte ich um die Hausecke. Nur wenig Licht fiel von den Lampen auf dem Marktplatz in die Gasse. Die Konturen des Mannes, der vor Hubert stand, verschwammen fast im Grau der Nacht, trotzdem erkannte ich ihn sofort. Der lange Ledermantel und der Zopf ließen keinen Zweifel aufkommen: Das war der Kerl von heute Morgen, der mit dem BMW.

»Also hör mal, ich bin der größte Bauer im Dorf«, sagte Hubert. »Das wäre ich wohl nicht, wenn …«

»Für mich bist du vielmehr der größte Depp unter den Bauern. Also wann?«

»Ich meld mich bei dir.«

»Wann?«

»Bald. Ich verspreche es dir.«

»Dein Versprechen ist so viel wert wie eine Handvoll Scheiße.«

Hubert streckte den Rücken durch und tat beleidigt. »Wenn ich dir sage, dass …«

»Komm, hör auf, dich hier aufzuplustern«, ging der Typ ungeduldig dazwischen. »Mich beeindruckst du damit nicht.« Er packte Hubert am Kragen und drückte ihn gegen die Hauswand. »Jetzt pass mal schön auf, du Bäuerchen: Ich spaße nicht. Sollte ich dich nicht in Kürze wiedersehen, rollen Köpfe. Verstanden?«

»Ist ja gut, Mensch, schon gut«, keuchte Hubert fast unterwürfig. »Ich hab verstanden.«

Der Mann ließ Hubert los und schritt davon.

Hubert richtete seinen Anzug und stapfte dann ungestüm durch die Gasse, direkt in meine Richtung.

Ich zog mich in den Schatten zurück, mein Herz hämmerte bis zum Hals. Gerade noch rechtzeitig war ich außer Sicht.

Hubert trat aus der Gasse und schlug den Weg zum Eingang des Festsaals ein. Dort angekommen riss er die Tür auf und verschwand im Inneren.

Ich wartete einige Minuten, bis sich mein Puls beruhigt hatte. Dann folgte ich Hubert. Er saß mit dem Chef der freiwilligen Feuerwehr an der Theke. Die beiden lachten ausgelassen. Nichts deutete mehr auf die unangenehme Begegnung von eben hin.

Ich fragte mich, ob ich womöglich alles missverstanden hatte. Hubert wirkte nicht so, als hätte er ein Problem.

Die Antwort ließ nicht lange auf sich warten.

18

Am Neujahrsmorgen ließen Helene und ich es ruhig angehen. Erschöpft vom Vortag schliefen wir bis kurz nach zehn. Nach dem Frühstück fing ich an, die Reste der Junggesellenabschiedsparty zu entsorgen. Helene half mir, obwohl ich ihr versicherte, allein klarzukommen. Sie ließ sich davon nicht abhalten.

Weit kam ich jedoch nicht.

Die Haustürklingel schrillte.

Ich öffnete. »Hubert?«

»Du bist zu Hause. Schön, schön, schön.« Er schob seine Mütze in den Nacken. »Hast du Zeit?«

Helene stellte sich neben mich. »Ist was passiert?«, fragte sie. Angst schwang in ihrer Stimme mit. »Mama?«

»Nein, nein, wie kommst du denn darauf?«, antwortete Hubert rasch. »Ihr geht es bestens.«

Das hielt ich für die Übertreibung des Jahres. Oder es war zu einer Wunderheilung über Nacht gekommen.

»Möchtest du reinkommen?«, fragte ich.

Hubert schüttelte den Kopf. »Eigentlich wollte ich dich zum Frühschoppen mitnehmen.«

Sprachlos starrte ich ihn an.

Er bemerkte meine Verwunderung. »Nun, du gehörst jetzt offiziell zur Familie. Ich finde, wir sollten dementsprechend etwas näher zusammenrücken. Und mit einem gemeinsamen Bier anzufangen, ist doch nie verkehrt, oder?«

Was sollte ich davon halten? Es war aber auch egal. Die Wohnung sah schlimmer aus als der Schweinestall nebenan. »Normalerweise gern«, sagte ich daher, »doch ich muss aufräumen. Du kannst dir gar nicht vorstellen …«

»Ach was«, unterbrach mich Helene. Sie nahm meine Jacke vom Garderobenhaken, drückte sie mir in die Hand und schob mich hinaus. »Ich mach das schon.« Sie zwinkerte mir zu und raunte: »Kann nicht schaden.«

»Schön, schön, schön«, rief Hubert. »Wir nehmen meinen Benz.«

Während der Fahrt dachte ich über Huberts Motivation nach. Ich nahm ihm das mit der Familie nicht ab. Sicher hatte er einen Hintergedanken.

Er parkte den Wagen direkt vor der Gaststätte, die tatsächlich am Neujahrsmorgen geöffnet war. Oder noch gar nicht geschlossen hatte? Egal, wir stiegen aus und gingen rein. Am Tresen bestellte Hubert zwei Bitburger. Kaum gezapft und vor uns abgestellt, schnappte sich Hubert das Glas und trank es gierig, ohne abzusetzen, aus. Mit dem Handrücken strich er sich den Schaum von der Oberlippe und knallte das Glas auf die Theke. »Pah, das tut gut. Löscht den Nachdurst.«

Sofort zapfte der Wirt ihm ein neues Bier.

Diesmal ließ Hubert sich mehr Zeit dafür. »Du bist ein anständiger Kerl«, sagte er und legte mir seine Pranke auf die Schulter. »Ich bin froh, dass Helene dich abbekommen hat. Ihr passt gut zusammen.«

Mir gelang es, die winzige Flamme der Hoffnung, er würde nun endlich seine Schulden bei mir begleichen und uns das Haus überschreiben, zu ersticken. Ich blieb skeptisch und nippte an meinem Bier.

»Mit Helene hast du eine gute Partie gemacht.«

»Das Beste, was mir passieren konnte.«

»Ich meinte das nicht nur zwischenmenschlich.«

»Alles andere ist mir egal.«

Er lachte. »Schön, schön, schön. Das ist echte Liebe. Trotzdem, Helene wird mal eine ganze Menge erben.«

»Darüber hast du mich schon mal informiert«, sagte ich bissig. »Nur hilft mir das im Moment nicht weiter.«

»Sei doch nicht so engstirnig. Denk an die Zukunft, der Hof und die Grundstücke sind Millionen wert.«

Ich dachte an Marios gestrigen Ausbruch. »Ich bin kein Erbschleicher.«

»Wer sagt denn so etwas?«

»Dein Sohn.«

Hubert winkte ab. »Mario ist impulsiv. Er verrennt sich

schon mal in Dinge, und dann kennt er keine Grenzen mehr. Mach dir deswegen keine Gedanken. Das renkt sich wieder ein.«

»Dein Wort in seinen Ohren.«

Hubert leerte sein Bierglas und bestellte zwei Schabau.

»Du hast ja ein Tempo drauf. Willst du dir für irgendwas Mut antrinken?«, scherzte ich.

Er wirkte regelrecht verlegen. »Äh ... wo du es schon ansprichst, mir brennt tatsächlich etwas auf der Seele. Ist mir ein wenig peinlich.«

Argwöhnisch beäugte ich ihn. »Hat es was mit mir zu tun?«

»Du könntest die Lösung sein.«

»Dann schieß mal los.«

»Äh ... ja, also ... mir ist das Bargeld knapp geworden. Alles, worauf ich noch zurückgreifen könnte, steckt in langfristigen Anlageverträgen, die bei Auszahlung eine hohe Rendite abwerfen, im Falle der vorzeitigen Kündigung jedoch an Wert verlieren. Sicher verstehst du, dass ich sie daher nicht kündigen möchte.«

»Sprich mit Andreas. Ich habe nicht viel Ahnung von solchen Dingen. Aber ich bin mir sicher, er wird das irgendwie regeln können.«

Unwillig verzog Hubert das Gesicht. »Habe ich schon. Doch zwischen uns stimmt die Chemie nicht. Wir finden keinen Konsens.«

»Dann geh zu einer anderen Bank.«

»Ja, das wäre eine Möglichkeit. Doch die Lauferei, wenn ich nur daran denke, komme ich ins Schwitzen.«

»Da wird dir wohl nichts anderes übrig bleiben.« Ich hoffte, Hubert würde dieses nutzlose Gespräch bald beenden.

»Äh ... Klaus, dein Geschäft läuft doch, oder? Du bist immer beschäftigt.«

»Kann mich, was die Auftragslage angeht, nicht beklagen.«

»Schön, schön, schön. Du bist der beste Elektriker in der ganzen Gegend, das bestätigen mir die Leute immer wieder.«

»Schön zu hören.«

»Ja, genau, der Allerbeste.«

Mir wurde es nun wirklich zu bunt mit der Einschmeichelei. »Hubert, was willst du eigentlich von mir?«

»Schön, schön, schön. Du bist ein Kerl, der nicht lange um den heißen Brei herumredet. Das gefällt mir. Also gut, dann mal los.« Er stürzte den Schnaps hinunter. »Ich wollte dich fragen, ob du mir etwas Geld leihen kannst.«

Hatte ich richtig gehört? Ich runzelte die Stirn. »*Ich* soll *dir* Geld leihen?«

Wut stieg in mir auf. Das war unbegreiflich. Als bäte Dagobert Duck seinen Neffen Donald um eine Finanzspritze.

»Von was für einer Summe sprechen wir denn?«, fragte ich so beiläufig wie möglich. Mein Ärger schnürte mir den Hals zu. Am liebsten hätte ich Hubert einen Tritt in den Allerwertesten gegeben.

Unaufgefordert stellte der Wirt Hubert ein neues Bier vor die Nase. Der fasste meine Frage anscheinend als Einverständnis auf. »Ich hatte an zehntausend gedacht«, sagte er und strahlte mich an.

Ich war viel zu perplex, um etwas zu erwidern.

»Achttausend würden sicherlich auch genügen«, relativierte er hastig. »Ach was, sechstausend. Dann muss ich zwar ein wenig haushalten, doch es wird schon gehen. Mach ich dir zuliebe gern.«

Wollte er etwa andeuten, dass er mir damit auch noch einen Gefallen tat? Was für eine Frechheit. Zornig sah ich ihn an.

»Fünftausend?«, fragte er. »Das wäre aber mein letztes Angebot. Drunter geht es nicht.«

»Niemals«, zischte ich.

»Viertausend?«

»Keinen müden Cent.«

Huberts Kinnlade fiel herab. Er lief puterrot an, griff mechanisch nach seinem Bier, verschluckte sich beim Trinken und hustete würgend. »Mario hat recht«, krächzte er. »Du bist ein Wichser, nicht willens, anderen zu helfen. Immer nur Profit, Profit, Profit im Kopf.«

Das war zu viel.

Ich rutschte vom Barhocker, stellte mich kampfbereit vor ihn hin und ballte die Fäuste. Doch ein listiges Funkeln in seinen Augen bremste mich. Es schien fast so, als freute er sich auf eine handfeste Auseinandersetzung. Diese Erkenntnis bewirkte, dass ich mich augenblicklich wieder unter Kontrolle hatte. »Ich habe dazu nichts weiter zu sagen.«

Provozierend langsam trank Hubert sein Bier leer. »Wer nicht für mich ist, ist gegen mich«, sagte er und ergänzte: »Ich mach dich fertig. Du wirst dir noch wünschen, mir geholfen zu haben.«

Er rutschte von seinem Barhocker und zog den Wagenschlüssel aus der Hosentasche. »Damit das zwischen uns klar ist: Ab sofort herrscht Krieg.«

Ohne mich eines weiteren Blickes zu würdigen, ließ er mich stehen und ging hinaus.

Fassungslos blickte ich ihm hinterher.

***

Die Hände tief in den Taschen vergraben und die Schultern hochgezogen, trabte ich gegen den eisigen Wind an.

Halb erfroren erreichte ich eine Stunde später den Hof.

Die Haustür der Rechkemmers stand offen.

Ich wunderte mich darüber. Hubert war ein Pfennigfuchser. Alle achteten sorgfältig darauf, nicht zum Fenster hinauszuheizen, denn wer nicht aufpasste, riskierte eine heftige Auseinandersetzung mit ihm.

Ich wollte Monika einen Anschiss ersparen und ging zur Tür, um sie zu schließen. Auf dem Absatz angekommen, hörte ich ein Wimmern.

Mein Herzschlag beschleunigte sich. »Hallo?«, rief ich ins Haus.

Jemand stöhnte.

Ich stürmte in den Flur und blieb erschrocken stehen. Vor mir am Fuß der Treppe lag Monika und krümmte sich vor Schmerzen. Aus einer Platzwunde an der Stirn rann ihr das Blut über das Auge und dann die Wange hinunter. Ihr Unterschenkel war in grotesker Weise vom Körper abgewinkelt.

Unsicher kniete ich mich neben sie. Wie konnte ich helfen?

Monikas langer Rock gab den Blick auf den Bruch frei. Der Knochen hatte sich durch die Haut gebohrt. Er stach spitz wie ein Eckzahn hervor. Wenn sie versuchte aufzustehen, schob sich der Knochen weiter heraus.

Normalerweise war ich nicht zimperlich. Auf den Baustellen hatte ich schon einiges gesehen. Doch ein offener Bruch war mir bisher erspart geblieben. Ich würgte, wandte mich ab und erbrach mich.

Als ich mich wieder einigermaßen unter Kontrolle hatte, wusste ich, wie ich Monika helfen konnte. Ich zwängte mich hinter sie und zog ihren Rücken an meine Brust. Sie musste aufhören, sich zu bewegen. Der scharfkantige Knochen konnte ihr ansonsten eine Schlagader aufschlitzen.

Monika wehrte sich unerwartet heftig. Panisch zappelte und schluchzte sie. Ich musste meine ganze Kraft aufbieten, um sie in Position zu halten. Beruhigend sprach ich auf sie ein.

Schließlich erstarb ihr Widerstand. Kraftlos hing sie in meinen Armen.

Ich nahm meine Strickmütze vom Kopf und drückte sie vorsichtig auf ihre Kopfwunde. Um Hilfe mochte ich nicht rufen, weil ich fürchtete, Monika damit zu erschrecken. Stattdessen kramte ich in der Jackentasche nach meinem Handy. Durch das Blut an meiner Hand flutschte es mir immer wieder wie ein feuchtes Stück Seife durch die Finger. Endlich gelang es mir aber doch, es herauszuziehen. Erleichtert stellte ich fest, dass ich Empfang hatte. Ich wählte 112 und gab durch, in welchem Zustand ich sie vorgefunden hatte. Der Rettungswagen würde in wenigen Minuten hier sein. Monika benötigte dringend fachmännische Hilfe.

Überraschenderweise war sie immer noch bei Bewusstsein. Ich summte eine Melodie und hoffte, sie damit zu beruhigen. Meinen Kopf lehnte ich an die Wand hinter mir. Als ich hochblickte, sah ich Mario am oberen Treppenabsatz stehen.

Schweigend sah er zu uns herunter. Ohne jegliche Regung, sein Gesicht glich einer eisernen Maske.

Ich musterte ihn entgeistert. War er die ganze Zeit hier gewesen? Dass er seiner Mutter nicht zur Seite stand, schlug dem Fass den Boden aus. Wütend beendete ich das Summen und formte mit den Lippen stumm das Wort »Arschloch«.

Endlich hörte ich die Sirene.

Oben zog sich Mario zurück, ich hörte, wie seine Wohnungstür ins Schloss fiel.

Dann ging alles sehr schnell.

Mit schweren Stiefeln trampelten die Sanitäter in den Hausflur. Monika wurde eine Infusion gelegt, wenig später bedeckte eine Sauerstoffmaske ihr Gesicht.

Helene tauchte auf. »Ich habe die Sirenen gehört. Was ist passiert?«

»Ein Unfall«, sagte ich.

Die Sanitäter schienten das Bein und hoben Monika vorsichtig auf eine Trage, zurrten sie fest und verstauten sie im Rettungswagen.

»Fahr mit ihr mit.« Ich schob Helene in den Rettungswagen. Zum einen brauchte Monika jemanden, der für sie da war. Zum anderen sollte Helene nicht erleben, wie ich meiner Wut freien Lauf ließ.

Sie griff nach der Hand ihrer Mutter, redete beruhigend auf sie ein.

Monika reagierte nicht, und Helene begann zu weinen.

Der Fahrer schlug die Tür zu und stieg ein. Keine Sekunde später schwankte der Wagen vom Hof.

Nach einer Weile verklang der Lärm der Sirene.

Ich sah an der Fassade des Rechkemmer-Wohnhauses hoch und entdeckte Erich hinter seinem Küchenfenster. Er winkte mich zu sich.

Energisch schüttelte ich den Kopf und stürmte hinein, jedoch mit einem gänzlich anderen Ziel.

Mario, dieses Schwein, würde mir diesmal nicht einfach so davonkommen.

Auf der Treppe nahm ich immer zwei Stufen auf einmal. Wütend hämmerte ich mit den Fäusten an Marios Tür. »Mach auf, du Sau!«

»Halt dein dreckiges Maul«, kam es dumpf zurück. Er schien direkt auf der anderen Seite des Holzes zu stehen.

Die unverschämte Entgegnung machte mich noch rasender. Ich nahm Anlauf und rammte meine Schulter gegen das Türblatt. Mehrmals. Leider war das Einzige, was mir diese Aktion einbrachte, ein schmerzendes Schultergelenk. Keuchend legte ich die Handflächen auf die Türoberfläche und stützte mich ab. Der Schweiß floss in Strömen über mein Gesicht und tropfte zu Boden. »Deine eigene Mutter«, rief ich erbost. »Warum hast du sie gestoßen und dann auch noch liegen lassen wie einen Haufen Scheiße?« Ich donnerte mit der Faust gegen das Holz. »Los! Rede!«

»Egal was ich sage, du würdest mir ja doch nicht glauben.«

»Was für eine miese Ausrede«, schrie ich.

Es wurde still hinter der Tür. Einen kurzen Moment lang glaubte ich, er wäre einfach weggegangen. Dann hörte ich Mario schniefen.

»Ha, rührt sich dein schlechtes Gewissen also doch noch?«

»Lass mich einfach in Ruhe«, antwortete er mit brüchiger Stimme. Endlich schien bei ihm durchgesickert zu sein, was er angerichtet hatte.

Einige Male trommelte ich noch gegen die Tür, bis der Schmerz in den Fäusten mich ernüchterte. An Mario kam ich so nicht heran, das wurde mir nun deutlich bewusst. Ich massierte mir die Handkanten und starrte unentschlossen auf das Holz der Tür.

Als die unmittelbare Wut verschwunden war, stürzten die gerade erlebten, aber längst nicht verarbeiteten Ereignisse ungehindert auf mich ein. Unvermittelt stockte mir der Atem. Der Flur schien zu schrumpfen, die Wände bewegten sich auf mich zu, die Decke schien mich erdrücken zu wollen. Ich taumelte die Treppe hinunter, rannte aus dem Haus und stieg in mein Auto. Das Blut an meinen Händen wischte ich an meiner Hose ab. Ohne Ziel fuhr ich los, nur fort von diesem fürchterlichen Ort. Ich kurbelte das Fenster herunter, schnappte nach Luft, zerrte an meinen Kragen. Mir war abwechselnd heiß und kalt.

Wirr kreisten Bilder in meinem Kopf: Ich sah Hubert, wie er mir drohte, Monika auf dem Boden in der Blutlache, den spitzen Knochen, der sich mir entgegenschob, Mario oben am Treppenabsatz.

Als sich meine Gedanken wieder klärten, fand ich mich auf der vordersten Holzbank in der Kirche wieder.

Erschrocken sah ich mich um. Wie war ich hierhergekommen?

Die tief stehende Wintersonne drang durch das rückwärtige Buntglasfenster und tauchte das Innere der Kirche in ein warmes Licht. Angenehme Stille umschloss mich. Ich glitt von der Bank und kniete auf dem Holzbrett.

Dann tat ich etwas, was ich seit Jahren nicht mehr getan hatte: Ich betete und flehte Gott um Beistand an.

19

Als ich spät am Abend zurückkehrte, telefonierte Helene gerade mit dem Krankenhaus. Monika ging es den Umständen entsprechend gut. Mir fiel ein Stein vom Herzen.

»Ich muss noch mal zum Opa«, sagte Helene, nachdem sie das Telefonat beendet hatte. »Ich hab ihm versprochen, dass ich vorbeikomme, sobald ich etwas Neues erfahre.«

Ich nickte, warf mir eine Jacke über und folgte ihr.

Der Alte sah gar nicht gut aus. Angespannt saß er vor uns, ab und zu zuckte sein rechtes Augenlid.

Helene berichtete ihm von dem Telefongespräch. Schweigend hörte Erich zu, dabei starrte er ins Leere.

Leicht irritiert fragte Helene: »Opa, hast du verstanden, was ich dir erzählt habe?«

Doch selbst auf diese einfache Frage erhielten wir keine Antwort. Wir blieben noch einige Minuten, in denen der Alte regungslos seinen Gedanken nachhing. Selbst das Rauchen schien er vergessen zu haben.

Schließlich fasste Helene mich am Ärmel und zog mich vom Stuhl hoch. Stumm deutete sie auf den Ausgang, und ich folgte ihr nach draußen.

»Wenn Opa so drauf ist«, erklärte sie, »lässt man ihn besser in Ruhe.«

»Bist du sicher? Er sah verstört aus.«

»Erich kommt zurecht, glaub mir.«

Ich nickte. Helene kannte ihn besser. Was ging wohl in dem Alten vor? Ich hätte eine Wette darauf abgeschlossen, dass das Ganze noch ein Nachspiel haben würde.

Den restlichen Abend verbrachten wir im Wohnzimmer. Helene kamen immer wieder die Tränen. Stocksteif saß sie auf dem Sofa, vor sich auf dem Tisch ein Glas Rotwein, das sie nicht anrührte. Die Flasche hatte ich in der Hoffnung auf ein klein wenig Entspannung geöffnet. Doch auch bei mir funktionierte es nicht. Unablässig wütete ich über Mario. »Du musst ihn zur Rede stellen«, forderte ich nach einer Weile. »So kann es doch nicht weitergehen. Irgendetwas ist in seinem Kopf nicht in Ordnung.«

Jetzt griff sie nach ihrem Glas, trank aber nicht, sondern ließ nachdenklich den Zeigefinger auf dem Rand kreisen. »Ich weiß nicht.«

Diese Antwort erstaunte mich. Helene war zwar eine Seele von Mensch und verzieh in der Regel die schlimmsten Vorfälle recht schnell. Doch der Sache mit ihrer Mutter wohnte eine unfassbare Dimension inne.

»Er hat Monika fast umgebracht.«

»Hm.« Sie nahm einen Schluck Rotwein.

»Ist das alles, was du dazu zu sagen hast?«

Sie stellte das Glas zurück auf den Tisch. »Ich bin müde. Ich gehe ins Bett.«

»Wie jetzt? Du kannst mich doch hier nicht einfach so sitzen lassen. Sag mir, was du denkst.«

Seufzend lehnte sie sich zurück, schloss die Augen und rieb sich die Schläfen. »Also gut. Aber du musst mir versprechen, dass du dich nicht aufregst.«

Ich holte tief Luft. »Von mir aus.«

»Mario ist nicht so.«

Ich glaubte, mich verhört zu haben. Wollte sie ihn verteidigen? Tatsächlich musste ich mich beherrschen, nicht wütend aufzuspringen.

»Du hast recht«, fuhr Helene fort, »er ist aufbrausend und arrogant. Aber meiner Mutter würde er niemals etwas antun.«

»Sei doch nicht naiv. Du hast ihn doch auf der Hochzeit erlebt. Und auf dem Junggesellenfest war es auch nicht besser. Er ist unberechenbar.«

»Okay, ja, in letzter Zeit verhält er sich wirklich auffällig. Das passt mir auch nicht, das kannst du mir glauben. Aber Mutter liebt er abgöttisch.«

»Mensch, Helene, ich habe ihn oben stehen sehen. Noch nicht mal den Krankenwagen hat er gerufen.«

Sie zuckte ratlos mit den Schultern. »Was weiß denn ich? Vielleicht stand er unter Schock? Du hast selbst gesagt, dass es ein schrecklicher Anblick war. Mir hat es schon gereicht, sie nach der Erstversorgung auf der Trage zu sehen. Was macht dich eigentlich so sicher, dass es nicht ein Unfall war?«

Nachdenklich trank ich einen Schluck aus meinem Glas. Konnte das stimmen? Monikas Konstitution war nicht die Beste. Schon möglich, dass sie auf der Treppe einen Schwächeanfall erlitten hatte. Trotzdem glaubte ich nicht daran. »Ich habe es aus Marios Verhalten geschlossen. Er hat Dreck am Stecken, daher hat er nicht geholfen.«

»Oder er hatte einen Schock«, wiederholte Helene eindringlich.

So kamen wir nicht weiter. Einen Beweis für Marios Schuld konnte ich nicht liefern, und Helene schien nicht den Wunsch zu hegen, der Sache auf den Grund zu gehen. »Vielleicht war es ja auch der Typ im schwarzen Ledermantel«, murmelte ich resigniert.

Helene setzte sich abrupt auf. »Was hast du gesagt? Woher weißt du von dem?«

»Erich hat mich gestern Morgen wach gehalten. Ich war gerade wieder zurück, als der BMW auf den Hof rollte.« Das geheime Treffen zwischen ihm und Hubert behielt ich lieber für mich. Ich wollte Helene nicht unnötig beunruhigen, zumal ich nicht sicher wusste, worum es dabei gegangen war. »Was wollte der denn?«, fragte ich wie beiläufig, lauerte jedoch auf die Antwort.

Sie zögerte. »Er wollte meinen Vater sprechen, es ging um irgendwas Geschäftliches. Es war nicht so wichtig.«

»Ich hatte einen anderen Eindruck. Monika und du, ihr habt euch ganz schön aufgeregt.«

Helene wich meinem forschenden Blick aus, nahm das Glas und trank einen großen Schluck. »Sah das so aus?« Sie lachte. Es hörte sich unecht an. »Nein, nein, da hast du etwas gründlich missverstanden.« Sie stellte das Glas ab, stand auf und hauchte mir einen Kuss auf die Wange. »Ich bin müde. Lass uns morgen weitersprechen, okay?«

Ihr Abgang wirkte auf mich wie eine Flucht. Diesmal hielt ich sie jedoch nicht auf. »Kein Problem.«

Sie verheimlichte mir etwas, und das verletzte mich. Sollte sie mich als ihren Ehemann nichts ins Vertrauen ziehen?

***

Ich schlief unruhig. Immer wieder schreckte ich aus dem Schlaf hoch und horchte in die Dunkelheit hinein. Stets erwartete ich, wieder ein Wimmern zu hören, das die nächste Katastrophe ankündigte.

Helene schlief noch, als ich mich am nächsten Morgen auf den Weg zu meiner neuen Baustelle machte.

Die Arbeit brachte mich auf andere Gedanken. Ich zog gerade ein Kabel von der Rolle, als der Bauleiter, Ingo Schmitz, auf mich zukam. Sein zitronengelber Helm leuchtete unwirklich grell im tristen Grau des Rohbaus. Nach einer kurzen Begrüßung fragte er mich: »Wie läuft's?«

»Bestens. Der Anfang ist gemacht.«

»Keine Probleme?«

Ich schüttelte den Kopf. »Nein, wirklich nicht. Aber erfahrungsgemäß werden die bei so einer riesigen Baustelle noch auftauchen. Ich melde mich dann.«

»Na ja, schauen wir mal. So schlimm wie bei der Elbphilharmonie wird es schon nicht werden.«

Wir lachten.

Er beugte sich etwas vor und suchte meinen Blick. »Herr Schmelzer, Sie können jederzeit mit mir über alles sprechen. Egal was, vertrauen Sie sich mir an, lieber früher als zu spät. Denn ich liebe keine unangenehmen Überraschungen, bei denen das Kind bereits in den Brunnen gefallen ist.«

»Sind Sie im Nebenberuf Pfarrer?«, versuchte ich einen Scherz.

Doch er ging nicht darauf ein. »Mein Ziel ist es, diesen Bau fristgerecht zu übergeben.«

»Nun, an mir soll es nicht liegen.«

Schmitz hob skeptisch eine Augenbraue und wippte in seinen stahlkappenbewehrten Arbeitsschuhen auf und ab.

Jetzt wurde ich stutzig. Bauleiter waren normalerweise nicht dafür bekannt, sich Sorgen um ihre Handwerker zu machen. Auf dem Bau herrschte ein rüder Umgangston. »Haben Sie etwas Bestimmtes im Sinn?«

Er verschränkte die Arme auf dem Rücken. »Nun, jetzt, wo Sie mich so direkt danach fragen: Mir ist zu Ohren gekommen, dass Sie … äh … pleite sind.«

Sprachlos öffnete ich den Mund.

»Herr Schmelzer, bitte verstehen Sie mich nicht falsch. Sie sind ein erstklassiger Elektromeister, davon konnte ich mich ja schon bei anderen Projekten überzeugen. Ihre Finanzen gehen mich wenig an. Allerdings hätte ich ein Problem damit, würden Sie hier kurzfristig ausfallen, weil Sie nicht mehr in der Lage sind, Material zu kaufen. Es würde den Zeitplan um Tage, vielleicht sogar Wochen zurückwerfen. Denn es ist ja beileibe nicht so, dass die guten Handwerker zu Hause Däumchen drehen und nur auf einen Anruf von mir warten.«

Er legte mir eine Hand auf die Schulter. »Im Grunde kann ich mir nicht vorstellen, dass an dem Gerücht ein Körnchen Wahrheit ist. Aber …«

»Aber sicher ist sicher, und daher haben Sie mich darauf angesprochen.«

»So sieht es wohl aus, ja.«

Ich nahm seine Hand von meiner Schulter und drückte sie. »Herr Schmitz, ich verspreche Ihnen hoch und heilig, dass Sie sich keine Sorgen machen müssen. Bei mir ist alles im grünen Bereich.«

Sah man von dem kleinen Engpass ab, den Hubert auf meinem Konto verursacht hatte, war das sogar die Wahrheit. Doch davon musste ich dem Bauleiter nichts auf die Nase binden.

Erleichtert schüttelte er meine Hand. »Freut mich.« Er verabschiedete sich und stapfte weiter.

Als er außer Sichtweite war, riss ich ärgerlich das Kabel von der Rolle. Würde dieses Gerücht sich verbreiteten, wäre meine Existenz bedroht. Niemand würde mehr den Mut aufbringen, einen langfristigen Vertrag mit mir abzuschließen, egal, was ich denen versichern würde.

Von Stunde zu Stunde wurde ich wütender. Ich hatte nicht die geringsten Zweifel, wer mich so diffamierte.

Hubert!

Gestern erst hatte er mir den Krieg erklärt und sich offensichtlich nicht lange bitten lassen. Wie konnte er nur so hinterhältig sein? Schließlich würde seine Tochter mit mir in der Gosse landen. Das konnte ihm doch nicht egal sein.

Nach Feierabend steuerte ich meinen Wagen wütend nach Hause. Die Garage stand offen, der Benz fehlte. Hubert war also bereits ausgeflogen. Dafür schraubte Mario, eine fahrbare Werkzeugkiste neben sich, auf der Tenne der Scheune an seinem alten Käfer rum. Ein Heizstrahler wärmte seinen Nacken. Unverantwortlich, wie ich fand. Er würde auf diese Weise noch den Hof abfackeln.

Kurz entschlossen ging ich zu ihm. Brachte Helene nicht den Mut auf, mit ihm Tacheles zu reden, musste ich das eben übernehmen.

Ich lehnte mich an den hinteren Kotflügel seines Käfers und sah ihm eine Weile zu.

Er schaute kurz auf, widmete sich dann aber wieder dem Vergaser. Es roch nach Benzin und Öl.

»Wir sollten reden«, schlug ich aus Rücksicht auf Helene diplomatisch vor.

Er nahm einen Putzlappen und rieb seine öligen Finger damit ab. »Worüber sollte ich mit dir schon sprechen?«

»Über Monika. Über das, was du mit ihr angestellt hast.«

»Das geht dich nichts an.«

»Immerhin habe ich sie gerettet. Zumindest dankbar solltest du mir dafür sein.«

»Ich war auf dem Weg. Du bist mir nur einige Sekunden zuvorgekommen.«

»Erzähl doch keinen Stuss!«

»Ich erwarte nicht, dass du mir glaubst.« Er legte den Lappen auf die Werkzeugkiste.

»Du wolltest also gerade helfen. Was ist denn deiner Meinung nach passiert?«

Er zögerte. »Ein Unfall. Sie ist gestürzt.«

»Und das hast du gesehen?«

»Was macht das für einen Unterschied? Würdest du mir glauben?«

»Nein.«

»Also lassen wir das, okay? Es bringt nichts, darüber zu reden.« Er hob den Vergaser vor seine Augen, drehte ihn und blies in eine Öffnung. »Und ja, danke«, stieß er unvermittelt aus.

Ich glaubte, mich verhört zu haben. Erstaunt riss ich die Augen auf.

Mario ließ den Vergaser sinken und sah mich an. »Ich war es nicht.«

Sollte ich ihm glauben? Andreas' Rat fiel mir wieder ein. Ich durfte Mario nicht vertrauen.

»Das wird sich zeigen, spätestens dann, wenn sich Monika dazu äußert.« Ich wandte mich zum Gehen.

»Übrigens habe ich heute Morgen Ingo Schmitz getroffen.«

Ich drehte mich wieder um. »Den Bauleiter? Du kennst ihn?«

Mario deutete auf den Käfer. »Er ist im Club.«

»Und wieso erzählst du mir davon?«

»Er hat dich ziemlich über den Klee gelobt.«

»Okay. Und?«

»Mir ging die Hutschnur hoch. Ich hatte das Gefühl, den lieben Schmitz ein bisschen erden zu müssen.«

»Wie darf ich das verstehen?«

»Ich hab ihm erzählt, was für ein Arsch du bist. Dass du noch nicht mal bereit bist, deinem Schwiegervater mit ein bisschen Geld aus der Patsche zu helfen. Und eine Theorie für dein Verhalten habe ich auch beigefügt.«

»Die da wäre?«

»Liegt doch auf der Hand, oder?«

»Nicht gerade. Erhell mich.«

»Du hast das Geld nicht. Du bist pleite.«

Verblüfft starrte ich ihn an. Ich konnte es nicht fassen. Nicht Hubert hatte das Gerücht in die Welt gesetzt, sondern Mario. Einfach so, weil er die Lobhudelei des Bauleiters nicht ertragen konnte. »Ist dir eigentlich klar, was du damit anrichtest?«, presste ich wütend hervor.

Ungerührt nahm er eine Zahnbürste zur Hand und schrubbte über das Vergasergehäuse. »Ja.«

»Ja?« Ich ballte die Fäuste. Sterne tanzten vor meinen Augen. »Wenn ich vor die Hunde gehe, gilt das auch für Helene.«

»Sie wird es überleben.«

Die Borsten der Zahnbürste kratzten über das Metall, geführt von seinen schmutzigen Fingern. Ich bemerkte Marios spöttisch hochgezogene Mundwinkel, die Teilnahmslosigkeit in seinem Blick. Die Nasenspitze zeigte arrogant nach oben.

Zwei Dinge wurden mir bewusst.

Erstens: Er ergötzte sich an seiner Tat.

Zweitens: Diesmal würde ich mich nicht zurückhalten können.

Das Blut pulsierte durch meine Adern, Adrenalin erreichte jede Faser meines Körpers.

Mit einem animalischen Schrei stürzte ich mich auf ihn.

20

Lobowski lachte. »Du hast Mario eine mitgegeben?«

Verlegen kratzte sich Schmelzer den Nacken. »Na ja, das ist vielleicht etwas zu … äh … harmlos ausgedrückt. Eine handfeste Prügelei trifft es eher.«

»Wer hat gewonnen?«

»Gewinnt bei einer Schlägerei überhaupt irgendeiner?«

»Hm, ja, du hast recht.«

»Wir sahen hinterher beide ziemlich renovierungsbedürftig aus, wenn du das meinst.«

»Hätte niemals gedacht, dass du gegen Mario überhaupt eine Chance hast. Er ist dir, mit Verlaub, körperlich überlegen. Du warst immer muskulös, aber er ist kompakt und kräftig. Und nach dem, was man so hört, ist er kein Freund von Traurigkeit. Übung hat er auf jeden Fall.«

»Meine Wut trieb mich an, und der Überraschungseffekt lag außerdem auf meiner Seite. Mario hatte nicht damit gerechnet, dass ich so ausflippe. Bevor er überhaupt den ersten Treffer landen konnte, lag er schon rücklings auf dem Boden und hatte ein blaues Auge.« Schmelzer legte die Hände ineinander und rieb sie. »Ich bin nicht stolz darauf, wirklich nicht. Es war ein Ausbruch mit einer Heftigkeit, die ich nie von mir erwartet hätte.«

»Nach allem, was er dir angetan hat, durchaus verständlich.«

»Ist das wirklich eine Entschuldigung?«

»Nun, zumindest eine Erklärung. Was hat denn Helene dazu gesagt?«

Schmelzer senkte den Blick. »Nichts.«

»Bitte? Du kommst grün und blau geschlagen nach Hause, und sie ignoriert das? Das kann ich kaum glauben.«

»Ich habe mich auch gewundert. Schon im Hausflur habe ich nach Worten gesucht, um ihr alles schonend beizubringen.«

21

Ich schaute in den Flurspiegel. Die Haut spannte sich geschwollen über meinen Wangenknochen, aus der Nase tropfte Blut, und die Unterlippe war aufgeplatzt. Es bestand keinerlei Chance, die Wunden zu verbergen, es sei denn, ich zöge einen Sack über den Kopf. Die Schmerzen stachen bis ins Hirn, allerdings gemildert von der Genugtuung, es Mario heimgezahlt zu haben.

Was sollte ich nur Helene sagen? Ich holte tief Luft, pumpte damit auch Mut in meine Lungen und rief nach ihr.

Keine Antwort.

Seltsam. Sie hatte nicht erwähnt, dass sie heute ausgehen wollte. Aber bestimmt besuchte sie ihre Mutter. Vielleicht war sie sogar gemeinsam mit Hubert im Krankenhaus. Ich sah auf die Uhr. Es ging bereits auf neun Uhr zu. Da würde sie sicher bald nach Hause kommen.

Ich ging in die Küche, öffnete eine Flasche Wasser und trank gierig den ersten Schluck. Dann drückte ich die kalte Flasche vorsichtig gegen meine geschwollene Wange. Die Kälte dämpfte den Schmerz.

»Ich hab dich gar nicht reinkommen hören.«

Ich schreckte zusammen. Fast wäre mir die Flasche aus der Hand gerutscht.

In einen Bademantel gehüllt stand Helene im Türrahmen. Ihre Haare waren nass, über ihre Wangen liefen Tränen. Sie zitterte am ganzen Körper.

Ich stellte die Flasche ab, um sie in die Arme zu nehmen. Doch sie wich zurück und riss entsetzt die Augen auf.

»Es ist nichts«, sagte ich, da ich annahm, meine Wunden wären der Grund für ihr abweisendes Verhalten.

Sie ging nicht darauf ein, sondern rannte davon, die Treppe hinauf. Ich hörte ihre Schritte über meinem Kopf, dann quietschten die Bettfedern.

»Äh, ja … dir auch eine gute Nacht«, brummte ich verärgert.

Nach einer Dusche legte auch ich mich ins Bett. Ich drehte mich zu Helene, die schwer atmend auf ihrer Seite lag und mir den Rücken zugewandt hatte. Ich kuschelte mich an sie. Es fühlte sich an, als würde ich einen Baumstamm umarmen. Stocksteif lag sie da, offensichtlich nicht zum Kuscheln aufgelegt.

Enttäuscht ließ ich sie los.

Helene rückte so weit wie möglich von mir weg und lag schließlich fast auf der Bettkante.

»So wird das aber nichts mit dem Nachwuchs«, scherzte ich und streckte meine Hand aus. Ich streichelte sanft ihre feuchten Haare. »Was ist los mit dir?«

Mit tränenerstickter Stimme antwortete sie: »Hab meine Tage.«

Ich zog meine Hand zurück, drehte mich auf den Rücken und starrte zur Decke. Ich wusste, dass sie ihre Regel schon kurz vor der Hochzeit gehabt hatte.

Warum log sie mich an?

***

Als ich am nächsten Morgen aufstand, fühlte ich mich wie gerädert.

Helene schlief unruhig. Sie zuckte immer wieder zusammen und stöhnte leise.

Ich schlich mich aus dem Schlafzimmer und frühstückte ohne Appetit. Noch vor dem Morgengrauen war ich unterwegs zur Baustelle. Die Straßen waren leer. Kaum ein Mensch war am Samstagmorgen so früh unterwegs. Ich parkte neben dem Bauzaun, stieg aus und holte meine Werkzeugtasche aus dem Laderaum. Dabei bemerkte ich einen dunklen Porsche, der auf der anderen Straßenseite anhielt. Die Scheiben waren getönt, den Fahrer konnte ich nicht erkennen. Er stieg auch nicht aus, sondern ließ den Motor laufen. Obwohl ich den Porsche noch nie gesehen hatte, wurde ich das Gefühl nicht los, dass er meinetwegen dort parkte. Eine Gänsehaut lief mir über den Rücken. Ich fühlte mich beobachtet.

»Mann, jetzt leidest du auch noch an Verfolgungswahn«, murmelte ich. Warum sollte ausgerechnet mir jemand nachspüren? Bestimmt saß dort im Auto nur ein Interessent für das Objekt.

Ohne den Porsche eines weiteren Blickes zu würdigen, schritt ich auf die Baustelle.

Der graue Morgen verflog, doch selbst um die Mittagszeit wurde es nicht richtig hell. Es goss den ganzen Tag in Strömen.

Um kurz nach zwei entschied ich, in die Mittagspause zu gehen. Ich wollte unbedingt nach Helene schauen.

Als ich, aus Rommersheim kommend, auf der L 5 in Richtung Giesdorf fuhr, tauchte in meinem Rückspiegel der Porsche von heute Morgen auf. Er folgte mir in einiger Entfernung und ließ sich nicht abschütteln oder zum Überholen animieren. Ich fühlte mich an den Film »Duell« von Steven Spielberg erinnert, in dem ein schwarzer Lkw neunzig Minuten lang ohne Grund einen unschuldigen Pkw-Fahrer jagt.

Sollte das eine Drohung sein? Steckte wieder einmal Mario dahinter? Oder bildete ich mir alles nur ein, und der Fahrer hatte es schlicht nicht eilig?

Ich beschloss, der Sache auf den Grund zu gehen. Kurz vor Giesdorf hielt ich in der Einmündung eines Wirtschaftsweges und stellte mich so, dass hinter mir noch Platz blieb.

Der Fahrer verlangsamte ebenfalls seine Fahrt und stoppte hinter mir. Der Boxermotor röchelte heiser, als ich ausstieg und auf den Porsche zuging. Mit dem Knöchel des Zeigefingers klopfte ich an die Scheibe. Surrend öffnete sich das Fenster.

Ich erkannte den Fahrer auf Anhieb. Es war der in Schwarz gekleidete Fremde, den ich an meinem Hochzeitstag gesehen hatte. Mir wurde flau im Magen. Das konnte nur Ärger bedeuten.

»Sie haben einen teuren Fuhrpark«, scherzte ich halbherzig.

Er grinste von Ohr zu Ohr. »Überraschung«, trällerte er. »Steigen Sie ein. Wir müssen uns unterhalten.«

Ich zögerte. Sollte ich wirklich zu einem Wildfremden ins Auto steigen?

Er bemerkte meine Zurückhaltung. »Jetzt machen Sie schon.

Es ist wichtig. Für Sie, für Ihre Familie und selbstverständlich auch für meinen Boss.« Er lachte abgehackt. »Das will ich nicht verhehlen.«

»Um was geht es denn? Wir können doch auch hier …«

»Mamma mia«, unterbrach er mich und sah genervt zum Himmel. »Hast du keine Eier in der Hose? Wenn ich dir an den Kragen wollte, hätte ich dir schon längst eine Kugel durch den Kopf gejagt.« Er öffnete seinen Mantel und lenkte meinen Blick auf ein Holster, in dem eine silbrig glänzende Pistole steckte. »Ich will nur reden. Also zwing mich nicht zu drastischen Maßnahmen.«

Mit weichen Knien ging ich zur Beifahrerseite und stieg ein. Sofort trat er auf das Gaspedal. Der Porsche sprang regelrecht vor, schoss um Haaresbreite an meinem Bus vorbei und raste über die Landstraße.

Die Fahrt verlief schweigend. Keine zwanzig Minuten später saßen wir im »Landcafé Grube« in Plütscheid.

Ich bestellte einen Kaffee, er einen Cappuccino.

»Haben Sie auch einen Namen?«, fragte ich.

»Andy Garcia.«

Ich stutze. »Wie der Schauspieler?«

»Ja.«

»Echt?«

»Für dich ist er echt, klar?«

Ich musterte ihn. »Mit Verlaub, ich hoffe, Sie nehmen es mir nicht übel. Aber für mich sehen Sie eher aus wie Wolfgang Holbein.«

Die Bedienung brachte die Bestellung. Seelenruhig rührte er Zucker in seinen Cappuccino. »Wer ist das?«

»Ein deutscher Schriftsteller.«

»Schriftsteller sind uncool.« Er führte seine Tasse zum Mund und trank. »Ah! Der beste Cappuccino in der ganzen Eifel. Deswegen wollte ich mit Ihnen nicht am Straßenrand reden. Ist doch viel gemütlicher hier.«

Dagegen konnte ich nichts einwenden. Die heimelige Atmosphäre im Landhausstil gefiel mir ebenfalls. Außerdem fühlte ich mich sicher. Hier würde dieser, äh … Andy garantiert nicht seine Pistole ziehen und mich vor Zeugen erledigen. Trotzdem wollte ich es hinter mich bringen. »Also?«, fragte ich daher und griff nach meiner Kaffeetasse.

»Sie haben eine hübsche Frau.«

Ich hielt inne. Mir schien plötzlich ein Eisklotz im Magen zu liegen.

»Wäre schade, wenn ihr etwas zustoßen sollte, oder?«

»Was wollen Sie damit andeuten?«

Er lehnte sich vor. »Ts, ts, nicht den Unwissenden spielen. Sie geben mir zehntausend, quasi als Anzahlung, und allen Rechkemmers geht's weiterhin gut. Auch Ihrer bezaubernden Braut.«

Empört sprang ich auf.

»Jetzt machen Sie keine Szene, Mann.« Er zog mich zurück auf den Stuhl.

Die Gäste vom Nebentisch sahen zu uns rüber.

Andy Garcia hob die Hand. »Ich bitte um Entschuldigung. Alles in Ordnung.« Dann wandte er sich wieder mir zu. »Beherrschen Sie sich. Es geht hier nur ums Geschäft. Niemand will Ihnen was.«

»Solange ich zahle?«

»Richtig.« Er schlürfte den Milchschaum aus seiner Tasse.

Ich legte die Hände flach auf den Tisch. »Also gut. Aber zuerst klären Sie mich auf. Um was geht es hier eigentlich?«

Andy Garcias Augen verengten sich. »Hören Sie auf, den Ahnungslosen zu mimen.«

»Ich habe wirklich keine Ahnung, was hier vor sich geht.«

Er musterte mich einige Sekunden lang unverhohlen, dann stellte er seine Tasse ab und seufzte. »Okay, ich glaube Ihnen. Sie scheinen ein aufrichtiger Kerl zu sein.«

»Danke«, stieß ich erleichtert aus.

»Meine Erkenntnis entbindet Sie aber nicht von den Zehntausend. Als Anzahlung, dann gebe ich eine Weile Ruhe. Wenn nicht …« Er lüftete seinen Mantel und zeigte mir erneut seine Pistole.

Mir wurde mulmig. »Ich, ich … ich habe nicht so viel Geld. Ich habe alles in mein Haus gesteckt. Ich kann so viel …«

»Schluss!«, unterbrach er mich. »Sie haben ein florierendes Unternehmen. Das weiß ich aus sicherer Quelle. Reden Sie sich also nicht raus.«

Träumte ich? Ich unterdrückte den Wunsch, mich zu zwicken. »Geht es hier um Schutzgeld?«, flüsterte ich.

»Schutzgeld?« Er wiegte den Kopf. »Wie man es sieht.«

Ungläubig blickte ich ihn an. Wir waren hier doch nicht in Neapel oder auf Sizilien.

Er stürzte seinen Cappuccino in einem Schluck hinunter und legte einen Fünfzig-Euro-Schein auf den Tisch. Dann erhob er sich und schob mir eine Visitenkarte zu. Darauf stand eine Handynummer. »Ich melde mich wieder bei Ihnen. Wir besprechen dann die Übergabe. Nur sollten Sie sich nicht allzu viel Zeit lassen, Sie verstehen?«

Er wartete meine Antwort nicht ab, sondern rauschte einfach davon. Kurz darauf hörte ich den Porschemotor fauchen.

Wie mechanisch nahm ich den Schein vom Tisch und bezahlte die Rechnung.

Draußen zog ich mein Handy aus der Tasche und bestellte mir ein Taxi.

Als ich wieder in meinem eigenen Wagen saß, überkam mich ein Zittern.

Angst.

Panik.

Mein Puls raste. Mit beiden Fäusten hieb ich mehrmals auf das Lenkrad.

Helene!

Sie war in Gefahr.

22

Lobowski kratzte sich das Kinn. »Lass mich raten: Du bist nicht zur Polizei gegangen.«

Schmelzer stand auf, stellte sich hinter seinen Stuhl und stützte sich schwer auf der Lehne ab. »Nein.«

»Warum nicht?«

»Was hätte ich denen denn erzählen sollen? Ich hatte doch keine Beweise, überhaupt nichts in der Hand. Und keine Ahnung, worum es in der ganzen Sache eigentlich ging, zumindest zu diesem Zeitpunkt noch nicht.«

»Immerhin hätten sie diesen Andy-Garcia-Verschnitt unter Druck setzen können. Vielleicht wäre er dann ein wenig vorsichtiger geworden.«

»Ach was. Er hätte einfach alles abgestritten. Da stand doch Aussage gegen Aussage.«

»Stopp, das stimmt nicht.« Lobowski hob den Zeigefinger. »Du vergisst die Rechkemmers, Monika, Helene und deinen Schwiegervater. Sie hätten dir mit ihrer Aussage zur Seite springen können.«

Heftig schüttelte Schmelzer den Kopf, als hätte Lobowski etwas selten Dämliches gesagt. »Nee, so einfach funktioniert das bei den Rechkemmers nicht. Glaubst du echt, ich hätte Helene nichts davon erzählt?«

»Das dachte ich tatsächlich. Ich ging davon aus, dass du auf einsamer Wolf machst.«

»Da liegst du falsch. Gut, ich gebe zu, ich hatte kurz darüber nachgedacht, alles für mich zu behalten. Helene war in so einer depressiven Phase. Damals wusste ich nicht, warum, ich dachte, es wäre die Sorge um Monika. Aber nachdem ich eine Nacht darüber geschlafen hatte, hab ich es ihr erzählt.«

»Und?«

»Sie ist kreideweiß geworden und hat mich angefleht, das Geld zu besorgen. Sie versprach mir, sich eine Anstellung zu suchen und alles zurückzuzahlen.«

»Jetzt verstehe ich nichts mehr. Ich dachte, sie wollte sich bis zuletzt um den alten Erich kümmern.«

»Genau das hat mich auch gewundert.«

»Hast du nachgeforscht, wie ihr Sinneswandel zustande kam?«

»Klar. Ich wollte wissen, was los ist.« Schmelzer richtete sich auf und ging im Raum auf und ab. »Zunächst wollte sie nicht damit herausrücken. Ich ließ aber nicht locker, und was sie dann erzählte, erklärte so einiges. Wieder einmal drehte sich alles um Hubert. Nur ein Wort, dann verstehst du alles.« Er blieb stehen und blickte Lobowski an. »Spielschulden.«

»Ach du Sch… grüne Neune.«

»Du sagst es. Dieser Andy Garcia war ein Geldeintreiber. Dir muss ich ja sicher nicht sagen, dass die schon mal ungemütlich werden können. Helene und Monika hatte er auch schon gedroht, am Hochzeitsmorgen.«

»Und Hubert in der Hochzeitsnacht in der Gasse. Jetzt wird mir alles klar«, sagte Lobowski. Er hieb mit den flachen Händen auf den Tisch. »Gut, so schließt sich der Kreis. Ich gehe davon aus, dass du Hubert zur Rede gestellt hast?«

Resigniert lachte Schmelzer. »Versucht habe ich es. Direkt am Nachmittag, bevor Helene und ich ins Krankenhaus fuhren, um Monika zu besuchen. Mehr als einen finsteren Blick und ein gelalltes ›Verschwinde‹ habe ich allerdings nicht geerntet. Es war ihm alles scheißegal. Kurz darauf rauschte er mit seinem Benz davon.«

»Betrunken?«

»Wenn du so willst. Das war inzwischen sein normaler Zustand.«

»Bei dem einen Versuch hast du es aber nicht belassen, oder?«

»Natürlich nicht. Doch es war alles erfolglos. Er ließ nicht mit sich reden und machte null Anstalten, seine Probleme selbst zu lösen.«

»Dann hast du das Geld besorgt?«

Schmelzer wand sich. »Bescheuert, nicht wahr?«

»Verzweifelt, würde ich sagen.«

»Meine Angst um Helene fraß mich auf. Nicht eine Sekunde

lang zweifelte ich daran, dass dieser Andy Garcia es ernst meinte. Noch dazu lief mir die Zeit davon. Ich wusste ja nicht, wann der Kerl mich erneut aufsuchen würde. In meiner Not habe ich mich sogar Erich anvertraut. Doch der hat sich bloß alles angehört, die Lippen aufeinandergepresst und geschwiegen. Eine Hilfe war das nicht.«

Lobowski nickte mitfühlend. Schmelzer war mit der Situation überfordert gewesen. Niemand hatte ihm zur Seite gestanden. Es ging gegen einen Feind, der skrupellos zuschlagen würde, wenn seine Forderungen nicht erfüllt würden. »Wie bist du an das Geld gekommen?«

Schmelzer senkte den Blick. »Andreas hat es mir geliehen. Privat, nicht über die Bank.«

»Einfach so?«

»Ich habe ihn angelogen, ihm etwas von einem finanziellen Engpass erzählt. Wegen der Baustelle, für die ich in Vorleistung treten musste und so weiter. Mein Gott, ich schäme mich immer noch so sehr dafür.«

»Du hast also gezwungenermaßen die Anzahlung für Hubert geleistet.« Lobowski stand nun ebenfalls auf und drückte den vom langen Sitzen schmerzenden Rücken durch.

Schmelzer schüttelte resigniert den Kopf. »Andy Garcia hat das Geld nie bekommen.«

Lobowski glaubte, sich verhört zu haben. »Bitte?«

»Ich weiß, es ist schwer zu verstehen. Ich habe ja selbst gedacht, er würde direkt am nächsten Tag auf der Matte stehen. Aber nichts passierte, er tauchte während der nächsten Wochen nicht mehr auf.«

»Warum? Was war geschehen?«

»Ich vermute, Hubert hatte eine Glückssträhne und konnte vorübergehend einen Teil seiner Schulden zurückzahlen. Oder zumindest die Zinsen begleichen. Anders kann ich es mir nicht erklären. Beruhigt hat mich das aber nicht, wie du dir denken kannst. Ständig lebte ich in der Angst, dass der Kerl wieder auftaucht.«

»Ja, verständlich. Dann hast du das Geld noch?«

»Nein.«

»Warum nicht?«
»Dazu komme ich noch. Alles der …«
»… Reihe nach, ja, ja«, sagte Lobowski.
Sie setzten sich wieder.

23

Die Fahrt zum Krankenhaus verlief in eisigem Schweigen. Zwischen mir und Helene herrschte eine Art Nichtangriffspakt. Sie schaute aus dem Fenster und schien die Regentropfen zu zählen, die im Fahrtwind lange Streifen zogen. Der Januar war dieses Jahr viel zu warm, der Winter schien eine Pause einlegen zu wollen.

Ich überlegte, wie ich die zehntausend Euro auftreiben sollte. Huberts Abfuhr vor einigen Minuten hatte mir deutlich gezeigt, dass er nichts dazu beitragen würde. Es schien ihm scheißegal zu sein, dass wir alle in großer Gefahr schwebten.

Monika sah aus wie das blühende Leben. Sie strahlte uns an, plapperte in einem fort und lachte viel. Sie schien wie neugeboren. Ich vermute, die Schmerzmittel waren nicht unschuldig an ihrem Zustand. Nur als ich fragte, ob Hubert sie bereits besucht hatte, verfinsterte sich ihr Gesicht. Eine Antwort blieb sie mir schuldig. Stattdessen wandte sie sich Helene zu, die an ihrer Seite auf dem Bett saß. Sie tratschten über Leute, die ich nicht kannte. Stumm zollte ich Helene für ihre schauspielerische Leistung Respekt. Sie wirkte ausgelassen, ja geradezu fröhlich. Nichts deutete auf ihre wahre Gemütslage hin, mit der sie Monika vermutlich nicht belasten wollte.

Da ich fürchtete, mich nicht so gut im Griff zu haben, entschied ich, einen Kaffee trinken zu gehen.

Im Krankenhausflur blieb ich nachdenklich stehen. Ich hatte Monika noch nie derart ausgelassen erlebt. Lag das wirklich nur an der Wirkung der Schmerzmittel? Oder gab es noch einen anderen Grund? War sie froh, von zu Hause fort zu sein? Von Mario? Hier war sie sicher vor ihm, vielleicht spielte das eine Rolle.

Eine dunkle Stimme riss mich aus meinen Überlegungen. »Gehören Sie zu Frau Rechkemmer?«

Ich drehte mich um.

Vor mir stand ein Arzt, wie ich an dem weißen Kittel erkannte. Seinen rot geränderten Augen nach zu urteilen, war er schon länger auf den Beinen. Aus den Taschen des Kittels ragten zahlreiche Utensilien wie Stifte, Stethoskop und ein Notizbuch heraus. Auf dem Namensschild stand »Dr. Reuter«.

Ich schluckte schwer. Mit großer Wahrscheinlichkeit bedeutete es nichts Gutes, auf einem nach Desinfektionsmittel riechenden Flur von einem Arzt angesprochen zu werden. Auf eine weitere schlechte Nachricht konnte ich gut verzichten, mein Maß war voll. »Mehr oder weniger«, antwortete ich daher zögernd.

Damit konnte Dr. Reuter verständlicherweise nicht so viel anfangen. »Wie soll ich denn das verstehen?«

»Ich bin der Schwiegersohn, Klaus Schmelzer. Ich bin mir nicht sicher, ob man damit aus ärztlicher Sicht zur Familie gehört.«

Dr. Reuter überlegte kurz. »Nun … ach, egal. Hätten Sie ein paar Minuten Zeit für mich?«

Ich nickte.

Er bat mich, ihm zu folgen, und führte mich in sein Büro, wo er mir einen Platz und einen Kaffee anbot. Beides nahm ich dankend an.

»Milch und Zucker habe ich leider nicht mehr«, sagte er und reichte mir die Tasse.

Ich nahm einen Schluck und verbrühte mir die Zunge. Vermutlich hatte das Gesöff Stunden auf der Warmhalteplatte vor sich hin geköchelt. Es war nicht nur glühend heiß, sondern auch zäher als Teer.

Dr. Reuter setzte sich auf die andere Seite des Schreibtisches und wippte in seinem Stuhl. Er nippte an dem Kaffee, stellte die Tasse auf den Tisch, legte seine Brille daneben und rieb sich die Augen. Dann gähnte er ausgiebig und murmelte eine Entschuldigung.

Ich fürchtete, er würde auf der Stelle einschlafen.

Doch Dr. Reuter setzte sich aufrecht hin und schob die Brille wieder auf die Nase. Neue Energie schien durch seine Blutbahnen zu fließen. Mit einem Mal wirkte er wach und aufmerksam. »Ich will nicht unnötig um den heißen Brei herumreden, Herr Schmelzer. Von wem wurde Ihre Schwiegermutter so zugerichtet?«

»Hat sie Ihnen das nicht gesagt? Sie ist die Treppe runtergefallen und hat sich dabei …«

Er wischte mit der Hand durch die Luft. »Das meine ich nicht.«

»Nicht?« Ich wusste nicht, was ich sagen sollte. Wollte er von mir hören, dass ich glaubte, sie sei gestoßen worden?

»Ich meine die Hämatome. Sie ist übersät damit. Sie erzählte uns abenteuerliche Geschichten, sie sei gegen offene Schranktüren gerannt, auf den Badewannenrand gefallen und so weiter. Der übliche Unsinn. Die Nierenprellungen sind aber bereits mehrere Tage alt und haben fast zu einem Organversagen geführt. Wir konnten gerade noch rechtzeitig eingreifen. Ohne den Beinbruch, wegen dem sie eingeliefert wurde, wäre Ihre Schwiegermutter mit größter Wahrscheinlichkeit daran gestorben.«

Obwohl der Kaffee scheußlich schmeckte, nahm ich einen großen Schluck. Mein Hals fühlte sich auf einmal rau und spröde an, und ich fürchtete, nur noch kratzige Töne herauszubekommen. »Die Nierenprellungen stammen nicht von dem Sturz?«

»Angeblich ist sie an Weihnachten mit einem Radfahrer kollidiert. Der Lenker soll sich in ihre Seite gebohrt haben.«

Mir fiel der kleine Zusammenstoß mit Monika während unserer Hochzeitsfeier auf dem Flur vor der Toilette wieder ein. Ihr schmerzverzerrtes Gesicht war mir in Erinnerung geblieben. Und mein Vorsatz, sie zum Arzt zu schleifen. Schuldgefühle überrollten mich. Wäre der Beinbruch nicht gewesen …

Der Sturz von der Treppe war zwar schon am nächsten Tag erfolgt, als ohnehin keine Praxis geöffnet gehabt hätte. Doch das konnte mein schlechtes Gewissen nicht wirklich beruhigen. Ich war nicht zur Stelle gewesen, als Monika meine Hilfe benötigt hatte.

»Was schließen Sie daraus?«, murmelte ich, obwohl eigentlich glasklar war, was Dr. Reuter mir mitteilen wollte.

»Jemand misshandelt Ihre Schwiegermutter.«

Ich nickte bloß. Insgeheim hatte ich das schon lange vermutet. Als ich das erste Mal verdächtige Geräusche im Haus der Rechkemmers gehört hatte, in der Nacht, als Hubert die Katze totgetreten hatte, wollte ich es nicht wahrhaben. Es waren Schläge gewesen. Danach das Wimmern.

Hubert, die brutale Sau, hatte Monika verprügelt.

»Warum lässt sie sich das gefallen?«

Dr. Reuter lehnte sich in seinem Stuhl zurück. »Da gibt es zahlreiche Erklärungsansätze. Fehlendes Selbstwertgefühl zum Beispiel. Oder die Scham, es zuzugeben. Tief verwurzelte Angst könnte eine Rolle spielen. Erfahrungen aus der Kindheit, die das Gefühl hervorrufen, man habe es verdient, verprügelt zu werden. Manche Menschen kennen es nicht anders.«

Irritiert blickte ich in meine Tasse. Konnte es sein, dass Erich seine Tochter gezüchtigt hatte?

»Ein starker Glaube kann auch ein Grund sein«, sagte Dr. Reuter. »Bis der Tod uns scheidet und so weiter. Und vergessen Sie nicht die Liebe. Ja, auch diese Fälle gibt es, auch wenn es rational nicht zu verstehen ist.« Er legte die Unterarme auf den Tisch und verschränkte die Finger. »Wie auch immer. Solange Ihre Schwiegermutter auf den Unfug besteht, den sie erzählt, kann ich ihr nicht helfen. Eine Anzeige wäre zwecklos.« Er nahm eine Visitenkarte aus der Kitteltasche und schob sie mir zu. »Hier, nehmen Sie.«

Ich nahm sie hoch. »Was soll ich damit?«

»Falls Sie Hilfe benötigen. Manchmal ist es einfacher, einen Arzt darum zu bitten als die Polizei.«

Ich dankte ihm und verließ das Büro. Draußen lehnte ich mich erschöpft an die Wand.

Unvorstellbar, was Monika durchgemacht hatte. Noch schrecklicher aber war der Gedanke, dass sie offensichtlich nicht in der Lage war, der häuslichen Hölle zu entfliehen.

24

Meine Sorge um Monika konnte ich in den nächsten Wochen hintenanstellen. Der Bruch heilte schlecht, sodass sie länger als geplant im Krankenhaus lag. Da mir bisher nicht eingefallen war, wie ich ihr helfen konnte, wenn sie selbst Hilfe abwies, war ich froh über diese Entwicklung.

Der Januar blieb regnerisch, und ein ebenfalls zu milder Februar löste den ersten Monat im Jahr ab.

Hubert soff inzwischen wie ein Loch. Hatte er früher zumindest tagsüber noch einen halbwegs zurechnungsfähigen Eindruck gemacht, hielt er sich nun immer seltener zurück. Hätte er nicht das Narbengesicht und dessen Bruder beschäftigt, wäre seine Landwirtschaft garantiert längst den Bach runtergegangen. Ich verdrängte den Gedanken an eine Zwangsversteigerung. Ich wollte mir nicht vorstellen, wie mein Häuschen in die Konkursmasse floss.

Der alte Erich schottete sich immer mehr ab. In sich gekehrt saß er in seiner Küche, meine Besuche schienen ihn zu stören, und selbst mit Helene wechselte er kaum noch ein Wort. Ich fragte mich, ob das ein Anzeichen von Alterssenilität war. Doch seine Augen wirkten hellwach.

Bei all den Problemen setzte mir jedoch eine Sache richtig zu: Helene schien sich von mir abzuwenden. Suchte ich ihre Nähe, wies sie mich mal mehr, mal weniger brüsk ab. Forderte ich sie im Bett, ließ sie es über sich ergehen. Hinterher fühlte ich mich wie ein Schweinehund, der seine Triebe nicht im Griff hatte. Dabei verstärkte Helene mein schlechtes Gewissen noch. Nicht selten stand sie danach auf, verschwand im Bad und duschte sich ausgiebig. Sprach ich sie darauf an, schwieg sie. Es erschien mir fast so, als würde etwas zwischen uns stehen, das sie kannte und ich nicht. Was war nur los mit ihr? Ich zermarterte mir den Kopf. Es konnte doch nicht sein, dass unsere Ehe nach nur wenigen Wochen vor dem Aus stand. Nur wie sollte ich es anstellen, sie aus ihrem Trübsinn zu reißen?

An Karneval überredete ich Helene zu einem Besuch des Rosenmontagszuges in Köln. Wir mussten mal vom Hof runter und Abstand gewinnen. Und tatsächlich blühte Helene mit jedem Kilometer auf, den wir uns von zu Hause entfernten. Es wurde ein schöner Tag. Helene verlor für einige Stunden ihre Schwermut und schunkelte mit ein paar Freunden, die wir zufällig getroffen hatten, um die Wette.

Leider aber überdauerte die ausgelassene Stimmung nicht einmal den Abend. Wir saßen im Wohnzimmer auf der Couch, ich mit einer Flasche Bier in der Hand, Helene vor sich hin brütend. Im Fernseher lief eine Prunksitzung, doch ich hörte nicht richtig zu. Ich liebte Helene wie am ersten Tag, und es zerriss mir fast das Herz, sie so zu sehen. Aber ich war mit meinem Latein am Ende. Ein Profi musste sich der Sache annehmen. »Du, Helene«, begann ich vorsichtig.

Sie reagierte nicht, starrte einfach weiter geradeaus.

»Helene?«, versuchte ich es erneut. Doch erst als ich ihr über die Schulter streichelte und sie erschrocken wegzuckte, sah sie mich an.

»Hast du was gesagt?«, fragte sie.

»So kann das nicht weitergehen.«

»Was meinst du?«

»Mit dir. Mit uns. Und überhaupt.«

»Ach. Das Thema schon wieder«, murmelte sie. »Was du immer hast. War doch schön heute.«

»Ja, war es. Aber nur für einen Moment.«

Sie stellte die Füße auf den Boden. »Ich geh schlafen. Es ist schon spät.«

»Es ist noch nicht einmal neun«, fuhr ich auf.

»Der Tag war anstrengend.« Sie gähnte übertrieben.

Bevor sie aufstehen konnte, stellte ich die Flasche auf den Tisch und fasste Helene an den Schultern. »Wir sollten zum Arzt gehen.«

Erschrocken riss sie die Augen auf. »Bist du krank?«

»Nein … wieso ich? Ach was.« Ich schüttelte heftig den Kopf. »*Du* musst dich untersuchen lassen. Du hast dich verändert. Ich mache mir Sorgen.«

Helene sprang auf. »Kommt gar nicht in Frage. Mir geht es gut.«

»Schatz, es geht dir überhaupt nicht gut. Lass dir bitte helfen.«

Sie schob trotzig ihr Kinn vor. »Nein!« Sie warf mir einen bitterbösen Blick zu, drehte sich um und rannte aus dem Wohnzimmer. Kurz darauf schlug die Haustür zu.

***

In den nächsten Tagen legte ich mich auf die Lauer. Ich musste herausfinden, was mit Helene los war. Eine psychische Erkrankung war nicht auszuschließen, ich hielt sie sogar für sehr wahrscheinlich. Doch solange sie ärztliche Hilfe ausschlug, war in dieser Hinsicht keine Besserung zu erwarten. Tatenlos zusehen, wie sie vor sich hin brütete, wollte ich aber auch nicht. Sollte es einen anderen Grund für Helenes Verhalten geben, musste ich ihn finden und ausmerzen. Gleichzeitig hoffte ich, dass mich mein Aktionismus davor bewahren würde, selbst in ein seelisches Loch zu fallen.

Aufmerksam beobachtete ich alles, was ich von Helene und den anderen mitbekam.

Zunächst ohne Erfolg. Sie führte Hubert den Haushalt und kümmerte sich um Erich. Hin und wieder besuchten wir Monika im Krankenhaus. Alles war wie immer, nur abends schwieg sie sich aus und ging früh zu Bett.

Wer weiß, wie lange ich noch den Schnüffler hätte spielen müssen, wenn mir nicht der Zufall zur Hilfe gekommen wäre.

Es nieselte, als ich nach einem harten Arbeitstag in die Zufahrt zum Hof einbog. Dabei wich ich Sergej, dem Narbengesicht, aus, der mir in seinem alten Dacia entgegenkam. Ich schmunzelte, als das nahezu schrottreife Vehikel an mir vorbeirollte. Bei der Rauchfahne, die der Dacia hinter sich herzog, musste ich fast die Nebelscheinwerfer einschalten. Der Motor rasselte wie ein Sack Muscheln, und der Endtopf des Auspuffs war letzten Monat abgefallen. Dass Sergej noch nicht von der Polizei angehalten worden war, wunderte mich. Der infernalische Krach hätte Tote aufwecken können.

Ich kuppelte ein und fuhr auf den Hof. Die Dämmerung warf bläuliche Schatten. Der Lichtkegel meiner Scheinwerfer glitt über den Misthaufen, der immer noch unmittelbar vor unserer Haustür aufragte. Das Versprechen, ihn zu verlagern, hatte Hubert natürlich ebenfalls nicht eingehalten. Inzwischen ärgerte ich mich kaum noch darüber. Andere Dinge waren weitaus tragischer.

Ich lenkte den Wagen um den Schweinemist herum und erschrak. Automatisch stieg ich auf die Bremse, das Antiblockiersystem ließ das Gummi über den Asphalt rubbeln. Gerade noch rechtzeitig kam der Lieferwagen vor Mario, Hubert und Helene zum Stehen.

Hubert hatte Helene am Oberarm gepackt. Die bratpfannengroße Hand zum Schlag erhoben, stand er da wie zur Salzsäule erstarrt. Mein Erscheinen musste ihn überrascht haben. Wäre ich nicht in dem Moment heimgekehrt, als der Dacia hinausfuhr, hätten sie mein Kommen sicherlich bemerkt.

Ich sprang vom Fahrersitz und schrie: »Untersteh dich, sonst bist du fällig.«

Hubert zögerte. Die Situation schien ihm nicht zu gefallen.

Ich machte einen Schritt auf ihn zu.

Er grunzte zornig und stieß Helene von sich, dass sie stolperte und hinfiel.

Ohne Hubert und Mario aus den Augen zu lassen, wollte ich ihr aufhelfen. Doch sie schien mich gar nicht zu erkennen. Mit panischem Blick sah sie zu mir hoch und rutschte von mir fort. Ein Wimmern drang aus ihrer Kehle.

»Helene«, krächzte ich. Die Sorge um sie lähmte meine Stimmbänder. »Was ist mit dir?«

»Sie ist schwanger«, platzte Mario mit einem spöttischen Unterton in der Stimme heraus.

Helene schluchzte auf und verbarg ihr Gesicht in der Armbeuge.

Perplex sah ich von einem zum anderen. So hatte ich mir das Vaterwerden nicht vorgestellt. Anstatt zunächst zu zweit die Freude darüber zu genießen, lag Helene, gerade noch den Schlägen ihres Vaters entkommen, heulend am Boden.

Ich packte Hubert am Kragen und stieß ihn weg. »Rühr meine Frau nie wieder an, verstanden?«, schrie ich. »Du solltest dich freuen, du wirst Opa. Stattdessen behandelst du deine Tochter wie den letzten Dreck.«

Mit einem schmierigen Grinsen im Gesicht holte Hubert einen Flachmann aus der Innentasche seiner Jacke. »Na, schön, schön, schön, darauf trinke ich einen.«

Mario lachte, als hätte sein Vater einen erstklassigen Witz erzählt.

Hubert nahm ein paar kräftige Schlucke. Sein Adamsapfel hüpfte dabei auf und ab wie ein springender Tischtennisball. Am liebsten hätte ich zugeschlagen und ihn tief in seinen Hals gerammt. Stattdessen krampfte ich, um Fassung bemüht, meine Hände zu Fäusten und holte tief Luft. »Verschwindet«, knurrte ich.

Mario grinste schief. »Von dir …«

Er brach ab, als er meinen Blick sah. Ich stand kurz davor, zu explodieren.

Hubert spuckte aus, sah aber wohl ein, dass ich heute kein leichter Gegner sein würde. Er machte auf dem Absatz kehrt und zerrte Mario mit sich. »Komm, wir trinken auf das *Enkelkind*.«

Beide lachten laut auf und warfen mir über die Schulter mitleidige Blicke zu. Kurz darauf bretterten sie in Huberts Mercedes an mir vorbei und verschwanden in der Nacht.

Endlich konnte ich mich um Helene kümmern. Ich hockte mich hin und redete beruhigend auf sie ein. »Es ist vorbei. Du musst keine Angst mehr haben.«

Helene blickte apathisch durch mich hindurch.

Schritte näherten sich.

Ich sprang auf und wirbelte herum, in der Erwartung, dass Hubert und Mario zurückgekommen waren.

Doch vor mir stand Ivan, der Bruder vom Narbengesicht. Er hielt die Hände flach ausgestreckt und murmelte etwas in seiner Muttersprache. Ich verstand daher kein Wort und zuckte bloß mit den Schultern.

Er hielt inne und deutete zum Stall hinüber. Eine untersetzte

Gestalt löste sich aus dem Schatten des Gebäudes. In der Hand hielt sie eine Decke.

Erstaunt sah ich Ivan an. »Wer ist das?«

Er tippte sich auf die Brust. »Magoscha, Frau sein von mir. Heute angekommen.«

Magoscha kam zu uns, nickte mir zu, legte Helene die Decke um die Schultern und half ihr auf. Anders als bei mir ließ Helene sie gewähren. Das versetzte mir einen Stich. Helene schien einer Fremden mehr zu vertrauen als mir.

Zu dritt gingen wir über den Hof in unser Haus.

Ivan schaltete das Scheinwerferlicht meines Wagens aus und folgte uns.

Wenig später lag Helene frisch geduscht und dick in Decken eingehüllt in ihrem Schlafanzug auf dem Sofa. In den Händen hielt sie eine große Tasse heiße Zitrone, die Magoscha ihr gemacht hatte. Ein wenig Farbe war in ihr Gesicht zurückgekehrt, die Wangen glänzten blassrosa.

Immerhin.

Ich brachte Ivan und Magoscha zur Tür.

»Danke«, sagte ich und reichte ihnen zum Abschied die Hand. Ivan klopfte mir aufmunternd auf die Schulter, dann waren sie auch schon in der Dunkelheit verschwunden.

Ich ging zurück ins Wohnzimmer und lehnte mich an den Türrahmen. Meine Wut über Huberts Reaktion war unvermindert. Aber endlich wusste ich, was mit Helene los war. Von Stimmungsschwankungen und Unlust im Bett hatte ich im Zusammenhang mit einer Schwangerschaft schon gehört. Erleichtert atmete ich durch. Das war nichts, womit man nicht fertigwerden konnte. Die Welt sah gleich wieder ein wenig bunter aus.

Helene lächelte mir zaghaft zu.

»Ich werde also Papa.«

Sofort senkte Helene den Blick, ihr Lächeln verflüchtigte sich. »Es gibt eine andere Möglichkeit«, flüsterte sie.

Ich glaubte, mich verhört zu haben. Entrüstet straffte ich die Schultern. »Bitte? Wir waren uns doch einig, dass wir Kinder haben wollen.«

Die Tasse in ihrer Hand zitterte, und Tränen schimmerten in ihren Augen.

»Wenn du dir Sorgen um das Finanzielle machst«, plapperte ich drauflos, »dann kann ich dich beruhigen. Mein Laden läuft. Momentan steckt zwar fast alles Bare in den diversen Baustellen, aber das ist nur vorübergehend. Danach wird sich der Geldsack füllen. Ich kann dem Kleinen schon was bieten, und mit dem Kindergeld …«

»Klaus, ich muss dir was erklären.«

»Später«, sagte ich und setzte mich zu ihr. »Nicht heute. Ich möchte das Kind, ich möchte dich, ich möchte eine Familie.«

»Aber …«

»Es gibt kein Aber.« Glücklich nahm ich sie in den Arm. Doch gleichzeitig beunruhigten mich ihre Bittermiene und die zu einem Strich zusammengepressten Lippen.

Echte Freude sah anders aus.

25

»Jung, komm mal rein«, rief Erich am nächsten Morgen aus dem Küchenfenster. Es war sechs Uhr in der Früh, und ich war noch zeitiger als gewöhnlich auf dem Weg zur Baustelle. Jetzt, da ich wusste, dass ich bald auch noch ein Baby ernähren musste, wollte ich richtig ranklotzen. Dann konnte ich vielleicht den einen oder anderen Auftrag zusätzlich annehmen.

»Vielleicht heute Abend«, versuchte ich, ihn zu vertrösten.

»Nichts da! Jetzt zier dich nicht, sondern komm rein.« Er schloss das Fenster mit einem lauten Knall.

»Widerstand ist zwecklos«, zitierte ich murmelnd das Credo der Borg, ein Spruch, den ich in einer der Star-Trek-Fernsehserien aufgeschnappt hatte.

In Erichs Küche brach mir auf der Stelle der Schweiß aus. Der Alte schien die Heizung auf Anschlag gedreht zu haben. Und in der Ecke bollerte zusätzlich sein alter Emailleofen.

»Wenn Hubert von deiner Privatsauna hier erfährt, dreht er dir den Gashahn ab«, sagte ich und setzte mich auf die Eckbank. Das angebotene Bier lehnte ich ab. »Hast du einen Kaffee?«

Erich rollte zum Küchenschrank, löffelte Instantkaffee in eine Tasse und übergoss ihn mit heißem Wasser. Nicht zum ersten Mal bewunderte ich seinen kupfernen Flötenkessel, der strahlend glänzte, als käme er frisch aus der Fabrik. Erich schien ein Faible für das Stück zu haben, da er es offenbar täglich polierte.

Er schob die Tasse über den Tisch, zog die Tischschublade auf und reichte mir einen Teelöffel. »Was dagegen, wenn ich trotzdem ein Bier trinke?« Die Antwort wartete er gar nicht ab, sondern öffnete sofort die Flasche, die er unter seiner Decke hervorgezogen hatte.

»Igitt, warmes Bier«, sagte ich.

»Mein Magen verträgt nichts Kaltes mehr.« Er setzte an, gluckernd leerte sich die Flasche.

»Na dann Prost«, murmelte ich und blies über den Rand der

Tasse in meinen Kaffee. In der Familie Rechkemmer wurde eindeutig zu viel Alkohol getrunken.

»So. Helene ist also schwanger«, sagte Erich, als sein Durst gestillt war.

»Ja. Wollte ich dir eigentlich persönlich erzählen. Doch jemand scheint mir zuvorgekommen zu sein.« Verfluchte Tratschmäuler, ergänzte ich stumm.

»So etwas bleibt hier keine fünf Minuten geheim.«

Ich nippte an meinem Kaffee und musterte Erich verstohlen. Von übermäßiger Freude, Urgroßvater zu werden, konnte ich nichts entdecken. Das hatte ich mir bei ihm anders ausgerechnet. Helene und er standen sich nahe. Ich hatte erwartet, dass er sich mit uns freuen würde.

»Und?«, fragte er stattdessen in betont sachlichem Tonfall.

Ich setzte die Tasse ab.

»Und was? Natürlich wollen wir das Kind.«

»Wirklich?«

Ratlos sah ich ihn an. »Das weißt du doch, wir haben schon vor der Hochzeit davon gesprochen. Warum sollten wir unsere Meinung dazu geändert haben? Helene und ich wollten von Anfang an ein Kind.«

»Unter allen Umständen?«

»Meine Güte, ja. Hätte es nicht bald funktioniert, wäre ich zum Arzt gegangen.« Das stimmte zwar nicht, doch ich wollte damit meinen Entschluss untermauern.

»Zum Arzt? Du?«

»Ist ja jetzt nicht mehr nötig.«

Erich schüttelte resigniert den Kopf. »Ich muss ein ernstes Wort mit Helene reden.«

»Musst du in Rätseln sprechen? Ich habe keine Ahnung, was das wieder zu bedeuten hat.«

Er winkte ab. »Lassen wir das Thema für heute, ich habe noch etwas anderes auf dem Herzen. Monika kommt bald aus dem Krankenhaus.«

Nur widerwillig ging ich darauf ein. Lieber hätte ich ihm auf den Zahn gefühlt, warum er glaubte, Helene zur Rede stellen zu müssen. Doch Erich konnte stur sein wie ein Maulesel. Er würde kein Wort mehr darüber verlieren, wenn ich ihn drängte, das wusste ich.

Erich schaute mich prüfend an. »Du weißt, was Hubert mit ihr anstellt?«

Seine Offenheit überraschte mich. »Ja. Ein Arzt in der Klinik hat mir die Augen geöffnet.«

Erich erbleichte. »Und warum hast du mir nichts davon erzählt?«

»Ich wollte dich nicht beunruhigen.«

Polternd stellte er seine Flasche auf den Tisch. »Nicht beunruhigen? Haben sie dir ins Gehirn geschissen? *Ich muss alles wissen*, verstanden? Ich dulde keine Geheimnisse.«

»Na ja, ein Geheimnis scheint es ja nicht gerade zu sein«, verteidigte ich mich. Erichs Aufregung konnte ich beim besten Willen nicht verstehen. Hätte er bei mir nicht einige Sympathiepunkte gesammelt, ich wäre aufgestanden und gegangen. So verzieh ich ihm den lautstarken Ausrutscher.

Wütend drehte er den Rollstuhl herum und nahm ein Päckchen Zigaretten von der Arbeitsplatte der Küchenzeile. Mit zittrigen Fingern riss er ein Streichholz an. Kurz darauf paffte er.

»Bist du eigentlich so blöd, oder tust du nur so?«, fragte er mich verärgert.

»Erich, ehrlich, treib es nicht zu weit. Auch meine Geduld hat ein Ende, und glaub mir, nach dem, was alles passiert ist, seit ich hier auf den Hof gezogen bin, bin ich schon weit darüber hinaus.« Ich führte meine Tasse zum Mund und verbrannte mir am immer noch heißen Kaffee die Lippen. »Verdammte Scheiße«, fluchte ich.

Der Alte saugte an seiner Zigarette wie an einem Strohhalm. Er hustete, und gelber Auswurf landete auf seiner Hand. Achtlos wischte er sie an seiner Decke ab. »Hast du auch nur die geringste Ahnung, wie es ist, wenn dein Kind verprügelt wird, und du selbst bist körperlich zu schwach, um dem Arschloch Einhalt zu gebieten?«

Ich wertete das als Entschuldigung für seinen Ausbruch. »Du musst dich schrecklich fühlen«, sagte ich verständnisvoll.

Erichs Unterkiefer bebte. »Meine kleine Tochter in den Fängen dieses … dieses Mistkerls.«

»Vielleicht sollten wir mal alle gemeinsam mit Monika reden.«

»Das bringt nichts. Helene und ich haben das schon mehrmals probiert.«

Ich schwieg. Was sollte ich auch sagen? Dr. Reuter hatte es auf den Punkt gebracht: Solange Monika sich nicht helfen lassen wollte, konnte man nichts unternehmen.

»Hubert müsste spurlos verschwinden, erst dann wäre sie sicher.«

»Mach dir keine Hoffnung. Hubert haut nicht einfach ab. Wieso sollte er?«

»Nun, man könnte ja nachhelfen.«

Ich nahm einen Schluck Kaffee und überlegte, was Erich mir damit sagen wollte. Nur langsam sickerte das Ungeheuerliche in mein Bewusstsein. Entrüstet stellte ich die Tasse ab und stand auf. »Mit so etwas will ich nichts zu tun haben«, sagte ich beim Hinausgehen.

Erich lachte unlustig und rief, was ich schon mal von ihm gehört hatte: »Du weißt, wo du mich finden kannst.«

26

»Moment, stopp«, forderte Lobowski und hob die Hand.

Schmelzer verstummte.

»Verstehe ich das richtig? Der Alte wollte dich zu einem Mord anstiften?«

»Ja.«

Lobowski stand auf. Er brauchte etwas Bewegung, das half beim Nachdenken. Am liebsten hätte er sich Schmelzer geschnappt und wäre mit ihm auf einen Spaziergang rausgegangen. Die Enge nervte auf Dauer. Er schüttelte sich, als er daran dachte, dass sein Freund die nächsten Jahre vierundzwanzig Stunden am Tag eingesperrt sein würde. Er ging auf und ab, sah dabei konzentriert zu Boden. »Ist das noch öfter vorgekommen?«

»Ja. Ich werde dir noch davon erzählen.«

»Klar, aber trotzdem möchte ich hier kurz einhaken. Kann man sagen, Erich hat dich in deiner Entscheidung, die Tat zu begehen, beeinflusst?«

»Wie man es nimmt. Zu wissen, dass man nicht allein dasteht, hilft.«

»Nein, das meine ich nicht. Hat er dich dazu gebracht zu tun, was *er* wollte? Warst du nur sein Handlanger?«

»Würde das etwas ändern?«

»Vielleicht. Also?«

Schmelzer dachte eine Weile nach. Dann schüttelte er den Kopf. »Nein. Ich habe es aus freien Stücken getan.«

Enttäuscht blieb Lobowski stehen. »Schade. Darauf hätte ich deine Verteidigung aufbauen können. Im Grunde könnte ich es immer noch. Dem Alten können wir ja nicht mehr schaden. Ihm die Dinge in die Schuhe zu schieben, wäre moralisch unbedenklich.« Er lauerte auf Schmelzers Reaktion.

»Bitte nicht«, sagte Schmelzer. »Helene zuliebe.«

Lobowski setzte sich. »Es ist deine Entscheidung.«

»Danke.«

»Okay, dann soll es so sein. Auch wenn uns das nicht weiterhilft. Du kannst es dir aber ja immer noch überlegen, noch haben wir Zeit.« Er lehnte sich zurück und schlug die Beine übereinander. »Wann wirst du denn eigentlich genau Vater?« Möglicherweise konnte er Hafterleichterung beantragen. Es wäre ein winziger Lichtblick in Schmelzers trostloser Zukunft. Er würde seinen Sohn oder seine Tochter zumindest hin und wieder sehen und so gegebenenfalls eine Beziehung aufbauen können.

»Hm, na ja«, sagte Schmelzer ausweichend. Seine Stimme kippte, und einen kurzen Augenblick lang befürchtete Lobowski, sein alter Schulkamerad würde in Tränen ausbrechen.

Er ahnte Schlimmes.

»Verdammter Mist«, flüsterte er. »Was ist passiert?«

27

Anfang März kletterten die Temperaturen tagsüber auf über zwanzig Grad. Die Baubranche erwachte aus dem Winterschlaf. Für mich bedeutete das einen Auftragsschub, den ich durch die Genesung meines Gesellen annehmen konnte. Einerseits freute ich mich darüber, schließlich konnte ich jeden Cent gut gebrauchen. Andererseits konnte ich mich nicht so um Helene kümmern, wie es nötig gewesen wäre. Ich freute mich auf das Kind und zeigte es Helene bei jeder sich bietenden Gelegenheit. Trotzdem blieb sie unruhig, fahrig und konzentrationsschwach. Wir konnten fast nicht so viel Geschirr nachkaufen, wie sie Tag für Tag ungeschickt zerdepperte. Ich hoffte, Monika würde mir einen guten Rat geben können. Sie kannte ihre Tochter am besten und wusste, was gut für sie war.

Monikas Entlassung aus dem Krankenhaus erfolgte erst am elften März. Leider hatte nicht nur die Schwere des Bruchs, sondern auch eine Infektion mit multiresistenten Keimen zu einer deutlichen Verlängerung des Krankenhausaufenthalts geführt.

Geschlaucht von der vielen Arbeit kam ich nach Hause, und wie immer schaute ich zunächst nach Helene.

Sie lag im Bett auf der Seite und schnarchte leise. Die Decke war hochgerutscht und lag quer über Schulter, Armen und Gesicht. Ihr Haar zog sich in Wellen über das Kopfkissen. Sie hatte die Knie angezogen, nur bedeckt vom Nachthemd. Um sie nicht zu wecken, verzichtete ich darauf, die Decke in die richtige Position zu ziehen. Der Heizungsregler stand auf Anschlag, und so herrschte im Schlafzimmer ohnehin ein nahezu subtropisches Klima. Anscheinend mochten es Schwangere warm.

Ich betrachtete Helene eine Weile. Ihr Bauch wölbte sich bereits. Dort drin wuchs also unser Kind heran. Glücklich lächelte ich, zog mich aus und duschte so leise wie möglich.

Wenig später machte ich mich mit einer guten Flasche Rotwein auf den Weg zu Monika. Der Benz stand nicht in der Garage. Hubert war also auf Achse und konnte uns nicht dazwischenfunken. Selbst heute, an Monikas Entlassungstag, besoff er sich irgendwo.

Monika öffnete auf mein Klingeln.

»Schön, dass du wieder da bist«, sagte ich und präsentierte die Weinflasche. »Darauf sollten wir einen heben.«

Mit strengem Blick sah sie mich an. »Ein anderes Mal.«

Kaum aus dem Krankenhaus entlassen, schien ihre gute Laune bereits verflogen zu sein. Aber war das ein Wunder? Ihr musste klar sein, was ihr jetzt wieder bevorstand.

»Darf ich trotzdem reinkommen?«, fragte ich, da sie keine Anstalten machte, mich vorbeizulassen. »Ich muss kurz mit dir reden.«

»Ich bin müde.«

»Oh … okay, dann …« Irritiert drückte ich ihr die Weinflasche in die Hand. »Ja, verstehe … ein anderes Mal. Morgen?«

»Mal sehen.« Damit schloss sie die Tür. Es wirkte wie ein Rauswurf.

Nachdenklich ging ich zurück und setzte mich vor den Fernseher. Immer wieder kreisten meine Gedanken um Monikas unterkühlte Begrüßung. Hatte ich ihr etwas getan? War sie sauer auf mich? Und wenn ja: warum? Die Stunden verrannen.

Gerade als ich beschloss, ins Bett zu gehen, hörte ich draußen ein lautes Grölen. Ich rappelte mich aus dem Sessel hoch und schaute zur Uhr.

Fast zwei. Verdammt, ich hätte schon längst im Bett liegen sollen.

Wieder grölte jemand. »Schschön, schschöön … ups …«

»Schön«, ergänzte ich und seufzte. Unverkennbar Hubert.

Er lachte laut und lallte unverständliches Zeug. Kurz darauf ging sein Gegröle in Gewürge über. Da musste Sergej morgen wieder den Hof säubern.

Nach fünf Minuten war der Spuk vorüber. Hubert hatte die Haustür doch noch gefunden oder schlief irgendwo auf dem

Hof. Mir war es egal, ich ging ins Bett. Sollte Hubert doch bleiben, wo der Pfeffer wächst.

Mein Wecker piepste um acht, und ich schleppte mich verschlafen in die Küche.

Helene wartete bereits auf mich. Seit Wochen war sie nicht mehr vor mir aufgestanden. Sie stand an der Arbeitsplatte und wandte mir den Rücken zu. Es lag der Duft nach getoastetem Brot in der Luft.

»Kaffee?«, fragte sie.

Ich ließ mich auf einen Stuhl fallen. »Klar, gern.«

Sie goss den Kaffee ein, drehte sich um und stellte die Tasse vor mir ab.

Erschrocken riss ich die Augen auf. Ihre rechte Gesichtshälfte schimmerte rötlich blau und war derart angeschwollen, dass die Haut über den Wangenknochen spannte. »Was …«, krächzte ich.

Helene humpelte zum Kühlschrank. »Lass gut sein. Ich hätte besser aufpassen sollen.« Schwungvoll nahm sie die Konfitüre heraus und setzte sich damit zu mir an den Tisch. Mit zitternder Hand strich sie sich die Haare über die Schwellung.

Mein Appetit war mir gründlich vergangen. »Was ist passiert? Wenn Hubert dich so …«

»Nein, nein, was du immer denkst.« Fahrig trank sie einen Schluck Kaffee. »Ich hab gestern die Fenster geputzt. Ungeschickt, wie ich bin, habe ich mich am Rahmen gestoßen und bin von der Leiter gefallen. Dabei habe ich mir das Gesicht und das Knie geprellt.«

Ich lachte auf, es klang irgendwie hysterisch. »Wenn die Geschichte stimmt, fresse ich einen Besen.«

Dass Hubert wieder einmal zugelangt hatte, lag eindeutig näher. Allerdings fragte ich mich, warum sie ihn dann in Schutz nahm.

»Glaubst du mir etwa nicht?«, fuhr sie mich an. Sie kämpfte mit den Tränen.

Ich griff über den Tisch und legte ihre Hände in meine. »Ich will nur vermeiden, dass dir oder dem Kind irgendetwas zustößt. Also sag mir bitte die Wahrheit.«

Helene zögerte. Dann riss sie sich los und humpelte aus der Küche. Kurz darauf knallte oben die Schlafzimmertür zu.

Resigniert stand ich auf. Warum vertraute sie mir nicht?

Ich nahm die Jacke vom Haken und ging zu meinem Wagen. Eins schwor ich mir: Sollte sich bewahrheiten, dass Hubert hinter der ganzen Sache steckte, dann gnade ihm Gott!

***

Halsbrecherisch raste ich über die L 5, durch Nimsreuland nach Lasel. Glücklicherweise war am Samstagmorgen nicht viel los, ansonsten hätte die Gefahr bestanden, beim Kurvenschneiden ein entgegenkommendes Fahrzeug auf die Hörner zu nehmen.

Ich hatte Andreas versprochen, den Elektroherd in seiner neuen Küche anzuschließen. Das und den gesamten daran anschließenden Arbeitstag wollte ich so schnell wie möglich hinter mich bringen, um dann Hubert zur Rede zu stellen.

Andreas begrüßte mich ungewohnt reserviert. Ich machte mir darüber keine Gedanken. Sicherlich gehörte er zu den Morgenmuffeln.

Zusammen gingen wir in die Küche. Die neuen, himmelblau lackierten Einbauschränke standen bereits an Ort und Stelle. Nur der Elektroherd war noch ein Stück vorgerückt. Sofort machte ich mich an die Arbeit.

Andreas' Telefon läutete. »Bin gleich wieder da«, sagte er und verschwand im Arbeitszimmer.

Als er nach einigen Minuten zurückkehrte, schraubte ich gerade die Leitung in der Anschlussdose fest.

»Klappt's?«, fragte er.

»Gehört zu meinen einfachsten Übungen.«

»Kaffee?«

Ich lachte. »Heute bist du aber sehr einsilbig.« Ich nahm den Deckel der Anschlussdose und drückte ihn auf selbige.

»Äh … ja. Ich wollte nicht gleich mit der Tür ins Haus fallen.«

Verwundert schaute ich auf. »Was soll das denn heißen?«

Er bedachte mich mit einem eindringlichen Blick. »Mario erzählt überall herum, dass du deine Frau schlägst.«

Mir fiel der Schraubendreher aus der Hand. »Was?«

»Ich hatte befürchtet, dass du davon noch nichts mitbekommen hast. Ist doch so, oder?«

Sprachlos nickte ich.

»Sag, dass das gelogen ist«, forderte Andreas.

Ich schnellte hoch. »Du glaubst doch nicht wirklich, ich könnte in der Lage sein, Helene zu schlagen?«

Er wich meinem Blick aus. »Nein, nicht wirklich. Aber man weiß ja nie.«

»Andreas, ich liebe …« Das Klingeln meines Handys unterbrach mich. Fahrig drückte ich den Annahmeknopf und meldete mich.

Es war mein nächster Kunde. Er gab mir zu verstehen, dass er kein Interesse mehr an meiner Arbeit hatte. Ich bat darum, den Grund zu erfahren. Mein Gesprächspartner druckste herum, erzählte mir etwas von »kein Geld mehr zur Verfügung« und legte dann rasch auf.

Von wegen kein Geld mehr. So blauäugig war ich dann doch nicht. Das war die erste Auswirkung von Marios neustem Gerücht. Wütend steckte ich das Handy zurück in die Hosentasche und warf mein Werkzeug in die Kiste. »Kannst die Sicherungen einschalten, ich bin fertig.«

»Danke«, sagte Andreas und ging in den Keller.

Ich wartete seine Rückkehr nicht ab. Ich musste zurück zum Hof. So konnte es nicht weitergehen. Ohne mich von Andreas zu verabschieden, rannte ich zu meinem Wagen und fuhr los.

In Schönecken musste ich einen entgegenkommenden Porsche passieren lassen, da meine Fahrbahnseite zugeparkt war. Ich ärgerte mich über das gemächliche Tempo. Konnte der Arsch nicht einen Zahn zulegen?

Mein Blick fiel auf den Fahrer. Ich stutzte. Das war doch dieser Andy Garcia alias Wolfgang Hohlbein.

Der Porsche rollte mit geöffneter Seitenscheibe an mir vorbei.

Auf dem Beifahrersitz saß eine Frau.

Mir blieb fast das Herz stehen, als ich Helene erkannte.

In meinen Kopf drehte sich ein Mühlrad. Ich wusste nicht mehr ein noch aus.

Mario ein paar aufs Maul hauen? Andy Garcia verfolgen? Alles verdrängen und zum nächsten Auftrag fahren? Mit meinen Eltern reden? Helene abpassen?

Ich war selbst überrascht, als ich vor Rechkemmers Haustür stand und die Klingel drückte. An die Fahrt hierher hatte ich keine Erinnerung.

Monika öffnete und strafte mich sofort wieder mit ihren Blicken ab. Nur wusste ich diesmal auch, warum das so war.

»Verdammt! Ich schlage Helene nicht«, platzte es aus mir heraus. Dann fing ich, Klaus Schmelzer, Held der Arbeit, hemmungslos an zu schluchzen. Ich war an einem Punkt angekommen, den ich mir vor der Ehe nie hätte vorstellen können. Ich heulte Rotz und Wasser und murmelte immer wieder: »Ich war es nicht.«

Schweigend machte Monika den Weg frei.

Wir gingen ins Wohnzimmer. Trotz laufender Nase roch ich den ekelhaften kalten Rauch von Huberts Zigarren. Hätte mir Monika nicht einen Wodka hingestellt, den ich auf ex hinunterstürzte, wäre mir vermutlich mein karges Frühstück wieder hochgekommen. Der Alkohol brannte in meiner Kehle.

Monika setzte sich zu mir auf das Sofa. »Als ich gestern nach Hause kam, war ich völlig geschockt darüber, wie Helene aussah.«

»Ich habe nichts getan«, fuhr ich auf.

»Mario hat gesagt, du wärst es gewesen.«

»Er lügt.«

Monika ging nicht darauf ein. »Ich wollte mit Helene darüber sprechen. Doch sie hat mir nicht geöffnet. Aber du weißt ja, was man so sagt über häusliche Gewalt …«

Sie schlug die Augenlider nieder und ergänzte leise: »Meistens ist es der Ehemann. Ich war daher überzeugt, dass du sie geschlagen hast.«

Ich wollte aufbegehren, doch mit einer Handbewegung

beschwichtigte sie mich. »Schon gut. Ich weiß jetzt, dass du es nicht warst. So wie du eben vor mir gestanden hast, das kann man nicht schauspielern.« Sie schenkte mir ein Lächeln. »Ich hätte dich zur Rede stellen sollen. Aber mit allem, was ich so erlebt habe, na ja, ich bin halt ein gebranntes Kind.« Ein Schauder erfasste ihren Körper, und kurz verschwand ihr Lächeln. Dann sagte sie: »Schwamm drüber, okay?«

Ich nickte dankbar.

Monika seufzte. »Dass Mario gelogen hat … Er wird immer mehr wie sein Vater. Das ängstigt mich.«

»Wie wäre es mit einer Aussprache? Alle zusammen an den Tisch und los geht's? Oder du schnappst ihn dir jetzt gleich und redest Klartext.«

»Er ist nicht da. Ich weiß nicht, wo er abgeblieben ist.«

Enttäuscht senkte ich den Blick. Warum gelang es Mario immer wieder, mir durch die Finger zu gleiten? Ich sah aus dem Fenster. Von hier aus konnte man die Straße sehen. Ich wollte Monika gerade um ein Glas Wasser bitten, als ich den schwarzen Porsche sah. Er hielt am Straßenrand, Helene stieg aus, und der Sportwagen brauste davon.

Ich sprang auf und rannte los.

»Was …«, hörte ich Monika noch rufen, dann war ich auch schon draußen.

Helene kam mir mit hängendem Kopf entgegen. Ich packte sie an den Schultern und zwang sie, mich anzusehen. »Wo kommst du her?«, fragte ich scharf.

Entsetzt riss sie die Augen auf. »Was machst du denn hier? Du musst doch arbeiten.«

»Stör ich dich vielleicht bei irgendetwas?«

Sie wand sich aus meinen Händen. »Ach, jetzt bin ich wohl dran?«

»Was soll das? Ich habe keine Ahnung, wovon du sprichst.«

»Mit allen musst du dich anlegen, keinem gibst du eine Chance.« Sie begann zu weinen, kramte ein Taschentuch aus ihrer Handtasche und schniefte hinein. Ihre Wimperntusche zog dunkle Spuren über die geschwollene Wange. Dann drängte sie sich an mir vorbei.

»Ich bin mir keiner Schuld bewusst«, sagte ich erbost. »Du bist ungerecht.«

Sie drehte sich um und kreischte: »Du glaubst, alles im Griff zu haben. Einen Scheißdreck hast du. Ich habe gedacht, mit dir hier auf dem Hof wird alles besser. Aber was rede ich hier überhaupt mit dir? Ich muss zum Großvater. *Der* weiß, was zu tun ist.«

Sie ließ mich stehen und marschierte über den Hof davon.

Ratlos stand ich in der viel zu heißen Märzsonne und wusste gar nichts mehr.

So hatte ich Helene noch nie erlebt.

28

Mario blieb verschwunden.

Zwei Wochen waren ins Land gegangen, doch von ihm fehlte noch immer jede Spur.

Monika kam fast um vor Sorge. Sie verständigte die Polizei, dort vertröstete man sie. Sicher habe er eine Reise angetreten oder sei mit Freunden unterwegs. Man könne da leider nichts für sie tun.

Anders als Monika nahm Erich Marios Verschwinden gelassen hin. Sein Enkel würde schon wieder auftauchen, glaubte er. Meiner Meinung nach hatte er damit die richtige Einstellung.

Um Helene machte ich mir immer mehr Sorgen. Beharrlich verschwieg sie mir den Anlass für die Porschefahrt mit Andy Garcia. Konnte ich ihr überhaupt noch trauen? Warum erzählte sie mir nicht die Hintergründe? Hatte sie ein Verhältnis mit dem Kerl? Womöglich war das Kind gar nicht von mir, sondern von dem schmierigen Mafioso. War Helene deshalb so einsilbig und abweisend?

Die Zweifel fraßen sich tief in meine Seele. Doch damit nicht genug. Trotz der Schwangerschaft verlor Helene rapide an Gewicht. Ihre Knochen zeichneten sich immer deutlicher unter der Haut ab. Einen Arztbesuch lehnte sie trotz meiner Bitten ab. Es sei alles in Ordnung, versicherte sie mir immer wieder.

Meinen Schwiegervater hatte ich seit ewigen Zeiten nicht mehr gesehen. Von mir aus hätte diese Situation ruhig länger andauern können. Doch das war mir nicht vergönnt.

Am letzten Märztag machte ich mich frühmorgens auf den Weg zur Arbeit. Doch weit kam ich nicht. Bevor ich die Straße erreichte, sah ich Huberts Benz. Der Wagen fuhr in Schlangenlinien von einer Seite der Straße zur andern. Ich stoppte und hoffte, Hubert würde genau die Lücke treffen und nicht in mich hineinrauschen. Vorsichtshalber legte ich den

Rückwärtsgang ein und wartete. Notfalls hätte ich mit einer gewagten Rückwärtsfahrt dem Unheil entkommen können.

Immer näher brauste Hubert heran und schien ungebremst in die Zufahrt einbiegen zu wollen. Als ich bereits einkuppeln wollte, um den Rückzug anzutreten, blockierten die Räder seines Wagens und hinterließen tiefschwarze Streifen auf dem Asphalt.

Ärgerlicherweise rutschte ich mit dem Fuß von der Kupplung und würgte den Motor ab.

Hubert öffnete seine Fahrertür und stieg aus. Schwankend kam er zu mir rüber und setzte sich auf den Beifahrersitz. Er stank säuerlich nach Schweiß und Hochprozentigem. Seine Alkoholfahne ließ mich würgen.

Hubert hob eine Arschbacke und furzte. Dann lachte er schallend.

»Du Primat«, grollte ich und öffnete das Fenster.

Er lachte weiter und klopfte mir dabei auf die Schulter. »Oh ja, mein Schwiegersohn, die Tugend in Person.«

Mir war klar, dass Hubert irgendetwas von mir wollte. Er ließ sich auch nicht lange bitten.

»Klaus, ich brauche deine Hilfe. Du musst mir aus der Patsche helfen.«

»Wie?«

»Mit Geld.«

Ich verdrehte genervt die Augen. »Du schuldest mir noch einen Batzen.«

»Ja, ja, bekommst du dann alles auf einmal wieder. Muss nur zuerst in ein Geschäft investieren. Äußerst lukrativ, du verstehst schon, bist ja selbst Geschäftsmann.«

Mich widerte dieses Anbiedern an. »Ich kann dir nichts leihen, selbst wenn ich wollte. Und damit das ein für alle Mal klar ist: Ich will auch nicht, selbst wenn ich könnte.«

»Ich versteh dich ja, aber …«

»Kein Aber. Es bleibt beim Nein, und jetzt raus.«

Sein Lächeln gefror zu einer widerwärtigen Grimasse. Er sah aus wie der Teufel persönlich.

»Hau endlich ab«, knurrte ich und drehte den Zündschlüssel. Es klackte metallisch. »Verdammte Scheiße«, fluchte ich ungehalten und hieb auf den Lenkradkranz.

Seit einigen Tagen quälte sich die Batterie beim Starten. Ich war noch nicht dazu gekommen, sie austauschen zu lassen.

Hubert rülpste. »Na, du Arsch? Jetzt kannst du mal meine Hilfe gebrauchen, nicht wahr?«

»Verpiss dich. Bevor ich von dir Hilfe annehme, geht die Welt unter.«

Ich sprang aus dem Wagen und lief zum Hof zurück. Ivan konnte mir sicherlich Starthilfe leisten.

Hinter mir schlug eine Tür zu, kurz darauf begann der Motor des Benz zu brummen.

Ich riskierte einen Blick über meine Schulter und sah Hubert wenden und davonfahren.

Na also. Den war ich los.

Ivan half mir, den Bus mit einem mobilen Starthilfegerät wieder flottzumachen. Nach getaner Arbeit verabschiedete er sich und zog mit dem Gerät von dannen. Im Stall gab es noch einiges zu erledigen, und er wollte keine Zeit verlieren.

Im festen Entschluss, endlich eine neue Batterie zu besorgen, stieg ich ein. Die Beifahrertür war nur angelehnt. Ich beugte mich hinüber, um sie zu schließen. Dabei fiel mir auf, dass meine Notebooktasche nicht am üblichen Platz lag. Darin verstaute ich nicht nur den Computer und die Auftragsunterlagen, sondern auch die Barkasse. Unterwegs legte ich sie immer neben mich auf den mittleren Sitz. Sie schien hinuntergefallen zu sein.

Doch im Fußraum und unter dem Sitz fand ich sie nicht. Normalerweise ließ ich die Tasche nie aus dem Blick. Und wenn doch, verstaute ich sie in dem kleinen Safe im Heck des Wagens. Immer verzweifelter wieselte ich über den Boden und suchte sogar an Stellen, wo die Tasche niemals hingepasst hätte. Den Computer würde ich rasch ersetzen können, dort würde die Diebstahlversicherung einspringen. Doch bei der Barkasse sah es anders aus. Die hatte ich nicht versichert. Sie umfasste nicht nur eine Abschlagszahlung auf den nächsten Auftrag in Höhe von knapp fünftausend Euro, sondern auch die zehntausend für Andy Garcia, die er mir immer noch nicht abverlangt hatte.

Ich rannte zum Heck des Wagens und öffnete den Safe, obwohl ich wusste, dass ich die Tasche nicht hineingetan hatte.

Nichts, natürlich nicht.

Wie ein Wilder suchte ich die ganze Ladefläche ab.

Ohne Erfolg.

Ich könnte sie im Arbeitszimmer liegen gelassen haben. Hoffnung keimte in mir auf. Ich hatte gestern Abend ein Angebot geschrieben. Im Geiste sah ich mein Notebook auf dem Schreibtisch stehen, daneben lag die Tasche. Ich rannte über den Hof zum Haus, durchquerte den Flur und hastete in das Arbeitszimmer.

Die Tasche lag nicht auf dem Schreibtisch. Entsetzen packte mich.

Ich riss den Schrank auf. Vielleicht hatte Helene alles dort hineinverstaut.

Auch nichts.

Ich dehnte meine Suche auf die ganze Wohnung aus. Immer hektischer durchwühlte ich alles. Mir wurde schummrig, mein Magen krampfte. Ich lief zur Toilette und erreichte gerade noch rechtzeitig das Klo.

Als die schlimmsten Krämpfe nachließen, setzte ich mich auf den Boden, den säuerlichen Geschmack des Erbrochenen in meinem Mund, und lehnte meinen Hinterkopf an die kühlen Fliesen.

Es gab nur eine Erklärung.

Hubert hatte sich die Tasche unter den Nagel gerissen.

Mit den Fäusten hieb ich auf die Fliesen. Wie gern hätte ich in diesen Moment auf Hubert eingedroschen.

Eine halbe Stunde später fand Helene mich auf dem Boden des Badezimmers.

Mit vor Schreck geweiteten Augen stürzte sie auf mich zu und rüttelte wild an meinen Schultern. »Klaus. Was ist? Soll ich den Notarzt rufen?«

Mir flirrte es vor den Augen. Ich hatte Probleme, sie zu verstehen. Sehnlichst wünschte ich mir Hubert herbei.

»Klaus?« Helene rüttelte mich nochmals durch. »Brauchst du Hilfe? Einen Notarzt?«

Ich kniff die Augen zusammen, riss sie dann wieder auf. Das Flirren verschwand. »Notarzt? Wenn ich deinen Vater treffe, kannst du einen Leichenwagen bestellen.«

Helene blickte mich überrascht an. »Mein Vater? Was hat der damit zu tun?« Sie setzte sich mir gegenüber auf die Wannenvorlage und lehnte sich an. »Bitte nicht schon wieder eine Hiobsbotschaft.«

Ich zögerte einen Moment. Sollte ich Helene wirklich erneut mit Problemen belasten? Sie wirkte so zerbrechlich. Andererseits benötigte ich jemanden, der mir zuhörte. Ich fühlte mich wie ein unter Hochdruck stehender Dampfkessel. Ein Ventil wäre hilfreich. Also sprudelte alles aus mir heraus.

Helene hörte aufmerksam zu und unterbrach mich nicht. Die Schlussfolgerung, dass Huberts Diebstahl eine ernste Gefahr für meinen Betrieb bedeuten könnte, brachte sie zum Weinen.

Ich rutschte an ihre Seite und nahm sie in den Arm. »Wird schon werden«, murmelte ich. »Solange wir uns haben …«

Sie schluchzte laut auf. »Er hat es mir versprochen. Alles sollte besser werden, würde ich ein letztes Mal helfen. Nur ein Mal noch, dann wäre es vorbei. Geschwiegen habe ich, wie er es wollte.« Sie stemmte sich hoch. »Und nun?«, kreischte sie. Ihr Gesicht war wutverzerrt. »Es wird niemals aufhören, egal was ich mache. Ich bin es leid!« Sie stürmte hinaus.

Die Eingangstür knallte, und im Haus breitete sich eine unheilvolle Stille aus. Ich grübelte über Helenes Äußerungen nach, fand jedoch keinen Schlüssel.

Frustriert ging ich zu meinem Wagen, der immer noch im Standgas vor sich hin brummte. Ich klemmte mich hinters Lenkrad und fuhr los.

Neben meinen finanziellen Sorgen hatte ich nun auch noch eine Frau, die ich endgültig nicht mehr verstand.

***

»Er hat dir also neben dem Notebook auch dein ganzes Geld gestohlen?« Andreas konnte es immer noch nicht fassen.

Wir saßen in der Gaststätte »Zum Kalkofen« in Rommersheim und tranken ein Bier nach dem anderen. Die trügerische Leichtigkeit, die sich in meinem Kopf festgesetzt hatte, ignorierte ich.

Andreas hatte meinen Anruf vor gut zwei Stunden sofort als Hilferuf erkannt und alles stehen und liegen lassen. Mit wachsender Empörung hatte er sich die ganze Geschichte angehört.

»Das hat er«, bestätigte ich. Wie ein Häufchen Elend, das ich ja auch war, hockte ich auf der Bank ihm gegenüber.

Andreas fasste sich theatralisch an den Kopf. »Warum hast du überhaupt so viel Bargeld bei dir? Das zahlt man doch ein.«

Ich nickte. »War ein Fehler.«

Die Sache mit Andy Garcia hatte ich ihm verschwiegen. In meinem Bericht hatte ich die zehntausend Euro, die er von mir erpressen wollte, auf den Auftragsvorschuss summiert. Das erschien mir einfacher, als Andreas auch noch in die Story um den Geldhai einzuweihen. Ich kannte meinen Freund gut genug, um zu wissen, dass er mich dazu gedrängt hätte, die Polizei einzuschalten. Diese Diskussion wollte ich mir ersparen. Darüber hinaus sollte er nicht erfahren, warum ich mir damals wirklich das Geld von ihm geborgt hatte.

Andreas hob Zeige- und Mittelfinger und bestellte zwei weitere Biere. Nachdrücklich schüttelte er den Kopf. »Was willst du denn nun machen? Ich brauch dir ja sicherlich nicht erzählen, wie knapp du bei Kasse bist, oder?«

»Ich weiß. Glaub mir, es schnürt mir die Kehle zu, wenn ich nur daran denke.«

»Hast du noch Rechnungen offen, die du eintreiben könntest?«

»Nee, nichts. Nur Hubert steht bei mir hoch in der Kreide. Vielleicht erbarmt er sich ja doch noch.«

Ich glaubte nicht wirklich daran. Es war nur ein Strohhalm, an dem ich mich festhielt, um nicht vollends durchzudrehen.

Der Wirt brachte die Bestellung und zog sich wieder hinter

den Tresen zurück, um weiter unermüdlich Gläser zu polieren. Nur wenige Gäste saßen im Schankraum. Sie widmeten sich halbherzig einem plärrenden Fernseher, über dessen Mattscheibe irgendeine Talkshow flimmerte.

Andreas beugte sich zu mir rüber. »Pass auf«, wisperte er, »ich werde dir jetzt etwas erzählen. Von Kumpel zu Kumpel, verstanden?«

»Ein Bankgeheimnis?«

Er packte meinen Unterarm und drückte warnend zu. »Nur ein Sterbenswort zu irgendjemandem und …«

Ich hob die Hand. »Hab's kapiert.«

Er ließ los. »Dein Schwiegervater ist pleite. Kein Geld mehr da, nichts, alles weg, aus und vorbei. Wir werden in Kürze den Fuhrpark pfänden. Es ist aber schon abzusehen, dass das nicht reichen wird. Es wird weitergehen, das Haus, der Hof, die Grundstücke.« Er seufzte. »Mit einem neuen Betreiber würden wir uns vielleicht an einen Tisch setzen und nach einem Ausweg suchen. Aber nicht mit Hubert Rechkemmer, das hat keinen Zweck.«

Meine Kehle schnürte sich zu. »Mein Haus«, hauchte ich mit tonloser Stimme. »Ich habe doch nichts in der Hand.« Hilfesuchend blickte ich Andreas an.

Der senkte den Blick und schürzte die Lippen. »Du hast meine Warnungen in den Wind geschlagen.«

»Das war doch kein Hinweis gewesen, das war … unbestimmt.«

»Es war durch die Blume, das gebe ich zu. Aber trotzdem ein absolut ernst gemeinter Ratschlag.«

Ich stürzte mein Bier hinunter. Meine Hände zitterten. »Aus und vorbei«, presste ich hervor, »alles weg und den Arsch voller Schulden.« Ich brauchte etwas Härteres als Bier und bestellte zwei Obstler. Ich fühlte mich wie auf einem Karussell, das sich immer schneller drehte und bei dem der Zeitpunkt zum Abspringen schon lange vorbei war.

»Es tut mir leid«, sagte Andreas, als die Schnäpse vor uns standen. Verlegen spielte er mit einem Bierdeckel. »Das war aber leider noch nicht alles.«

Ich setzte mein Glas, das ich gerade zum Mund führte, wieder ab. »Was jetzt noch?«

»Man munkelt, Hubert würde sich Geld von einem Hai leihen, damit er überhaupt noch über die Runden kommt. Damit bezahlt er in lichten Momenten ausstehende Raten. Doch überwiegend verzockt er das Geld. Wunder dich also nicht, sollten demnächst ein paar zwielichtige Kerle bei euch auftauchen. Die verstehen keinen Spaß, sei vorsichtig.«

Die Nachricht überraschte mich nicht. Schließlich hatte ich mit einem der Typen bereits Bekanntschaft gemacht. Nur das Ausmaß von Huberts Problem war mir neu.

Andreas kratzte sich am Hinterkopf. »Worauf ich hinauswill: Du wirst von Hubert keinen müden Cent zurückbekommen.«

Damit war dieser Strohhalm auch geknickt. Ich bestellte die Rechnung, doch Andreas bestand drauf, sie zu begleichen.

»Du wirst bald jeden Cent brauchen«, raunte er mir mit einem mitleidigen Blick zu.

Wir verließen die Gaststätte und verabschiedeten uns.

Mit unsicheren Schritten ging ich zu meinem Wagen, den ich unweit vom »Kalkofen« geparkt hatte. Ich setzte mich hinters Lenkrad und fummelte den Zündschlüssel ins Schloss. Ein Klacken des Anlassers zeigte mir, dass sich die Batterie nicht erholt hatte.

Wütend stieg ich aus und trat gegen das Vorderrad. »Scheißkarre«, knurrte ich, zückte mein Handy und bat meinen Vater, mich abzuholen und mit mir zur Werkstatt zu fahren. Vielleicht war es nach dem ganzen Alkohol auch besser, vorerst nicht selbst zu fahren. Ich lehnte mich gegen die Seitenwand meines Wagens und rieb mir die Nasenwurzel. Ich trank in letzter Zeit eindeutig zu viel.

Drei Stunden später fuhr ich mit einer neuen Batterie im Motorraum, für die mir mein Vater das Geld vorgestreckt hatte, auf den Hof.

In der Küche erwartete mich eine Überraschung. Auf dem Tisch lag meine Notebooktasche. Ich riss an den Verschlüssen und durchwühlte alle Fächer.

Nichts.

Ich hörte ein Geräusch und wirbelte herum. Helene stand hinter mir.

»Mein Vater hat sie meiner Mutter in die Hand gedrückt. Er behauptet, sie leer in der Toreinfahrt gefunden zu haben.«

»Der Sausack lügt wie gedruckt«, wetterte ich.

Traurig nickte Helene. »Ich leg mich noch was hin.« Sie drehte sich um und schlurfte davon.

Ich stützte mich auf den Tisch und ließ den Kopf hängen. Sollte ich zur Polizei gehen? Aber was hatte ich gegen diesen Scheißkerl schon in der Hand?

Wie ich es auch drehte und wendete, Hubert schien immer am längeren Hebel zu sitzen.

29

Lobowski sah auf die Uhr. Gleich vier Uhr am Nachmittag. Wie die Zeit verging. »Ich gebe zu, Hubert hat dir ganz schön zugesetzt. Und Mario stand dem in nichts nach.«

Seiner Aktentasche entnahm er eine kleine Flasche Wasser und schraubte sie auf. Bisher hatte er auf Flüssigkeit verzichtet, weil er hier in der Vollzugsanstalt nicht auf die Toilette gehen wollte. Sogar die Pizza hatte er ohne Getränk dazu gegessen. Die Flasche Cola stand unangetastet auf dem Tisch. Das süße Zeug mochte er nicht.

Er bot Schmelzer einen Schluck von seinem Wasser an, was dieser dankend annahm.

»Tut gut«, sagte Schmelzer und gab die Flasche zurück.

»Trotzdem muss ich festhalten, dass dich an dem Dilemma eine Mitschuld trifft. Du hättest dich jemandem anvertrauen müssen, hättest Andreas' Rat nicht ausschlagen dürfen ...«

»Hör auf«, forderte Schmelzer. »Hinterher ist man immer schlauer.«

»Es hilft aber nicht, sich dieser Erkenntnis zu verschließen. Du warst ein Opfer, ja, jedoch eins, das sich dazu verleiten ließ.«

Schmelzer verschränkte die Arme vor der Brust und brummte unbestimmt.

»Das wirst du dir auch vor Gericht anhören müssen. Der Staatsanwalt wird es aufs Tapet bringen. Er wird dein Motiv für die Tat auseinanderpflücken.«

Schmelzer seufzte und hob die Arme, als wollte er sich ergeben. »Das ist mir schon klar. Daher erspar mir deine Moralpredigt. Dass ich Fehler gemacht habe, weiß ich inzwischen auch. Davon abgesehen mache ich nur das, was du von mir verlangt hast: Ich erzähle dir, was passiert ist, und zwar alles, wirklich *alles*.«

Lobowski trank einen Schluck Wasser. Die Kohlensäure kitzelte in seinem Hals. »Wann ist Mario eigentlich wieder aufgetaucht?«

»Einen Tag nach dem Vorfall mit dem Diebstahl.« Schmelzer massierte seinen Nacken und ließ die Schultern kreisen.

»Und? Hast du ihn zur Rede gestellt?«

»Ich wollte.«

»Aber?«

»Dazu kam es nicht mehr, zumindest nicht so richtig.«

»Was soll das heißen?«

»Mario hatte ein Angebot im Gepäck.«

»Wie? Ein Angebot?«

Schmelzer lächelte knapp. »Ein Angebot, das wir nicht ausschlagen konnten.«

30

Am Samstagmorgen wusch ich meinen Lieferwagen. Die eintönige Tätigkeit beruhigte meine Nerven, und ein sauberes Fahrzeug ließ sich besser verkaufen.

Die Nacht über hatte ich nicht schlafen können und gegrübelt, bis ich beim ersten Hahnenkrähen zum Fazit gekommen war, dass es schwierig werden würde, die nächsten Monate finanziell über die Runden zu kommen. Das Debakel mit der Stadt wegen der Hallenbadsanierung und die zahlreichen von mir geleisteten Vorleistungen für aktuelle Jobs schränkten meine Möglichkeiten stark ein. Größere Aufträge traute ich mich kaum noch anzunehmen. Ohne sie würde ich allerdings über kurz oder lang die Segel streichen müssen. Eine verfahrene Situation.

Ich tauchte den Schwamm in das lauwarme Wasser und wischte über den Schriftzug auf der Motorhaube.

Klaus Schmelzer – Meister der Elektrotechnik

Wie stolz war ich gewesen, als ich das aufgeklebt hatte. Wie verheißungsvoll war mir die Zukunft erschienen. Ich hatte von finanzieller Unabhängigkeit geträumt, von einem Fuhrpark, von Angestellten, die für mich arbeiteten. Dieser Traum war geplatzt wie Seifenblasen.

Ich bemerkte eine Bewegung im Schatten der Einfahrt. Jemand drückte sich dort an die Hauswand.

Der wollte doch nicht etwa am helllichten Tag hier einsteigen? Ich warf den Schwamm in den Eimer und sah genauer hin.

Die Person trat aus dem Schatten in das Licht der Morgensonne.

Erstaunt riss ich die Augen auf.

Es war Mario.

Er erblickte mich und blieb wie angewurzelt stehen. Zögerlich hob er einen Arm zum Gruß.

Der hatte mir gerade noch gefehlt. Ich ballte die Fäuste,

hielt mich aber zurück. Was hätte es mir schon eingebracht? Der Keks war gegessen, wie meine Mutter immer sagte. Ich winkte ab und griff zum Schwamm.

»Klaus, bitte, ich muss mit dir reden«, rief er mir leise zu.

Das verblüffte mich nun wirklich. Was sollte das werden? Hatte er Kreide gefressen wie der Wolf auf der Jagd nach den sieben Geißlein? Was führte er jetzt wieder im Schilde?

»Lass mich in Ruhe«, beschied ich ihn barsch.

Gebückt kam er einige Schritte näher. »Ist mein Vater da?«, fragte er aus knapp fünf Metern Entfernung.

Ich deutete zur offenen Garage. Er wusste so gut wie ich: War der Benz fort, war es Hubert auch.

»Gut«, stieß Mario erleichtert aus.

»Hast du dich deshalb angeschlichen?«

»Ja. Ich muss mit euch … ohne Vater, also …«

»Egal was, lass mich aus dem Spiel.«

Er schien die Löcher im Asphalt zu zählen, unfähig, mir in die Augen zu schauen. »Ich hab ganz schön Mist gebaut, nicht wahr?«

Ich warf den Schwamm in den Eimer. Wasser spritzte auf und benetzte meine Hose. »Untertreib nicht.«

»Du hast allen Grund, mich zu hassen.«

»Deine späte Reue hilft mir nicht mehr.« Ich trat gegen den Eimer, der im hohen Bogen davonflog und scheppernd über den Boden kullerte.

Mario zuckte zusammen. »Ich will mich entschuldigen.«

»Hau ab!«

»Gib mir bitte noch eine Chance. Ich flehe dich an.«

Was für ein Schmierentheater, erst anbändeln, dann das Messer in den Rücken rammen. Nein, noch mal würde ich nicht darauf hereinfallen. Ich spuckte vor ihm auf den Boden, wandte mich um und schritt davon.

Krachend donnerte die Haustür hinter mir ins Schloss. Neugierig und misstrauisch zugleich spähte ich durch das Flurfenster.

Wie ein geprügelter Hund stand Mario auf dem Hof.

So fand ihn eine Minute später Helene, die Erich versorgt

hatte und nun Monika zur Hand gehen wollte. Mit einem freudigen Aufschrei stürmte sie auf ihn zu und drückte ihn. »Mario, du lebst. Oh, Gott sei Dank«, rief sie begeistert. Sie winkte Monika zu, die am Fenster stand und sofort loslief, und führte Mario zu Erich in die Stube, gefolgt von einer ganz aufgeregten Monika.

Aufgebracht ließ ich die Gardine zurückfallen.

Hatten Helene und Monika denn schon alles vergessen? Die Schmähungen im Dorf, die Lügen, die unterlassene Hilfe beim Treppensturz?

Unglaublich.

Monika rannte ihrem Sohn hinterher, als wenn nichts gewesen wäre.

Ich war drauf und dran hinüberzugehen, um der versammelten Schar der Rechkemmers *mein* Verständnis von einer großherzigen Familie zu erläutern. Einige Minuten stand ich unschlüssig im Flur.

Das Klingeln meines Handys riss mich aus meiner Erstarrung. Ich nahm das Gespräch an. Es war Helene.

»Wir müssen was besprechen.«

***

Missmutig betrat ich Erichs Küche. Die vier saßen wie ein Tribunal um drei Seiten des Tisches herum. Ich zog mir den Stuhl heran, der neben dem Küchenschrank stand, und setzte mich rittlings darauf.

Mario saß links von mir auf der Längsseite der Eckbank und fuhr mit dem Zeigefinger die Tischmuster nach. Monika hatte sich bei ihm untergehakt, Helene strahlte über das ganze Gesicht, und Erich lächelte zufrieden.

Ich hätte kotzen können.

Der Alte räusperte sich. »Also, Klaus, neue Situation.«

»Kann man wohl sagen«, grollte ich. »Das Arschloch ist wieder da.«

Monikas und Helenes Lächeln verschwand. Empört holten sie Luft.

Gut so. Allerdings überraschte mich, dass Mario zustimmend nickte. Normalerweise hätte er sich nichts vorwerfen lassen.

»Deine Ablehnung ist verständlich«, sagte Erich. »Trotzdem bitte ich dich, ihn anzuhören.«

Ich stand auf. »Nee, Leute, das könnt ihr von mir nicht erwarten, das tu ich mir nicht an.«

Blitzschnell rollte Erich hinter mich und packte mein Handgelenk. Mit erstaunlicher Kraft zerrte er mich auf den Stuhl zurück. »Du hörst jetzt zu, verdammt. Spiel hier nicht die Mimose.«

Seine Autorität erwischte mich kalt. Ich fühlte mich wie auf den Schulhof zurückversetzt und gab meinen Widerstand auf. »Also, was hast du zu sagen?«, knurrte ich.

Mario straffte sich. »Ich bitte dich aufrichtig um Verzeihung. Ich habe mich vollkommen danebenbenommen. Und mich von meinem Vater anstiften lassen.«

»Ach so ist das. Hubert ist an allem schuld«, höhnte ich.

Er schüttelte den Kopf. »Das wollte ich damit nicht sagen. Schließlich bin ich erwachsen und selbst für mein Handeln verantwortlich. Aber manchmal wird man negativ beeinflusst. Es sollte nur eine Erklärung für mein Verhalten sein, keine Rechtfertigung. Es tut mir wirklich leid, was ich dir angetan habe.«

»Und wer versichert mir, dass du es ehrlich meinst?«

Er senkte den Blick. »Niemand. Ich kann dir nur mein Wort geben.«

Die anderen schauten mich so gespannt an, als hätte ich eine ungeahnte Weisheit zu verkünden. Sie konnten doch nicht wirklich von mir erwarten, dass ich Mario verzieh? Er trug eine nicht unbedingt kleine Mitschuld daran, dass mein Leben aus den Fugen geraten war. Wenn ich nur daran dachte, schwoll mir der Kamm.

»Nein«, verkündete ich entschieden, »deine Entschuldigung kannst du dir dorthin stecken, wo niemals die Sonne scheint.«

Erich zündete sich mit hektischen Bewegungen eine Zigarette an. »Verdammt«, grummelte er.

»Aber ich will keinen weiteren Stress«, ergänzte ich. »Gehen wir uns aus dem Weg. Lass mich in Zukunft einfach in Ruhe.« Mehr war ich nicht gewillt, Mario anzubieten.

»Das ist alles?«, brauste Helene auf.

Ihre neu entfachte Geschwisterliebe ärgerte mich. »Was erwartest du denn noch? Dein Bruderherz hat fast unsere Ehe, mein Geschäft und deine Mutter zerstört. Er ist kein Stück anders als sein Vater.«

Monika wurde kreidebleich.

»Es ist einfach für dich, mich mit meinem Vater gleichzusetzen«, sagte Mario. »Aber du weißt gar nichts.«

»Du bist genauso hinterhältig und gemein wie er. Das ist ein Charakterzug von dir, eine Wesensart. Daher glaube ich dir auch nicht, dass Hubert dir alles eingeflüstert hat. Außerdem bist du ein erbärmlicher Feigling. Dein Vater verprügelt deine Mutter, und du bist nicht Manns genug, einzugreifen. In einer Sache gleicht ihr euch ganz besonders: Euer Zorn kennt keine Grenzen. Deine eigene Mutter wütend die Treppe runterzustoßen und dich dann in deine Wohnung zu verpissen.«

»Es ist nicht immer alles so, wie du es dir zusammenreimst«, sagte Mario.

Monika drückte seine Hand so fest, dass ihre Knöchel weiß hervortraten. »Es war Hubert. Er hat mich gestoßen. Ich wollte mich ein paar Minuten ausruhen. Die Nierenschmerzen, du weißt schon. Hubert kam hoch und wollte …«

Sie schluchzte auf und verbarg ihr Gesicht in den Händen. »Ich konnte einfach nicht mehr, die Schmerzen, seine grobe Art, sein Gestank. Ich widersetzte mich, zum ersten Mal. Ich lief aus dem Schlafzimmer. Er folgte mir, und an der Treppe passierte es dann. Vielleicht wollte er mich nur festhalten, ich weiß es nicht. Aber seine Hand auf meiner Schulter brachte mich aus dem Tritt.«

Ich gab Monika Zeit, sich zu beruhigen, dann fragte ich: »Warum hast du uns das nicht schon früher erzählt?«

Sie zuckte mit den Schultern.

Ich erinnerte mich an Dr. Reuters Ausführungen und beließ es dabei. Stattdessen wandte ich mich an Mario. »Und warum hast du sie da einfach liegen lassen? Du musst den Streit und Krach doch mitbekommen haben.«

Energisch schüttelte Mario den Kopf. »Ich habe nichts mitgekriegt. Ich habe über Kopfhörer Musik gehört. Und weißt du auch, warum?«

»Damit du eine Ausrede hast?«

»Sehr lustig.« Er senkte den Kopf und knetete seine Hände. »So habe ich es immer gemacht. Als Kind hab ich mich unter dem Bett versteckt und mir die Ohren zugehalten. Oder ich bin weggerannt, in den Stall oder in den Wald, um es nicht ertragen zu müssen. Und aus Furcht. Vater hätte mich bestimmt totgeschlagen, wäre ich bei seinen Ausrastern in der Nähe gewesen. Diese Angst ist in mir so tief verwurzelt, dass ich mich heute noch verstecke, wenn er loslegt.«

Ich schaute Monika an. Sie nickte stetig wie ein Wackeldackel. Sie schien ihm zu verzeihen.

»Das müsst ihr unter euch ausmachen«, sagte ich. »Es erklärt aber noch lange nicht, warum du dich mir gegenüber wie ein Arschloch verhalten hast.«

»Der Hof«, warf Erich ein und blies eine dicke Rauchwolke zur Zimmerdecke.

»Ja«, bestätigte Mario, »richtig. Da war ich selbstsüchtig. Ich wollte meinen Vater nicht verärgern. Er hat mich geködert, vor zwei Jahren schon, kurz nach Erichs Schlaganfall. Er versprach, mir den Hof noch zu Lebzeiten zu überschreiben. Alles hohle Worte, wie ich jetzt weiß. Hingehalten hat er mich und mich zugleich gefügig gemacht. Als du dann hier aufgetaucht bist, musste ich etwas unternehmen. Mir war klar, dass Helene niemals freiwillig den Hof verlassen würde. Aber es bestand die Gefahr, dass sie jemanden fand, der bereit war, hier mit ihr zu leben. Ich war gierig, wollte nicht teilen, mit niemandem. Und so kam ich auf den Trichter, dich wegzuekeln. Hat nur nicht funktioniert. Der Teil des Hofes, den ich mir für die Pferdezucht ausgesucht hatte, gehört jetzt euch. Ich wollte das alte Wohnhaus abreißen, die Schweinezucht nach und nach verkleinern und neu bauen. Bei mir brannten alle Sicherungen durch, ich sah rot. Und habe überreagiert. Hinzu kam noch der

Neid auf eure Beziehung. Mit Claudia lief es schon nicht mehr richtig gut, und ihr beide benahmt euch wie zwei verliebte Teenager. Jedes Mal, wenn ich euch zusammen sah, fraß es mich innerlich auf.«

»Echt, du solltest dich in die Psychiatrie einweisen lassen«, ätzte ich.

Mario ging nicht darauf ein. »Ich kam erst vor zwei Wochen wieder zu Sinnen, als ich sah, wie mein Vater Helene zugerichtet hatte. Erst dachte ich ja, es würde auf dein Konto gehen. Aber als er sich bei der Rückkehr von seiner Sauftour an dem Abend damit brüstete, dass er Helene mal tatkräftig gezeigt habe, wer noch immer der Herr auf dem Hof sei, hat mir das die Augen geöffnet, es war eine neue Stufe der Eskalation, die ich niemals erwartet hätte. Es hat das Fass zum Überlaufen gebracht. Da wusste ich, dass etwas geschehen muss, ich wusste nur noch nicht, was. Also bin ich erst einmal abgehauen.«

Ich hielt die Luft an. Was hatte er da eben gesagt? Von wegen gegen ein offen stehendes Fenster gerannt. Beschämt wich Helene meinem Blick aus.

»Ich brauchte eine Auszeit«, sagte Mario. »Seither hatte ich viel Zeit, nachzudenken, und mir ist klar geworden, dass ich den Hof zu diesem Preis niemals haben möchte.«

Ich hieb mit der Faust auf den Tisch. »Ich nehme dir die ganze Scheiße nicht ab. Bis jetzt bist du über Leichen gegangen, um den Hof zu bekommen. Ob nun deine Mutter die Schläge abbekommt oder Helene, dürfte dabei keinen Unterschied machen.«

»Macht es aber. Bei meiner Mutter, wie soll ich es ausdrücken … es ist … nun ja, normal. Ich kenne es nicht anders. Helene dagegen hatte er bisher immer in Ruhe gelassen.«

Ich winkte ab. »Von mir aus. Ist ja auch egal, ob ich dir das abnehme oder nicht. Es ändert nichts.«

Ich vertrödelte meine Zeit. Mario würde ich niemals verzeihen, egal, was er noch anbrachte.

Erich drückte seine Kippe aus. »Erzähl ihm von dem Kerl.«

Mario nickte. »Ich hatte meinen Vater schon einige Male mit ihm zusammen gesehen. Als ich ihn nach dem Mann fragte, erklärte er mir, der Typ wäre sein neuer Finanzberater.« Er lachte bitter. »Ich Esel habe ihm das tatsächlich geglaubt.«

»Andy Garcia?«, fragte ich eher gelangweilt.

»Du kennst ihn?«

»Ja, leider hatte ich die zweifelhafte Ehre.«

»Hat er dir erzählt, wie es finanziell um meinen Vater und den Hof bestellt ist?«

Eigentlich wusste ich das von Andreas. Aber der hatte mich gebeten, ihn aus der Sache rauszuhalten. Daher nickte ich. »Aus und vorbei«, sagte ich. »Es ist nichts mehr zu holen. Selbst Andy Garcia wird leer ausgehen.«

»Wenn es denn so einfach wäre.« Mario wirkte nicht überzeugt. »Der Kerl hat mir unverblümt zu verstehen gegeben, dass er das Geld haben will, so oder so. Ihm ist egal, wer von uns dafür aufkommt.«

»Das geht doch nicht«, fuhr ich auf, obwohl ich es besser wusste. Schließlich hatte Andy Garcia mir vor einigen Wochen höchstpersönlich erklärt, dass die ganze Familie für Hubert haften würde. Dennoch hatte ich gehofft, mit dem Ende des Hofes wäre auch dieses Thema erledigt. Schließlich konnte man einem nackten Mann nicht in die Tasche greifen.

»Sippenhaft«, sagte Erich.

»Wir müssen mit ihm reden«, fuhr ich auf. »Wir sind pleite, wir haben nichts, was wir ihm geben können. Oder hat einer von euch noch was auf der hohen Kante?«

»Nichts mehr da«, antwortete Erich.

»Na also. Das sagen wir ihm.«

»Hab ich schon«, sagte Mario.

»Aber er hat dir nicht geglaubt?«

»Das schon, doch es ist ihm egal. Dann müssten wir halt die Konsequenzen tragen, hat er gesagt.« Mario strich sich mit der flachen Hand quer über den Hals.

Mir wurde es gleichzeitig heiß und kalt. Mein Herz schien von einer Faust umklammert zu werden. »Wir müssen die Polizei einschalten«, krächzte ich. Zu mehr war ich nicht mehr in der Lage.

»Die wird uns nicht schützen können«, grollte Erich. Er

fuhr näher an den Tisch und musterte mich aus seinen trüben Augen. »Es gibt eine Alternative.«

»Eine … was? Welche?«

Erich nickte Mario auffordernd zu.

»Der Chef von Andy Garcia scheint ein wenig … hm … skurril zu sein. Oder vollkommen durchgedreht. Oder beides. Auf jeden Fall hat er uns ein Angebot unterbreitet.«

Mir brummte der Schädel. »Ein Angebot?«

»Ja. Er will sich die Finger nicht dreckig machen. Wenn wir Hubert beseitigen, vergisst er die ganze Sache.«

»Beseitigen? Sache?«, echote ich.

»Er hat die Schnauze gestrichen voll. Er erlässt uns die Schulden«, verdeutlichte Erich, »wenn wir Hubert töten. Niemand sonst wird dann zu Schaden kommen. Er sagt, es sei von größerem Wert für ihn, die Geschäftsbeziehung zu Hubert auf ewig gekappt zu wissen, als die Rückzahlung der Schulden zu erwirken. Den finanziellen Verlust könne er verschmerzen, wenn er dafür nur den Namen Hubert Rechkemmer nie wieder hören muss.«

»Warum macht er es dann nicht selbst?«, fragte ich.

Mario zuckte mit den Schultern. »Eine Sache weniger, die man ihm anhängen könnte, nehme ich an. Jedenfalls erwartet er wohl ein gewisses … äh … Entgegenkommen unsererseits.«

»Entgegenkommen?«

»Eine Gegenleistung für seine Großzügigkeit, uns Huberts Schulden zu erlassen. Wenn das vom Tisch ist, könnte ich mit ein wenig Glück und gutem Gelingen und mit eurer Hilfe womöglich auch den Hof retten. Ich habe da ein paar Sachen im Kopf, die sich lohnen könnten. Vielleicht können wir die Bank davon überzeugen.«

Ich erinnerte mich an Andreas' Worte, dass man einem neuen Betreiber durchaus ein offenes Ohr schenken würde. Aber zählte Mario auch zu diesen Kandidaten? Sein Ruf war zweifelhaft.

Und wenn schon, was überlegte ich überhaupt? Um so weit zu kommen, müssten wir auf das Angebot dieses Geldhais eingehen. Vollkommen absurd.

Ich sah in die Runde. Monika nickte langsam, Helene schob trotzig die Lippen vor. Erich und Mario erwiderten meinen Blick mit bitterernster Miene. Kein Zweifel, sie meinten es ernst. Es war in ihren Augen wirklich eine Option. Das konnte nicht wahr sein. Ich musste träumen.

Entgeistert lachte ich auf. »So ein Quatsch. Was für eine abenteuerliche Geschichte. Ihr glaubt den Mist doch nicht, oder?«

»Er hat mir denselben Vorschlag unterbreitet«, sagte Helene. »Gestern, als du mich mit ihm im Auto gesehen hast.«

Ich schluckte heftig. »Und was hast du geantwortet?«

»Ich habe mir etwas Bedenkzeit erbeten.«

Mir fiel die Kinnlade herunter. Sie dachte tatsächlich über einen Mord nach? Klar, Hubert war ein Dreckskerl, aber ihn ermorden? »Mensch, Helene, den eigenen Vater umbringen, das kann doch nicht dein Ernst sein!«

Helenes Augenbrauen zogen sich zusammen. »Was weißt du denn schon.«

Oh mein Gott, wo war ich hier nur gelandet? War nicht so schon alles schlimm genug?

»Ihr habt sie doch nicht mehr alle.« Ich sprang auf und warf dabei den Stuhl um. Polternd landete er auf dem Boden. »Da mache ich nicht mit.«

Zornig schritt ich über den Hof. Nur weg von hier.

31

Sonntagmittag erwachte ich mit einem Riesenkater. Stöhnend setzte ich mich auf und hielt mir mit beiden Händen den Kopf, der sich anfühlte, als hätte dort drin eine Riesenparty stattgefunden.

Tastend schob ich meinen Fuß vor. Irgendwo mussten doch meine Hausschuhe stehen. Ich stieß mit den Zehen gegen eine leere Wodkaflasche. Sie kullerte polternd über die Holzdielen und stieß klirrend gegen eine halb volle Sangriaflasche.

Sosehr ich mich auch anstrengte, die Details des gestrigen Nachmittags und Abends blieben nebulös. Ich blickte mich um. Helenes zerwühlte Bettseite zeugte davon, dass sie in der Nacht an meiner Seite gelegen hatte. Ich streckte die Hand aus, schob sie unter ihre Decke.

Kalt. Sie war also bereits länger auf. Ich horchte, konnte aber nichts hören, was darauf schließen ließ, dass sie im Haus war. Bestimmt war sie bereits wieder bei Erich.

Ich rappelte mich hoch. Schwankend kam ich auf die Beine und torkelte ins Bad. Nach einer heißen Dusche und zwei Aspirin kehrten meine Lebensgeister zurück.

Ich brühte mir einen Kaffee auf und setzte mich mit der dampfenden Tasse an den Tisch.

Mario war also wieder da.

Der Kaffee war noch zu heiß. Ich holte Milch aus dem Kühlschrank und kippte sie hinein, danach ging es.

Ich ekelte mich vor mir selbst. Anstatt einen Ausweg zu suchen, soff ich mir die Hucke zu. Dabei hatte ich bald Verantwortung für ein Kind zu tragen. Ich beschloss, den gestrigen Tag zur Ausnahme zu erklären und ihn auf keinen Fall zu wiederholen. Mit ganzer Kraft und Konzentration musste ich wieder in ein geregeltes Fahrwasser kommen.

Ich grinste. Wie sehr doch ein starker, aromatischer Kaffee die Gedanken klären konnte. Ich überlegte, was noch helfen würde.

Ein ordentlicher Fitnesslauf.

Sich körperlich mal so richtig auspowern, alle Muskeln spüren und die Natur genießen.

Ich ließ den Kaffee stehen. Meine angestaubten Laufschuhe lagen im hintersten Winkel des Kleiderschranks, davor die Kiste mit der Weihnachtsdekoration.

Meine Joggingkleidung fühlte sich an wie eine zweite Haut. An Gewicht hatte ich in den letzten Monaten nicht zugelegt. Ich steckte die Kopfhörer des MP3-Players in die Ohren und trabte los.

Bereits nach kurzer Zeit keuchte ich wie ein altersschwacher Lkw am Berg. Das Funktionsshirt klebte mir am Körper. Doch eisern hielt ich durch. Immer weiter ging es, auf Wirtschaftswegen durch Felder und Wiesen. Die Muskeln wurden geschmeidiger, die Bewegungen runder, endlich fand ich einen Rhythmus. Ich drehte die Musik auf. Die Sonne wärmte angenehm, und ein lauer Windhauch strich um meine erhitzte Stirn. Es roch nach Frühling.

Ich fühlte mich gut, richtig gut, ich hätte noch kilometerweit so weiterlaufen können.

Dann jedoch erschreckte mich ein Hupen direkt hinter mir. Fast wäre ich in den Straßengraben gesprungen. Ich stoppte und wirbelte herum.

Ein schwarzer Porsche.

Ich ahnte Böses und riss mir die Kopfhörer aus den Ohren.

Der Motor des Sportwagens verstummte mit einem Blubbern, und Andy Garcia stieg aus. Er lehnte sich an den Kotflügel und zündete sich einen Zigarillo an. Der Wind wehte den Rauch davon. Ein Radfahrer kam von hinten angefahren, quetschte sich an dem Porsche vorbei und fluchte laut über das Hindernis. Andy Garcia ließ es kalt. »So sieht man sich wieder.«

Ich bekam es mit der Angst zu tun. War ich nun also der Erste, an dem er sich austoben wollte? Oder kam er, um seine zehntausend Euro doch noch einzufordern? Es käme letztlich wohl auf das Gleiche raus.

Mir wurde übel. Ich beugte mich zur Seite und erbrach mich am Wegesrand. Nach einer Weile kam nur noch Galle, und der

Würgereiz ließ nach. Ich setzte mich auf den Asphalt, der von der Mittagssonne aufgeheizt war. »Ich hab die Zehntausend nicht mehr«, quetschte ich heraus.

Andy Garcia lachte auf. »Wer spricht denn hier von Zehntausend? Das war einmal. Mittlerweile beläuft sich die Rechnung auf fünfundfünfzig Mille.«

Wie kam er auf eine solche Summe? Derart horrende Zinsen konnten doch selbst in dieser Branche nicht üblich sein. »Ich versteh gar nichts mehr«, gab ich zu.

Er ging neben mir in die Hocke und tippte mit seinem Zigarillo in meine Richtung. »Ganz einfach. Die zehntausend Euro Anzahlung, über die wir sprachen, und weitere vierzig. Zuzüglich fünf Mille Zinsen, ich bin schließlich kein Philanthrop.«

»Weitere vierzig? Da muss ein Missverständnis vorliegen. Ich hab doch gar nichts von Ihnen geliehen.«

»Letzteres kann ich sogar bestätigen. Pass auf, ich erklär es dir: Die Anzahlung zeugt von meinem guten Willen, dich und dein florierendes Unternehmen nicht über die Maßen zu belasten. Schließlich bist du derzeit der Einzige in der Familie, der überhaupt noch Bares beisteuern kann. Trotzdem ist es eine etwas niedrige Rate, wie ich zugeben muss, die Zeiten ändern sich, du verstehst? Mein Chef hat daher entschieden, sie direkt um die nächsten vierzig zu erhöhen.« Er zog an dem Zigarillo und blies den stinkenden Rauch in meine Richtung. »Sei lieber froh, dass wir dir die Gesamtschuld deines Schwiegervaters nicht auf einmal in Rechnung stellen. Der Sack steht inzwischen sechsstellig bei uns in der Kreide, und nicht gerade niedrig sechsstellig, wenn du verstehst, was ich meine. Das erzähle ich dir nur, damit du siehst, wie großzügig wir sind.«

»Großzügig? Wie … was? Das geht doch nicht. Was habe ich damit zu tun?«

Andy Garcia lachte. »Beschwer dich bei deinem Schwiegervater. Für mich seid ihr eine Familie, und die muss sich untereinander aushelfen.«

Mein Magen krampfte sich wieder zusammen, und ich

krümmte mich. Ich schüttelte hilflos den Kopf. »Aber das ist ungerecht.«

Andy Garcias Heiterkeit kannte nun kein Halten mehr. Er prustete laut los und wischte sich die Lachtränchen aus den Augenwinkeln. »Der ist gut, wirklich. Du bist ein echter Spaßvogel. Gerechtigkeit, so etwas gibt es nur im Film.« Dann wurde er schlagartig wieder ernst. »Du zahlst, ist das klar? Nächste Woche. Es sei denn …«

»Ja?«, hakte ich mit aufkeimender Hoffnung nach.

»Hat Mario mit dir gesprochen?«

Ich nickte.

»Gut. Überleg es dir. Wir haben unter normalen Umständen zwar kein Geld zu verschenken. Aber irgendwann reißt auch bei uns der Geduldsfaden. Dann ziehen wir die Konsequenzen, dann ist uns das Geld scheißegal. Lieber ein Ende mit Schrecken als ein Schrecken ohne Ende, wie man so schön sagt.«

»Aber wir können doch nicht …«, heulte ich auf, doch er schnitt mir mit einer energischen Geste das Wort ab.

»Dein Gejammer interessiert mich nicht. Und nur damit das klar ist: Bis ihr eure Schuld wie auch immer getilgt habt, laufen die Sonderzahlungen weiter.«

»Was für Sonderzahlungen?«

Ärgerlich trat er die Kippe mit der Schuhsohle aus. »Jetzt stell dich mal nicht blöder, als du bist. Nur deswegen habe ich für deinen Schwiegervater immer mal wieder ein gutes Wort eingelegt. Bin ja kein Unmensch, eine Hand wäscht die andere. Also, solange deine Kleine weiterhin die Beine für mich breit macht, lasse ich unsere Schlägertrupps an der kurzen Leine.«

32

Ein schriller Signalton ließ Lobowski zusammenschrecken. Er drehte sich um und blickte zum Lautsprecher, der unter der Decke hing. »Was ist denn jetzt los?«

Die Störung ärgerte ihn. Zu gern hätte er erfahren, wie sein Freund auf die Offenlegung der »Sonderzahlung« reagiert hatte. Unglaublich, was Schmelzer in den letzten Monaten alles hatte wegstecken müssen.

»Vielleicht bricht einer aus«, mutmaßte Schmelzer.

Ein Schlüssel drehte sich im Schloss, die Tür schwang auf, und ein Vollzugsbeamter erschien im Türrahmen. Es war ein anderer als der, der Lobowski am Morgen eingelassen und die Pizzen besorgt hatte. »Feueralarm«, sagte er mit gleichgültiger Miene. »Sie müssen das Gebäude verlassen.«

Lobowski nahm seine Tasche und stand auf. »Wohin soll ich gehen?«

Der Beamte machte den Weg frei und deutete auf einen Kollegen, der am anderen Ende des Ganges stand. »Sie werden hinausbegleitet.«

»Wann kann ich wiederkommen?«

»Morgen, denke ich.« Er wandte sich an Schmelzer. »Sie kommen mit mir. Ich bringe Sie zur Sammelstelle.«

Lobowski nickte Schmelzer zum Abschied zu. »Dann also bis morgen.« Er ging den Flur hinunter und warf dabei einen Blick aus dem Fenster. Im Hof sammelten sich bereits die Insassen.

Am Ende des Flurs hielt ihm der andere Beamte mit einem Lächeln die Tür zum Notausgang auf. Mit dem ausladenden gezwirbelten Schnurrbart, der runden Brille und den schütteren Haaren erinnerte er Lobowski an den Fernsehkoch Horst Lichter. »Hier entlang bitte.«

Lobowski ging die Treppe hinunter. Seine Tritte schallten metallisch auf der stählernen Wendeltreppe. Der Beamte folgte ihm.

»Sie sehen nicht beunruhigt aus«, sagte Lobowski.

Der Mann lachte. »Ach was, der Feueralarm wird hier drin recht häufig ausgelöst, das ist Routine für uns.«

»Ach so? Gibt es denn nicht strenge Brandschutzbestimmungen?«

»Die nützen nicht gegen das Zündeln. Dagegen ist man machtlos.«

»Verstehe.«

Sie erreichten den unteren Treppenabsatz. Lobowski drückte die Stahltür auf und trat ins Freie. Halb links, etwa fünfzig Meter entfernt, befand sich das Gebäude mit der Schleuse. Der Beamte begleitete ihn dorthin und übergab an einen Kollegen.

Fünf Minuten später stand Lobowski auf der Straße. Zwei Feuerwehrwagen fuhren mit Blaulicht und heulendem Martinshorn an ihm vorbei. Suchend blickte Lobowski sich um.

Nirgends war eine Rauchsäule auszumachen.

***

Das Pling der Mikrowelle riss Lobowski aus seinen Gedanken. Er nahm den Teller mit dem Stück Pizza vom Vorabend heraus und setzte sich an den Küchentisch. Hungrig biss er ein Stück ab. Es schmeckte wie ein labbriger Keks. Angeekelt spülte er mit Gerolsteiner Wasser nach, das den fauligen Belag, der an seiner Zunge zu kleben schien, vertrieb.

»Scheiße«, murmelte er und entsorgte die Reste im Mülleimer. Er ging in den Flur, nahm seine Jacke vom Haken und verließ die Wohnung.

Ein lauer Wind strich durch die Straßen von Wittlich. Er schlug den Weg zur Innenstadt ein. Irgendjemand würde ihm schon ein Abendessen zubereiten können.

Seine Gedanken kreisten um Klaus Schmelzer.

Eigentlich war das, was er heute zu hören bekommen hatte, ziemlich unglaublich. Gab es diesen dubiosen Geldhai, der eine harmlose Familie zum Mord zwingen wollte, nur um sich nicht selbst die Finger schmutzig zu machen, wirklich?

Lobowski war nicht naiv. Sich die Eifel als heile Welt auszumalen, in der es kein organisiertes Verbrechen gab, davon war er weit entfernt. Aber dass der Kopf einer solchen Organisation ein derart makabres Spiel mit der Familie eines Schuldners trieb, dazu fehlte ihm die Phantasie.

Er wich einer Frau aus, die ihren Hund ausführte, und bog nach links ab. Kurz darauf erreichte er den Marktplatz. Die bunten Häuser, die sonst seine Laune beflügelten, heiterten ihn heute nicht auf. Außer einer Handvoll Jugendlicher, die am bronzenen Schwein herumalberten, war die historische Altstadt wie ausgestorben.

Kurz überlegte er, es bei »San Marco« zu probieren, entschied sich aber dagegen. Zwar saß er gern in der gemütlichen Atmosphäre des Restaurants. Doch Pizza hatte es schon zu Mittag gegeben, und nach der unangenehmen Erfahrung mit dem Mikrowellenreststück verspürte er so gar keinen Appetit mehr auf die italienische Küche.

Er beschloss, noch ein wenig durch die Straßen zu schlendern. Die frische Luft tat ihm gut, und so entschied er sich für einen Spaziergang zum »Sultan Kebap Haus« in der Friedrichstraße.

Er steckte die Hände in die Taschen.

Klaus musste ihm einen Bären aufgebunden haben. Aber warum? Bestimmt eine Schutzreaktion oder so etwas in der Art.

Unvermittelt stoppte er. Was wäre, wenn Klaus tatsächlich die Wahrheit erzählte? Das könnte man für den Prozess ausnutzen. Eine verzweifelte Familie in den Händen eines skrupellosen Verbrechers.

Nun, damit würde er zwar keinen Freispruch erzielen, doch zumindest könnte es die Presse wohlwollend stimmen. Das konnte wichtig für das Leben nach der Haftstrafe sein. Wenn er es schaffte, Klaus und den Rechkemmers eine Opferrolle zuzuschreiben, verloren sie den Makel kaltblütiger Mörder.

Hatte Klaus die Wahrheit erzählt?

Lobowski erkannte, dass er mit jemandem sprechen musste, der dieses eigenartige Szenario aus anderer Warte beurteilen konnte. Er zückte sein Handy und wählte die Nummer eines Kommilitonen aus Studienzeiten.

»Lust auf ein Bier, oder was störst du so spät noch?«, hörte er Tim anstelle einer Begrüßung fragen.

»Ein anderes Mal, Tim, ja? Hör mal, vertrittst du immer noch diesen Kerl aus Euskirchen, den angeblichen Aussteiger aus dem Drogengeschäft?«

Tim lachte. »Angeblich kannst du streichen. Er ist sauber. Und ja: Ich bin sein Mann.«

»Meinst du, ich könnte ihm ein paar Fragen stellen?«

»Willst du ihm etwas anhängen? Dann sprichst du besser mit mir.«

»Nur ein paar Fragen. Es geht nicht um ihn, aber vielleicht weiß er was.«

»Hm …« Tim überlegte. »Ist es wichtig?«

»Äußerst.«

»Wann?«

»Sofort.«

»Du bist vielleicht stressig. Hör zu, ich klär das und sag dir gleich Bescheid, okay?«

»Mehr als okay. Du hast etwas gut bei mir.«

»Da komme ich drauf zurück. Bis gleich.« Es klickte in der Leitung.

Lobowski steckte sein Handy wieder ein und eilte nach Hause.

33

Das Gelände der »Alten Tuchfabrik« in Euskirchen faszinierte Lobowski. In den Fugen der verwitterten Ziegelsteine schienen der Schweiß, das Blut und die Tränen anstrengender Werktage zu kleben. Fast glaubte er, die alten Maschinen dumpf wummern und ächzen zu hören. Im jahrhundertealten Kopfsteinpflaster unter seinen Füßen spiegelte sich das orange Licht der Laternen. Dieser Hauch der Vergangenheit harmonierte mit den Kunstwerken, die das Gelände säumten: rostige, mannshohe Zahnräder, die jemand zu einem stummen Uhrwerk aufgeschichtet hatte, Stahlträger, die ein Riese mit spielerischer Leichtigkeit zu einem Mikadospiel aufgestellt zu haben schien, Schraubstöcke an den Wänden. Metallene Zeitzeugen.

Lobowski nahm sich vor, bei Gelegenheit mit einem Fotoapparat zurückzukehren. Mit etwas mehr Muße würde er garantiert diverse Objekte finden, die es wert waren, digital gepixelt zu werden.

Er schlug den Weg in Richtung Feuerhalle ein, eine ehemalige Werkhalle, die heute von einem Gastronomiebetrieb genutzt wurde. Beim Näherkommen hörte er launige Tanzmusik. Durch die verglaste Außenfront konnte er eine Gesellschaft ausgelassen feiern sehen. Eine Lichtorgel zauberte buntes Licht an die weiß getünchten Wände.

Lobowski blieb neben einer stählernen Treppe stehen und blickte zu der Tür hinauf. Niemand wartete auf ihn.

Er sah auf die Uhr.

Pünktlich.

Tim hatte ihm die Uhrzeit und den Treffpunkt vor anderthalb Stunden telefonisch durchgegeben. Ob er hier falsch war?

Im Halbdunkel einer Toreinfahrt stand eine Harley, auf den Seitenständer gelehnt. Er ging näher ran. Nachtschwarz lackiert wirkte die Maschine aggressiv und bedrohlich.

»Gefällt sie Ihnen?«, fragte jemand mit kehliger Stimme.

Lobowski drehte sich um.

Auf dem oberen Treppenabsatz stand ein Mann in einem schwarzen Nadelstreifenanzug und lächelte zu ihm herab. Seine ebenfalls schwarzen Haare lagen gegelt am Kopf. Er sah aus wie Marlon Brando in der Rolle des Paten.

»Ein schönes Stück fahren Sie da«, sagte Lobowski.

Der Mann lachte. »Gehört nicht mir.« Seine Stimme klang heiser und gepresst. »Ein Freund ist zu Besuch. Kommen Sie bitte hoch. Wir plaudern lieber drinnen weiter.«

Lobowski stieg die Treppenstufen hinauf. »Lobowski«, stellte er sich vor. »Und Sie sind Carlo Nettersheim?«, fragte er oben angekommen und hielt dem Mann die Hand hin.

Statt sie zu ergreifen, klopfte der Mann ihm jovial auf die Schulter und schob ihn durch die Tür in einen Flur. »Bin ich, bin ich. Stets zu Diensten, wenn Freunde ein Problem haben. Mein Anwalt hat gesagt, es sei dringend und Sie wären in Ordnung. Seine Kumpels sind auch meine, also willkommen. Ich hoffe für ihn, dass das stimmt, sonst ziehe ich ihm die Hammelbeine lang.« Er ließ Lobowski den Vortritt. »Bis zum Ende, dann rechts durch die Tür.«

Lobowski trat in ein riesiges Büro. Ein mächtiger Schreibtisch stand vor einer Glasscheibe, die den Blick auf die Feuerhalle freigab. Eine kleine Bar mit Theke befand sich in der Ecke, daneben lud eine gemütliche Sitzecke zum Verweilen ein. In einem der Sessel saß ein Mann, der dem Schauspieler Armin Rohde ähnelte. Er schmauchte eine Zigarre und begrüßte Lobowski beim Reinkommen mit einem freundlichen »Hallo«. Dann setzte er zu einer Niesattacke an.

Nettersheim lachte. »Mein Freund Hotte verträgt keinen Tabak. Trotzdem kann er nicht die Finger davon lassen. Darf ich vorstellen: Hotte Fischbach, Florian Lobowski.«

»Ich rauche ja nur bei dir«, verteidigte sich Fischbach halbherzig. Und an Lobowski gewandt sagte er: »Er hat die besten braunen Torpedos weit und breit.«

»Möchten Sie eine?«, fragte Nettersheim und wies auf den Humidor, der auf der Bartheke stand. »Und/oder einen Drink?«

»Zu einem Drink sage ich nicht Nein. Einen Whisky, wenn Sie haben. Bourbon?«

»Gern. Setzen Sie sich.«

Lobowski wählte den Sessel gegenüber von Fischbach. Das Leder quietschte leise, er versank förmlich in dem weichen Polster. »Gemütlich«, sagte er und nahm den Drink entgegen, den Nettersheim ihm hinhielt. Nettersheim setzte sich ebenfalls, zog an seiner Zigarre, rollte den Rauch im Mund und pustete ihn zur Decke. »Wie kann ich Ihnen helfen, Herr Lobowski?«

Lobowski rappelte sich aus dem Polster hoch. »Sie haben sicher von der Sache bei Prüm gehört. Von dem Mord an dem Bauern.« Er ließ seinen Blick von Nettersheim zu Fischbach wandern. Beide nickten.

»Was haben Sie damit zu schaffen?«, fragte Fischbach.

Nettersheim lachte. »Na, Hotte, höre ich da so etwas wie Interesse heraus? Kribbelt es langsam wieder bei dir?«

Lobowski hob fragend die Augenbrauen.

»Mein guter Freund hier ist Kriminalhauptkommissar«, erklärte Nettersheim, »bei der Mordkommission in Euskirchen. Zurzeit lässt er sich allerdings ein wenig hängen.«

»Nun ja, hängen lassen, so würde ich es nicht bezeichnen«, brummte Fischbach, zog an seiner Zigarre und nieste. »Ich muss mir nur klar werden, was ich in Zukunft will.«

Lobowski verstand und nickte. Der Kommissar steckte wohl in einer Midlife-Crisis. Vielleicht kam es ihm sogar entgegen, dass der Mann nun hier vor ihm saß. Wenn Nettersheim keine Informationen für ihn bereithielt, dann vielleicht Fischbach.

»Ich bin der Anwalt von Klaus Schmelzer, einem der Täter.« Er entschied sich, den beiden zu vertrauen, und berichtete in Kurzform, was er heute erfahren hatte.

»Hört, hört«, sagte Nettersheim. »Klingt gar nicht schön. Oder anders ausgedrückt: was für eine Scheiße.« Er beugte sich vor und musterte Lobowski aus zusammengekniffenen Augen. Die Fassade des freundlichen und hilfsbereiten Unternehmers schien von ihm abgefallen zu sein. Jetzt wirkte er wie ein Adler im Sturzflug auf eine Beute. »Allerdings ist mir noch immer schleierhaft, was für eine Rolle ich in der Sache spielen könnte.«

»Vielleicht will er dir etwas anhängen«, sagte Fischbach und ließ seine Hosenträger flitschen.

»Nein, nein, keine Sorge«, wiegelte Lobowski ab, »mich würde nur interessieren, ob Sie sich so ein Szenario vorstellen können in Anbetracht Ihrer … Erfahrungen, äh … in der Unterwelt. Ich gebe zu, ich habe da meine Probleme.«

Fischbach nieste, holte ein Taschentuch aus seiner Hose und putzte sich die Nase. »Ich auch. Der Kopf einer Verbrecherorganisation soll für ein makabres Spiel auf sein Geld verzichten? Unwahrscheinlich. Wenn er diesen Hubert Rechkemmer wirklich beseitigen wollte, hätte er dafür seine Leute gehabt. Das hätte ihn wenig gekostet.«

Gespannt sahen nun beide Nettersheim an.

Nachdenklich strich der die Zigarre im Aschenbecher ab. »Sie vermuten also, dass Ihr Klient nicht die Wahrheit sagt?«

»Ich möchte es anders ausdrücken«, sagte Lobowski. »Mein Ansinnen ist es, die Aussage kritisch zu durchleuchten. Das schützt vor Überraschungen bei der Verhandlung. Ich bin der Gegenseite gern einen Schritt voraus.«

»Das wird der Staatsanwalt auch so sehen«, sagte Fischbach und schmunzelte.

»Es ist ein Wettstreit«, sagte Lobowski. »Mal gewinnt die eine Seite, mal die andere.« Er wandte sich an Nettersheim. »Kennen Sie jemanden, der eine komplette Familie so für sich instrumentalisieren würde?«

Nettersheim hob den Arm. »Oha, nun mal ruhig Blut. Ich bin ausgestiegen, habe meine Kontakte aufgegeben und bin somit abgeschnitten von der Unterwelt.«

»Selbstverständlich«, bestätigte Lobowski und blickte ihn erwartungsvoll an. Mit dieser Reaktion hatte er gerechnet. Offiziell konnte Nettersheim nicht anders, als das Unschuldslamm zu spielen. Jetzt war es wichtig, zwischen den Zeilen zu lesen.

Nettersheim stand auf und goss sich einen Cognac ein. »Es ist ja so: Wie in jedem anderen Beruf entwickeln auch die Kriminellen irgendwann eine Routine.«

»Zumindest wenn sie nicht vorzeitig geschnappt werden«, warf Fischbach ein.

»Du sagst es, Hotte, du sagst es. Nun, eine berufliche Routine ist zwar auf der einen Seite praktisch und erleichtert das Leben.« Er schlenderte zu seinem Sessel zurück und setzte sich. »Man weiß, was man zu tun und zu lassen hat, und auch den Arbeitsaufwand kann man einschätzen und somit bestens planen. Andererseits stellt sich mitunter eine frustrierende Langeweile ein. Rasch kommt man dann auf blöde Gedanken.«

Er setzte sein Glas an, legte den Kopf in den Nacken und trank den Cognac in einem Schluck leer. Dann sah er Lobowski fest in die Augen und lächelte hintergründig. »Mein lieber Herr Anwalt, ich finde, Sie sollten Ihrem Klienten vertrauen und glauben, was er Ihnen berichtet.«

Wie ein Donnerschlag unterstrich Fischbachs Niesanfall Nettersheims Worte.

***

Am nächsten Morgen blickte Lobowski durch das Fenster im Befragungsraum in den menschenleeren Innenhof des Gefängnisses. Aus grauen Wolken ergoss sich ein sintflutartiger Regen. Dicke Tropfen prasselten auf den Beton. In den Zuläufen der überlasteten Kanalisation gurgelte und blubberte das Wasser. Eine deutliche Verringerung des Niederschlags war nicht in Sicht. Die Wettervorhersage hatte eine Reihe von Tiefs angekündigt, die vom Atlantik heranbrausten und die Eifel ertränken wollten. Kein Wunder, dass sich niemand raustraute. Bei den Aussichten war es wirklich besser, im Trockenen zu bleiben und sich in die Arbeit zu stürzen.

Ungeduldig wartete Lobowski auf Klaus Schmelzer.

Nach dem gestrigen Besuch bei Carlo Nettersheim hatte er sich vor seinen Computer gesetzt und nach Informationen über den Fall gesucht, da er die gestern Früh von seiner Rechtanwaltsgehilfin bei der Staatsanwaltschaft angeforderten Ermittlungsunterlagen erst heute Nachmittag würde einsehen können. Etwas Neues hatte er allerdings nicht erfahren: Der Landwirt Hubert Rechkemmer war schändlich von seiner

Familie ermordet worden, da gab es nichts dran zu rütteln. Klaus Schmelzer war geständig, die anderen Mitglieder der Familie bezeugten die Tat. Sah man mal von Mario Rechkemmer ab, der sich mit Sergej auf der Flucht befand. Die anderen lieferten sich freiheraus ans Messer.

Lobowski hoffte, dass die Akte zum Fall mehr Aufschluss bieten würde. Vielleicht ergab sich daraus ein anderes Bild, eines, das der Presse nicht bekannt war und das er für eine Verteidigung nutzen konnte.

Er hatte auch nach Informationen über diesen Kommissar Fischbach mit der Harley gesucht. Es interessierte ihn, was einen gestandenen Ermittlungsbeamten so aus der Bahn geworfen haben konnte, dass er eine Auszeit benötigte. Dabei war Lobowski auf einige Einträge gestoßen. Vor knapp einem halben Jahr hatte ein Mann die Mutter des Kommissars entführt und gedroht, sie zu töten. Daran schien Fischbach immer noch zu knabbern. Vermutlich steckte aber noch mehr hinter der ganzen Sache, als offiziell nachzulesen war.

Wie auch immer. Hotte Fischbach war ihm auf den ersten Blick sympathisch gewesen. Hoffentlich bekam er über kurz oder lang die Kurve.

Lobowski hörte Schritte und wandte sich um.

Ein Beamter führte Klaus Schmelzer herein und verabschiedete sich kurz angebunden.

»Guten Morgen«, sagte Lobowski und setzte sich.

Schmelzer schien kaum geschlafen zu haben. Die Augen lagen tief in den Höhlen, die Ränder darunter zeigten sich fast nachtschwarz. Mit einer müden Bewegung ließ er sich auf den anderen Stuhl fallen, stellte die Ellbogen auf und stützte den Kopf in die Hände. »Scheiße, was bin ich gerädert.«

»Hat dich der Feueralarm wach gehalten?«

»Nee, war nicht so wild. Ein brennendes Geschirrtuch in der Kantinenküche. Nach gut einer halben Stunde war der Spuk vorüber.« Er streckte sich und gähnte. »Mir gehen nur so viele Gedanken durch den Kopf, dass ich nachts kein Auge zukriege.«

Alles andere hätte Lobowski auch gewundert. Sein alter

Schulfreund war ganz sicher kein kaltblütiger Killer, der nach einem Mord einfach wieder in den Alltagstrott verfiel. »Sollen wir ein anderes Mal weitermachen?«

»Nein, nein, ist schon okay.« Schmelzer drückte den Rücken durch. »Bringen wir es hinter uns.«

34

Sonderzahlung!

Andy Garcias Stimme hallte in meinem Kopf wider. Warum war ich ihm nicht an die Gurgel gesprungen? Stattdessen hatte ich ihn fahren lassen. Der Staub, den der davonbrausende Porsche aufgewirbelt hatte, klebte auf meiner Haut und erinnerte mich daran, dass das alles keine Einbildung gewesen war.

Ich lief, das Adrenalin pushte meine Leistungsfähigkeit, die Wut trieb mich an.

Andy Garcia war eine Sache, die andere ließ mich vor Zorn fast kotzen. Warum in aller Welt hatte Helene da mitgespielt? Hatte sie Spaß dabei gehabt? Was hatte sie gefühlt? Dem musste ich auf den Grund gehen. Ich beschleunigte meinen Lauf, flog fast über den Asphalt.

Ich lief die Hofzufahrt entlang, grüßte Sergej knapp, der sich um die Tiere kümmerte, und schloss die Haustür auf. Dunkelheit empfing mich. Helene war also noch nicht zurück.

Egal.

Sie würde schon auftauchen, und dann würde ich sie zur Rede stellen.

Ich warf meine Laufjacke über den Garderobenhaken und wandte mich in Richtung Küche. Meine Kehle fühlte sich nach dem Lauf trocken und rau an. Ich gierte nach Wasser.

Erschrocken blieb ich im Eingang stehen. Die Jalousie vor dem Fenster war unten, nur schemenhaft sah ich etwas Großes auf dem Tisch liegen.

Was war das?

Mit zittrigen Fingern tastete ich nach dem Schalter.

Das Licht der Deckenlampe flammte auf, und entsetzt wich ich einen Schritt zurück. Ich schlug die Hände vor den Mund.

Auf dem Küchentisch lag Helene mit entblößtem Unterleib. Das Kleid wickelte sich um ihren Hals wie ein zu groß geratener Schal. Ein Rinnsal Blut tropfte aus ihrer Scham zu Boden. Unter dem Tisch hatte sich bereits eine dunkelrote Blutlache gesammelt.

Meine Beine wurden weich. Nur mit Mühe konnte ich mich aufrecht halten.

Plötzlich krampfte sich Helenes Körper zusammen. Sie röchelte und versuchte, die Beine anzuziehen. Doch mehr als ein Zappeln kam dabei nicht zustande.

Ich stürzte vor, um ihr zu helfen. Aber ich rutschte auf dem blutbesudelten Boden aus und landete auf den Knien.

»Wer hat dir das angetan?«, heulte ich auf und rappelte mich hoch.

Ihre Haut schimmerte wie Pergament, ein gequältes Wimmern drang aus ihrer Kehle.

Ich nestelte am Reißverschluss meines Laufgürtels, bis ich endlich mein Handy aus der Tasche ziehen konnte. Nach einer gefühlten Ewigkeit gelang es mir schließlich, den Rettungsdienst zu verständigen.

Danach taumelte ich in den Flur. Meine Beine fühlten sich abgestorben an. Ich riss die Haustür auf und rief nach Sergej.

Er steckte seinen Kopf zum Stallfenster hinaus. Mein Anblick musste ihn so erschüttert haben, dass er sofort alles stehen und liegen ließ. Er kam angerannt und redete in seiner Muttersprache auf mich ein.

Ich bat ihn, den Rettungswagen einzuweisen. Obwohl er kaum Deutsch sprach, verstand er es doch leidlich und rannte in Richtung Straße. Unterdessen stolperte ich zurück in die Küche und drückte Helenes Hand. Sie fühlte sich kalt und leblos an. Sie schien unter Schock zu stehen. »Halte durch, Schatz«, flehte ich und tastete nach ihrem Puls. Ihr Herz schlug schwach und unregelmäßig.

Es wurde höchste Zeit, dass der Notarzt aufkreuzte.

35

Der Kommissar tippte mit dem Kugelschreiber auf sein Notizbuch. »Und Sie haben wirklich keinen Verdacht, wer Ihre Frau so zugerichtet hat?«

Wir saßen im Wohnzimmer. Seit Helenes Abtransport waren zwei Stunden vergangen. Zwischenzeitlich hatte ich die Nachricht erhalten, dass sie außer Lebensgefahr war und dank gerade noch rechtzeitiger Behandlung auch keine Fehlgeburt gehabt hatte.

Ich fühlte mich wie durchgekaut und ausgespuckt. Die Stimmen der Techniker von der Spurensicherung drangen aus der Küche, ab und zu klickte ein Fotoapparat.

»Herr Schmelzer?«, hakte der Beamte nach.

Nicht zum ersten Mal dachte ich an die »Sonderzahlung«. Aber Andy Garcia kam unmöglich als Täter infrage. Er war in die andere Richtung davongefahren und hätte Helene in der kurzen Zeit wohl kaum so zurichten können. Und Sergej hatte dem Beamten erklärt, dass Mario und Hubert den Hof schon am Morgen verlassen hatten. Monika und Erich hatten sich nach dem Mittagessen hingelegt und geschlafen, bis sie den Krankenwagen gehört hatten, sie konnten daher nichts beitragen. Mir kam das alles spanisch vor. Konnte sich ein Fremder unbemerkt auf den Hof geschlichen und Helene überfallen haben?

Ich schüttelte den Kopf. »Nein, wirklich nicht.«

Zweimal hatte ich dem Kommissar geschildert, wie ich nach Hause gekommen und auf Helene und das ganze Drumherum aufmerksam geworden war.

Der Kommissar steckte sein Notizbuch und den Kugelschreiber ein. »Soll ich wirklich keinen Arzt rufen? Sie sehen miserabel aus, wenn ich das einmal bemerken darf.«

Dankbar sah ich ihn an. »Ein Kühlakku würde mir reichen. Im Gefrierschrank neben der Spüle. Ich habe schreckliche Kopfschmerzen.«

Der Kommissar verließ das Wohnzimmer und tauchte wenig später mit dem Gewünschten wieder auf. Er wickelte den Akku in ein Geschirrtuch und reichte ihn mir.

Die Kälte linderte meine Schmerzen, machte sie erträglicher.

»Haben Sie bei dem Gang durch die Küche keine Spuren vernichtet?«, fragte ich.

»Wir sind fast so weit. Da gibt es nichts mehr zu vernichten.«

»Okay«, sagte ich zögerlich und fragte mich, warum er dann nicht endlich ging.

Er räusperte sich. »Herr Schmelzer, ich muss Sie das fragen, bitte verstehen Sie mich nicht falsch.«

Aha, es kam also noch etwas. Ich nickte auffordernd.

»Wie ist denn das Verhältnis zu Ihrer Frau?«

»Verhältnis? Wie meinen Sie das?«

»Nun, eher harmonisch? Oder gibt es oft Streitigkeiten?«

Jetzt fiel bei mir der Groschen. »Ich liebe meine Frau«, empörte ich mich. Obwohl er mich vorgewarnt hatte, fühlte ich mich von seiner Frage verletzt. »Ich bin genauso entsetzt über den Vorfall wie Sie, das können Sie mir glauben.«

Der Kommissar schien noch nicht überzeugt zu sein. »Wir werden sehen. Wir müssen die Vernehmung Ihrer Frau abwarten, dann klärt sich vermutlich alles.« Er wandte sich zum Gehen. »Bis dahin muss ich Sie bitten, sich zu meiner Verfügung zu halten.«

Ich nickte mit geschlossenen Augen. In dem Moment hätte ich zu allem Ja und Amen gesagt. Eine bleierne Müdigkeit setzte mir zu. Ich wollte nur noch, dass der Kommissar verschwand. »Ich hatte ohnehin nicht vor zu verreisen«, murmelte ich.

Er verabschiedete sich, und kurz darauf hörte ich, wie die Tür ins Schloss fiel.

Ich streckte mich auf dem Sofa aus und blendete die Stimmen in der Küche aus.

Sofort fiel ich in einen tiefen Erschöpfungsschlaf.

Ich träumte von einem Messer, dessen silbrig blitzende Schneide ich Helenes Peiniger über die Kehle zog.

***

Ich schlief wie ein Toter. Als ich am Morgen auf dem Sofa aufwachte, stand ich steif gelegen auf und rief im Krankenhaus an. Helene befand sich zwar immer noch auf der Intensivstation, doch ihr Zustand hatte sich weiter gebessert. Man vertröstete mich auf Mittag, da die Prognose zum Heilungsverlauf erst nach weiteren Untersuchungen wirklich aussagekräftig sei. Vielleicht könne man Helene dann bereits auf ein normales Zimmer verlegen.

Nachdem ich aufgelegt hatte, blieb ich unschlüssig im Flur stehen. Ich konnte doch jetzt nicht einfach so tun, als wäre nichts passiert. In mir sträubte sich alles, zur Arbeit zu fahren.

Die Küche. Sie musste geputzt werden. Durfte ich das?

Garantiert. Die Spurensicherung hätte den Tatort nicht verlassen, wären noch weitere Arbeiten nötig gewesen. Oder vermutlich wäre die Küche abgesperrt worden.

Allein der Gedanke daran, das Blut aufwischen zu müssen, ließ mich würgen.

Das Läuten des Telefons erlöste mich.

»Komm rüber«, sagte Erich und legte direkt wieder auf.

Nichts lieber als das, dachte ich, zog mir Schuhe an und stapfte los, froh darüber, meiner Küche vorerst den Rücken kehren zu können. Mit dem Alten wollte ich ohnehin reden.

»Da bist du ja endlich«, knurrte Erich, als hätte ich Stunden gebraucht, um den Hof zu überqueren. Er rührte in einem Topf. Wenn mich nicht alles täuschte, brodelte dort eine deftige Erbsensuppe. »Setz dich. Du musst mal was essen, um bei Kräften zu bleiben.« Er stellte mir einen Teller vor die Nase.

Gierig löffelte ich drauflos, verdrängte dabei alles, was mir den Appetit verderben könnte. »Helene geht es etwas besser«, teilte ich ihm zwischen zwei Schöpfgängen mit.

»Gott sei Dank.« Er rollte mit seinem Teller an den Tisch. Versonnen rührte er in der Erbsensuppe herum. »Die hat Helene mir gestern gebracht. Sie ist ein gutes Mädchen.« Seine Stimme verriet seine Zuneigung. Mit dem Ärmel wischte er sich über die Augen.

»Und du hast wirklich nichts mitbekommen?«, fragte ich wie beiläufig. Ich zweifelte immer noch daran.

»Hier muss sich einiges ändern«, sagte er, ohne auf meine Frage einzugehen.

Ich verzieh ihm seine Sprunghaftigkeit. Das war das Alter. »Was genau meinst du?«

»Wir können nicht alles auf einmal lösen.« Die kreisenden Bewegungen seines Löffels verursachten ein nervendes Kratzen auf dem Tellerboden.

»Schritt für Schritt«, stimmte ich mit einer Floskel zu.

Er hielt inne, sah auf und wies mit dem Löffel in meine Richtung. Ein wenig Suppe tropfte auf den Tisch. Es schien ihn nicht zu stören. »Hubert muss weg.«

Genervt verdrehte ich die Augen. »Jetzt komm mir nicht wieder da…«

»Wir beseitigen ihn! Danach helfen wir alle zusammen Mario, den Hof zu retten.«

Ich verstummte. Der Alte wollte sich anscheinend nicht von diesem verrückten Mordplan abbringen lassen. Sein Mund glich einem Strich und ließ keinen Zweifel an der Ernsthaftigkeit seines Vorhabens. Was sollte ich darauf antworten? Hubert wäre mir egal gewesen, Hauptsache, er hielt sich nicht mehr in meiner Nähe auf. Aber deswegen musste man ja nicht gleich zum Äußersten greifen. »Erich, ehrlich, jetzt mach mal halblang.«

Erich klatschte den Löffel in die Suppe. Spritzer landeten auf meinem Hemd. »Was stellst du dir denn stattdessen vor? Ein Gespräch unter Männern, Hubert, Mario, du und ich?«, fragte er mit vor Sarkasmus triefender Stimme.

»Wir fragen einen Anwalt. Vielleicht kann der uns einen Rat geben.«

Warum machte ich mir überhaupt Gedanken? Eigentlich war eh alles zu spät. Der Hof ging den Bach runter, da gab es nichts mehr zu retten. Helene war alles, was jetzt noch für mich wichtig war. Andy Garcia fiel mir wieder ein und seine Forderung der wahnwitzigen Summe von fünfundfünfzigtausend Euro. Das Geld konnte ich niemals aufbringen, doch deshalb einen Mord begehen? Mich ins Ausland abzusetzen, wäre eine effizientere Methode, ihm aus dem Weg zu gehen.

Erich winkte ungeduldig ab. »Selbst wenn dem was einfällt, würde es eine Weile dauern. Hubert könnte noch auf Monate hinaus sein Unwesen treiben.«

»Möglich«, gab ich zu, »aber einen Versuch ist es wert.«

»Ich verstehe dich nicht«, zischte Erich. »Nach allem, was Hubert dir angetan hat.« Er packte meinen Unterarm. »Wir werden nie Ruhe vor ihm haben, wenn wir ihn nicht beseitigen. Denk doch auch mal an Helene.« Er ließ mich wieder los und rollte einige Zentimeter zurück.

»Mensch, Erich«, fuhr ich auf. »Ja, Hubert hat mich ruiniert. Aber das rechtfertigt doch keinen Mord.«

Erstaunt blickte er mich an. »Hat Helene es dir etwa noch nicht erzählt?«

Ich blickte ihn ratlos an. Meinte er die Sonderzahlungen?

»Scheiße«, fluchte er und hieb mit der Faust auf seine Decke.

Jetzt war er wohl vollends durchgedreht.

»Dann erzähl du es mir halt«, forderte ich wirsch.

»Das geht nicht, ich … Helene … ich habe es versprochen. Sie will es dir sagen.«

Er nahm meinen Teller und fuhr damit zur Spüle. »Du bist so naiv«, murmelte er und ließ warmes Wasser ins Becken laufen. »Es ist aber auch egal. Die Würfel sind ohnehin gefallen.«

***

Nachdenklich blieb ich auf dem Hof stehen, nachdem ich Erichs Wohnung verlassen hatte. Die Würfel waren gefallen? Konnte es tatsächlich sein, dass Mario den idiotischen Plan mit Erichs Hilfe umsetzen wollte?

Ärgerlich trat ich nach einem Kiesel. Er flog im hohen Bogen davon und rollte bis zum Misthaufen. Musste ich die Polizei informieren? Außer einem Verdacht hatte ich aber doch nichts in der Hand. Meine Aussage gegen ihre. Ich konnte nichts nachweisen.

Wie kam man nur auf so bescheuerte Ideen? Glaubte Mario

wirklich, so die Schulden bei dem Kredithai loszuwerden und den Laden retten zu können? Nein, sie würden dadurch nur noch weiter ins Unglück taumeln. Das Kind war längst in den Brunnen gefallen.

Ich ballte die Fäuste. Wenn derjenige, der Helene und dem Kind das angetan hatte, jemals erwischt wurde, würde ich … ja, was eigentlich? Selbstjustiz üben? Und mich so auf eine Stufe mit Mario und Erich stellen?

Ich horchte in mich hinein. Tatsächlich fand ich ein zustimmendes Echo. Ja, ich wäre in der Lage, denjenigen umzubringen.

Die Erkenntnis überraschte und erschreckte mich zugleich. Ich tröstete mich damit, dass es nie dazu kommen würde. Den Mann zu finden und seiner gerechten Strafe zukommen zu lassen, war die Aufgabe der Gesetzeshüter. Ich würde nicht einmal in die Nähe des Täters kommen.

Widerwillig setzte ich mich in Bewegung. Es wurde Zeit, die Spuren des Verbrechens zu beseitigen. Bestimmt würde ich die Erbsensuppe erbrechen, wenn ich erst einmal angefangen hatte. War ich deshalb eine Mimose, wie Erich es gern nannte? Nein, ganz sicher nicht. Die Sorge um Helene, dieser Anblick, das steckte selbst der härteste Kerl der Welt nicht einfach weg.

Im Haus angekommen erwartete mich die nächste Überraschung.

Magoscha, Ivans Frau, kam mir im Hausflur entgegen und legte mir die Hand auf die Brust. »Nix«, sagte sie bestimmt. »Ich machen. Du musst zu Frau.« Energisch schob sie mich hinaus.

Ich wollte protestieren, doch Ivan, der hinter ihr auftauchte, schüttelte den Kopf.

Resigniert ergab ich mich. Ich herzte Magoscha und lief dann zu meinem Bus, froh darüber, dem Alptraum in der Küche entkommen zu sein.

Während der Fahrt nach Bitburg ließ ich mir Zeit, obwohl ich darauf fieberte, von Helene alles zu erfahren. Ich wollte sie aber auf keinen Fall bedrängen, zumindest nicht im Moment.

Helene hatte Schreckliches erlebt. Ich durfte mit meiner Ungeduld keine neuen Wunden schlagen.

Unweit des »Marienhaus Klinikums« ergatterte ich einen Parkplatz. Mit einem flauen Gefühl im Magen ging ich zum Empfang und fragte nach Helene. Zu meiner Freude hatte sie die Intensivstation bereits verlassen können.

Ich kaufte im Kiosk einen Strauß Blumen und machte mich auf den Weg. Der Aufzug spuckte mich auf der zweiten Etage aus. Ich ging den Flur entlang und klopfte an Helenes Zimmertür. Ohne eine Antwort abzuwarten, trat ich ein.

Sie lag am Fenster. Die anderen beiden Betten waren leer. Zögerlich trat ich näher.

Helene wandte mir den Kopf zu. Ein Lächeln huschte über ihr ausgemergeltes Gesicht, gefror dann zu einer Grimasse. Tränen rollten über ihre Wangen.

Ich hielt ihr den Strauß hin. »Ich habe dir Blumen mitgebracht.« Selbst in meinen Ohren klangen die Worte aufgesetzt.

Helene rührte sich nicht.

Verlegen sah ich mich nach einer Vase um. Ohne Erfolg. Ich legte die Blumen ins Waschbecken und ließ Wasser über die Stiele laufen. Besser als nichts. Später war bestimmt noch Zeit, eine Krankenschwester um eine Vase zu bitten.

Ich zog mir einen Stuhl heran und setzte mich an Helenes Seite. Mein Herz setzte einen Schlag aus. Sie sah so zerbrechlich aus. Eine fahle Gesichtsfarbe, das Haar stumpf und glanzlos, die Lippen blutleer. Schockierend aber war der Blick. Ihre Augen glichen denen einer Toten. Jegliches Leben schien daraus gewichen zu sein. War das wirklich noch die Helene, der ich vor nicht mal einem Jahr auf dem Sommerfest begegnet war? Nichts schien mehr von ihr übrig zu sein.

Ich nahm ihre Hand, die unter der Bettdecke hervorschaute.

Kaum merklich zuckte Helene zusammen, aber sie zog die Hand nicht zurück. Ich wertete das als ein Zeichen des Vertrauens.

Sie drehte den Kopf zur Seite und wich meinem Blick aus. Stumm weinte sie.

Ich ließ ihr Zeit, war glücklich, sie zu spüren, sie zu fühlen. Sie lebte, nur das zählte. Ich schmeckte einen salzigen Geschmack auf meinen Lippen und stellte überrascht fest, dass ich ebenfalls weinte.

Nach einer Weile flüsterte Helene: »Das Kind?«

Ich drückte ihre Hand noch fester. »Es geht ihm gut. Glück im Unglück.«

Eine Schwester betrat den Raum. Sie gab Helene eine Pille, die sie sofort einnehmen sollte. Tapfer spülte sie das Medikament mit einem Schluck Wasser hinunter.

Zufrieden ließ uns die Schwester wieder allein.

Helene schloss die Augen und schluckte schwer.

Ich spürte, dass der Punkt bevorstand, der unsere Zukunft entscheidend beeinflussen würde. Im Geiste sah ich uns auf einem Gleis vor einer Weiche stehen. »Egal was, ich werde dich immer lieben«, flüsterte ich und drückte ihr scheu einen Kuss auf die Lippen.

Sie legte ihre Arme um meinen Hals und zog mich an sich. »Danke«, hauchte sie und ließ mich los. Sie krampfte die Finger in die Bettdecke. »Das Kind ist vielleicht nicht von dir.«

Obwohl die Wahrheit schmerzte, hatte ich ja insgeheim bereits damit gerechnet. Es traf mich nicht unerwartet. »Okay«, sagte ich.

Helene runzelte die Stirn. »Okay?«

»Ja, okay. Du kannst nichts dafür.«

»Dann hast du es gewusst?«

»Ja, Andy Garcia hat es mir erzählt.«

Ihre Augen weiteten sich vor Schreck. »Was hat … er hat dir … wann?«

»Gestern. Er hat mich beim Laufen abgefangen.« Ich umklammerte ihre Hand. »Warum?«

»Ich hatte keine Wahl.«

»Keine … Wahl?« Ich lachte ungläubig auf. »So etwas gibt es nicht.« Ungewollt fühlte ich mich wie ein gehörnter Ehemann. »Du hättest jemanden ins Vertrauen ziehen können.«

Ihre Gesichtszüge verhärteten sich. »Ach ja?«

»Ja, auf jeden Fall.«

»Er hat gedroht, uns alle umzubringen. Mich, dich und meine Mutter.«

Sofort bekam ich ein schlechtes Gewissen. Ich wusste aus eigener Erfahrung, dass dieser Andy Garcia in der Lage war, Menschen einzuschüchtern.

Helene streichelte meinen Handrücken. »Ich liebe dich immer noch wie am ersten Tag, das verspreche ich dir.«

Ich nickte müde. »Andy Garcia könnte also der Vater sein.« Resigniert zuckte ich mit den Schultern. »Damit muss ich dann wohl leben.«

Glasklar zeichnete sich nun alles vor mir ab. Helene hatte diesem Schweinehund gefällig sein müssen, damit er auf die Eintreibung der Schulden vorübergehend verzichtete. Und ein Mafiosi-Hengst benutzt keine Kondome.

Auf Helenes Stirn entstand eine steile Falte. »Andy Garcia der Vater? Da musst du etwas falsch verstanden haben.«

Verwirrt sah ich auf. »Wieso?«

»Ganz einfach: Selbst mit Viagra könnte der nicht mehr. Bei einer Auseinandersetzung mit einem anderen Hai wurde er von einer Kugel so unglücklich getroffen, dass er zu nichts mehr fähig ist. Ich habe nur mit ihm geredet, das war alles, was er verlangte.«

Versuchte Helene, mir einen Bären aufzubinden? »Das soll alles gewesen sein? Dafür war er bereit, auf das Geld zu verzichten?«

»Natürlich nicht. Solche Typen vergessen niemals die Geschäfte. Es reichte aber immerhin für einen Aufschub.« Jetzt nahm sie meine Hand und drückte sie fest. »So war es, ich verspreche es dir. Er liebte es, wenn ich ihm zuhörte.« Sie ließ meine Hand wieder los.

Grübelnd lehnte ich mich zurück und sah zum Tropf hinauf. Eine kristallklare Flüssigkeit rann durch den Plastikschlauch in Helenes Vene. Dass Andy Garcia keinen mehr hochkriegte, erheiterte mich. Schadenfreude war mitunter die schönste Freude. Kein Wunder, dass er mich mit einer riesigen Knarre einschüchtern musste. Vermutlich war das eine Art Ersatzbefriedigung.

Ein Gedanke durchfuhr mich. Ich zuckte zusammen. »Wenn …«, setzte ich an, doch bevor ich Gewissheit erlangen konnte, klopfte es an der Tür, und ein Arzt trat ein. Er bat mich, draußen zu warten, da er Helene in Ruhe untersuchen wollte. Sein Blick verriet mir, dass er nicht mit sich handeln lassen würde.

Widerwillig grübelte ich im Flur weiter. Unruhig lief ich auf und ab. Fast hätte ich dabei die Krankenschwester angerempelt. Ich murmelte eine halbherzige Entschuldigung.

Sie warf mir einen bösen Blick zu und eilte von dannen.

Endlich verließ der Arzt das Krankenzimmer.

Keine Sekunde hielt ich es länger aus. Ich stürmte zu Helene hinein und fragte schroff: »Wenn es nicht Andy Garcia war, wer ist dann der Vater?«

Helene drehte den Kopf zur Seite und wich meinem Blick aus.

Ich setzte mich auf die Bettkante. »Helene, bitte. Wer …«

»Mein Vater.«

Was? *Was* hatte sie gesagt? Hatte ich mich verhört? Langsam drehten sich die Rädchen in meinem Kopf, klemmten, liefen weiter. Dann rasteten sie ein. Ich sprang auf. »Hubert?«

»Ja«, flüsterte Helene. Es war mehr ein Hauchen, doch es schnitt in meine Seele wie ein scharfes Schwert.

Diese Sau!

Er hatte sich an seiner eigenen Tochter vergangen. Mir wurde schlecht, und ich setzte mich. Meine Knie zitterten. Ich legte meine Hände darauf, damit sie nicht gegeneinanderschlugen.

»Es war am Tag, nachdem er meine Mutter die Treppe runtergeprügelt hatte«, begann Helene mit erstickter Stimme zu erzählen. »Er war die ganze Nacht weggeblieben, erst gegen Morgen, du warst gerade zur Arbeit gefahren, kam er besoffen auf den Hof gefahren und schimpfte. Dass Monika im Krankenhaus lag, passte ihm nicht. Wütend schrie er mich an, ich hätte den Notruf von dir verhindern müssen.«

Ich schnaufte verächtlich. »Dann wäre deine Mutter jetzt tot.«

»Ich weiß, doch ihm wäre das egal gewesen. Mario kam aus der Scheune zu uns. Seine Versuche, Hubert zu beruhigen, scheiterten, er geriet immer mehr in Rage. Mario zog sich dann rasch zurück und ließ mich allein mit ihm.«

»Typisch.«

»Ja. Ich versuchte, es Mario gleichzutun, und ging ins Haus. Doch mein Vater folgte mir, er ließ einfach nicht locker. Ich rannte in die Küche, öffnete eine Flasche Bier und hielt sie ihm hin. Er lachte nur und schlug sie mir aus der Hand. Er fing an, über dich herzuziehen. Seit du da wärest, sei ich nicht mehr die liebe nette Tochter. Mir riss der Geduldsfaden. Ich schrie ihn an, er solle mich in Ruhe lassen. Für einen Moment verstummte er tatsächlich. Widerworte von mir kannte er nicht, ich muss ihn überrascht haben. Ich dachte schon, er wäre wieder zur Vernunft gekommen. Doch dann grinste er, so richtig fies und widerlich. Ehe ich mich versah, packte er mich und stieß mich auf den Küchentisch. Dort hielt er mich mit einer Hand fest und öffnete seine Hose …« Helene stockte. Sie setzte neu an, doch es kam nur ein Krächzen aus ihrer Kehle. Schließlich gab sie heulend auf.

Bewegungsunfähig saß ich auf dem Bett. Meine Muskeln schienen mir nicht mehr gehorchen zu wollen. Hubert hatte sie vergewaltigt. Ich konnte es nicht fassen.

Helene räusperte sich. »Mein Vater … er meinte … hinterher … es wäre nur gerecht.«

In meinem Kopf summte es, mein Blick verengte sich. »Gerecht?«

»Ja. Er sagte, du hättest *seine* Fickmatte vorübergehend aus dem Verkehr gezogen. Es sei daher richtig, dass *deine* aushilft.«

»Er hat tatsächlich … *Fickmatte* gesagt?«

Helene nickte. Sie drehte endlich den Kopf und sah mich an. In ihren Augen registrierte ich einen unmenschlichen Zorn. »Er ist ein Tyrann, er kennt keine Grenzen mehr. Ich wünschte, er wäre tot.«

»War er es? Hat Hubert dich gestern erneut …« Meine Zunge fühlte sich an wie in Blei gegossen.

Helene schloss die Augen und nickte. »Es war noch schlimmer als beim ersten Mal. Brutaler … gemeiner … als wollte er mich nicht nur … *benutzen*, sondern absichtlich verletzen. Als würde mehr dahinterstecken.« Ihr Atem ging stockend.

»Wir verlassen den Hof«, entschied ich. »Wir brauchen deinen Vater nicht. Der Hof geht eh den Bach …«

»Nein.«

Entsetzt sah ich sie an. »Du willst immer noch … Helene, das kann doch nicht dein Ernst sein!« Ich musste mich anstrengen, sie nicht anzubrüllen.

»Meinem Vater entkommt man nicht so einfach. Falls ich den Hof verlasse oder die Polizei benachrichtigte, werden die anderen dafür büßen.«

»Das ist sicher nur eine leere Drohung. Noch schlimmer kann es doch gar nicht mehr werden.«

»Er könnte sie töten.«

»Hör auf. Er ist schlimm, ein Schwein, ein widerlicher Säufer. Aber ein Mord ist eine andere Hausnummer. So etwas …«

»Ewa.«

»Ewa?«, wiederholte ich überrascht. »Wer ist das nun schon wieder?«

»Eine Pflegerin, die hier bei uns auf dem Hof gelebt hat, als ich noch meinen Job im Krankenhaus hatte. Sie half meinem Großvater. Erich war bereits vor dem Schlaganfall auf Unterstützung angewiesen. Vier Jahre ist das jetzt her. Eine gebürtige Polin, ausgebildete Pflegekraft. Sie war kaum älter als ich, immer gut gelaunt, witzig und hübsch anzusehen. Zumindest in den ersten Wochen. Doch dann veränderte sie sich. Ihre gute Laune verschwand, und sie schlich betrübt über den Hof. Ich stellte sie zur Rede. Ewa blockte ab, und ich drängte sie dann auch nicht weiter. Ich vermutete total naiv, sie hätte sich unsterblich verliebt, und diese Liebe würde nicht erwidert. Dumm von mir, ich weiß, aber das war irgendwie eine romantische Vorstellung. Und ich konnte mir nicht im Traum ausmalen, dass mein Vater …« Sie schluckte hart. »Er war immer aufbrausend gewesen, und meine Mutter hat über die Jahre viel einstecken müssen. Aber auf so etwas kommt man doch nicht. So etwas passiert nicht in normalen Familien. Der eigene Vater ein … ein … Monster.«

»Dich trifft keine Schuld«, sagte ich, um sie zu beruhigen.

»Wirklich nicht? Wenn ich mit offenen Augen …«

»Ewa hatte es selbst in der Hand. Sie hätte zur Polizei gehen können.«

»Dazu hatte sie keine Gelegenheit mehr. Eines Morgens war sie fort.«

»Fort?« Skeptisch sah ich sie an. »Nach Polen zurück, oder wie meinst du das jetzt?«

»Das hat mein Vater jedem erzählt, der es hören wollte.«

»Aber?«

»Eines Morgens erschien ein Kommissar. Er erkundigte sich nach Ewa. Ihre Familie hatte eine Vermisstenanzeige aufgegeben, der er nachging. Ich konnte alles mit anhören, da ich beim Füttern der Schweine aushalf, kaum zwanzig Schritte entfernt. Mein Vater versicherte, nach ihrer Abreise nie wieder etwas von Ewa gehört zu haben. Dem Kommissar schien das zu genügen. Er verließ den Hof schneller wieder, als er gekommen war. Vermutlich war es für ihn nur eine lästige Aufgabe vor dem Feierabend. Mein Vater sah ihm nach, bis er vom Hof fuhr, dann kam er auf mich zu. Er grinste wie der Teufel persönlich. Bei mir angekommen zog er den Daumen über seinen Hals und zwinkerte mir verschwörerisch zu. Dabei murmelte er: ›Ich lasse mir von so einer kleinen Polenschlampe nicht drohen.‹«

»Dein Vater hat Ewa beseitigt?«

»Ja. Er hat sie ermordet, da bin ich mir sicher.« Erschöpft ließ sie sich in das Kissen zurückfallen. »Mein Vater schreckt vor nichts zurück. Er ist zu allem fähig. Davon bin ich felsenfest überzeugt.«

Ich konnte ihr nicht widersprechen. Nicht mehr.

»Lass mich jetzt nur ein wenig schlafen, Klaus, ja?«, murmelte sie müde. »Der Arzt hat mir vorhin … ein Beruhigungsmittel … es scheint jetzt zu wirken.«

Ich strich ihr die Haare aus dem Gesicht und drückte ihr

einen Kuss auf die Stirn. Sie war bereits eingeschlafen und schnarchte leise. Ihre Gesichtszüge waren entspannt. Sie hatte sich endlich alles von der Seele geredet.

Leise verließ ich das Zimmer. Auf dem Flur holte ich tief Luft. Ich fühlte mich wie ein Vulkan, der kurz vor dem Ausbruch stand.

Helene hatte sich einen toten Hubert gewünscht.

Jetzt war jede Zelle in mir bereit, meiner Frau den Wunsch zu erfüllen.

36

Als ich in Giesdorf hinter der kleinen Kirche rechts in den Nimsweg einbog, kam mir Ivan in seinem Dacia entgegen. Magoscha saß auf dem Beifahrersitz. Er hielt an und wartete darauf, dass ich es ihm gleichtat.

Ich kam neben ihm zum Stehen und ließ das Fenster runter. »Was ist los?«

»Wir sind weg.«

»Wann kommt ihr wieder?«

»Nix. Fahren zurück in Heimat.«

Magoscha beugte sich über ihren Mann und winkte mir. »Grüß Helene, ja, bitte?«

Ein Kloß bildete sich in meinem Hals. Die beiden hatten mir in schwierigen Zeiten zur Seite gestanden, das rechnete ich ihnen hoch an. Ich hatte sie ins Herz geschlossen. »Warum gerade jetzt?«

Ivans Gesicht verfinsterte sich. »Wollen nix mit Sache zu tun haben. Ist gemein.« Er legte den Gang ein. »Tut mir leid, Klaus, du bist netter Kerl. Ich mag dich und Helene. Aber musste geben Sergej ein Versprechen. Pass auf dich auf.« Er kuppelte ein und fuhr davon.

»Halt!«, rief ich ihnen hinterher. »Was für ein Versprechen?« Doch es nutzte nichts. Der Dacia bog auf die Hauptstraße ein und fuhr davon.

Ärgerlich ließ ich den Motor aufheulen. Immer diese Scheißversprechen. Als würde man damit immer und jederzeit ein Schweigen rechtfertigen können. Ich konnte es nicht mehr hören. Ich ahnte aber, um was es ging.

Bei meiner Ankunft auf dem Hof saß Erich in dem Rollstuhl vor der Tür.

Ich setzte mich neben ihn auf die Bank und schaute zur leeren Garage hinüber. Hubert war unterwegs.

»Ich bin dabei«, sagte ich.

Der Alte griff nach der Zigarette, die hinter seinem Ohr klemmte, und zündete sie mit einem Streichholz an. Seine Bewegungen wirkten geschmeidig. Er schien in diesen Tagen einen zweiten Frühling zu erleben. Irgendwie beruhigte mich das.

»Gut«, sagte Erich.

»Weiß Monika davon?«

»Selbstverständlich. Sie ist ebenfalls dabei.«

»Wann?«

»Heute Abend. Mario hat alles vorbereitet. Sergej wird uns helfen.«

»Sergej? Wieso? Ist das nicht ein Risiko?«

»Nein, für uns ist es ein Glücksfall. Sergej hat als Söldner im Kosovokrieg gekämpft. Der ist mit allen Wassern gewaschen. Und Mario und er sind dicke Freunde.«

Erich blies einen Rauchring in die Luft und erzählte mir Sergejs Erlebnisse. Mich schauderte bei dem Gedanken daran, was Sergej im Krieg durchgemacht hatte.

Erst jetzt fiel mir die Windstille auf. Kein Blatt rauschte im Wind, keine Böe pfiff um die Hausecken. Umso deutlicher hörte man die Flügelschläge der Schwalben, die über uns im Gebälk des Daches nisteten.

Die Welt schien den Atem anzuhalten.

»Wie gehen wir vor?«, fragte ich.

»Zwei werden Hubert festhalten, der Dritte wird ihn mit dem Bolzenschussapparat erledigen.«

»Wer bedient das Gerät? Sergej?«

»Nein. Er hat deutlich gemacht, dass es unsere Sache ist. Bisher sollte es Mario übernehmen. Ich gebe zu, dass ich Zweifel habe, ob er der Richtige ist. Eine Schwachstelle in dem Plan.«

»Wieso zweifelst du an ihm?«

»Als Kind hat Mario seinen Vater vergöttert, später hat er gekuscht. Wer weiß, ob er, wenn es hart auf hart kommt, Manns genug ist.«

»Dann mach ich es«, stieß ich aus. Hubert sollte nicht davonkommen, nicht mehr. Er sollte büßen.

»Gut, das hatte ich gehofft.« Er klopfte mir anerkennend

auf die Schulter. Er deutete mit der Zigarette zwischen seinen Fingern zum Misthaufen hinüber. »Dort wird es stattfinden. Sergej wird anschließend den Mist auf den Feldern verteilen. Es wird kein einziger Tropfen Blut oder auch nur ein Hautschüppchen mehr zu finden sein.« Der Alte klang selbstsicher, er war die Ruhe selbst.

»Und die Leiche?«

»Bekommen die Schweine. Die fressen alles.«

»Auch die Knochen?«

»Was übrig bleibt, wird vergraben. Aber glaub mir, das wird nicht viel sein. Sobald der Stall ausgemistet ist, werden auch dort die letzten Spuren verschwunden sein.«

Ich lehnte mich zurück und ließ mich von der Abendsonne wärmen. Jetzt, da mein Entschluss feststand, überkam mich eine innere Ruhe, wie ich sie schon seit Monaten nicht mehr erlebt hatte.

»Kannst du dich dann noch um den Mercedes kümmern?«, fragte Erich.

»Was muss ich tun?«

»Du fährst nach Köln und stellst ihn irgendwo in der Nähe vom Puff ab. Schön weit weg von hier, du verstehst schon. Das sollte eigentlich Mario erledigen. Aber der kann dann Sergej mit der Leiche helfen. Mit ein wenig Glück wird die Polizei die Kölner Unterwelt mit Huberts Verschwinden in Verbindung bringen.«

»Klar, mach ich. Du hast wirklich an alles gedacht.«

»Bedank dich bei Sergej, auf dessen Mist ist fast alles gewachsen. Der ist ganz schön ausgebufft.«

»Auch okay«, sagte ich und lehnte mich zurück. Es hörte sich nach einem ausgezeichneten Plan an, und nur das war wichtig.

37

Wir hatten uns in Erichs Wohnzimmer versammelt und lauschten in die Nacht hinaus. Das hintere Fenster erlaubte einen Blick auf die Straße.

Mario spähte durch ein Nachtfernglas. Bei jedem Auto, das sich Giesdorf näherte, hielten wir die Luft an und warteten gespannt auf Marios Reaktion. Die Spannung ließ nach, wenn Mario ein »Nein« murmelte. So ging es bereits seit drei Stunden.

»Was ist, wenn er nicht kommt?«, fragte ich. »Wäre ja nicht das erste Mal.«

»Dann treffen wir uns morgen wieder hier«, antwortete Erich. »So lange, bis es vorbei ist.«

»Dann bringe ich mir Bettzeug mit«, versuchte ich einen Scherz.

Niemand lachte.

Mario wirkte plötzlich hektisch. Er drehte am Dioptrinausgleich.

Ein Motorgeräusch näherte sich.

Ruckartig riss sich Mario das Glas von den Augen und legte es auf dem Tisch ab. »Es geht los.«

Mein Puls beschleunigte sich. Ich wischte meine schweißnassen Hände an meiner Jeans ab.

Wir gingen hinaus und nahmen unsere Plätze ein. Sergej, Mario und ich am Misthaufen, Monika mit Erich neben der Haustür. Der Mond schob sich über den Horizont und tauchte alles in ein nachtblaues Dämmerlicht.

Das Licht von Huberts Mercedes blendete mich kurz. Wenn er uns bemerkt hatte, ließ er sich nichts anmerken. Seelenruhig fuhr er an uns vorbei und parkte den Wagen in der Garage. Als er den Motor abgestellt hatte, hing eine gespenstische Ruhe in der Luft. Selbst aus dem Stall war nichts zu hören, fast so, als ahnten die Tiere, dass hier und heute ein Mord geschehen würde.

In meiner Hand lag das Bolzenschussgerät.

Hubert warf die Autotür zu. Es klang wie ein Schuss.

Ich zuckte zusammen. Das ganze Dorf musste davon erwacht sein.

Hubert ging unsicheren Schrittes über den Hof. Wenige Meter vor uns blieb er stehen. Er rülpste in die hohle Hand. »Was'n los?«, fragte er nuschelnd. »Versammlung der Nichtsnutze?« Lachend warf er den Kopf in den Nacken.

Fast geräuschlos stellten sich Mario und Sergej an Huberts Seite.

Bei Hubert schien durchzusickern, dass er sich in Gefahr befand. Sein Lachen erstarb. »Was wollt ihr Wichser von mir?«

Entschlossen packten Mario und Sergej zu und zerrten Hubert auf den Misthaufen. Mit einem gekonnten Tritt in die Kniekehlen schickte Sergej Hubert auf die Knie.

»He, seit ihr total bekloppt geworden?«, echauffierte sich Hubert und wehrte sich. Vielleicht wäre es ihm sogar gelungen, sich loszureißen, hätte er nicht zu tief ins Glas geschaut. So aber hatten Mario und Sergej wenig Mühe, ihn in Position zu halten.

»Lasst mich sofort los«, schrie Hubert.

Ich trat vor ihn und hob das Schussgerät. Im letzten Moment zögerte ich. Ich war dabei, einen Menschen zu töten. In der Realität, nicht in irgendwelchen Racheträumen. Was hatte ich zu Helene gesagt? Mord ist eine andere Hausnummer. Und so war es tatsächlich. Der Schweiß brach mir aus. Hektisch wischte ich mir mit dem Ärmel über die Augen.

»Nun mach schon«, rief Erich ungeduldig.

Sergej zischte etwas in seiner Sprache, das sich wie ein Fluch anhörte.

Wie in Zeitlupe grub sich ein verächtliches Lächeln in seine Huberts Mundwinkel. »Na, du Pisser? Haste die Hosen voll? Du bist und bleibst halt ein Schlappschwanz. Sei froh, dass ich dir ausgeholfen habe.«

Im Geiste sah ich Helene auf den Tisch liegen, hilflos, wehrlos, halb tot. Ich sah die Qualen in ihren Augen, die Verzweiflung. Spürte die Schmerzen, die sie gelitten haben musste. Die

Wut überrollte mich und schwemmte meine Gewissensbisse fort.

Wie irr kicherte Hubert drauflos. »Ausgerechnet der Schlappschwanz soll mich …«

Mein Arm schoss vor, ich drückte das Bolzenschussgerät auf seine Stirn und betätigte den Auslöser. Ein dumpfer Knall hallte durch die Nacht und wurde von den Gebäudewänden zurückgeworfen.

Für einen kurzen Augenblick flackerten Huberts Augen, dann entspannten sich all seine Muskeln, und der Kopf fiel nach vorne.

»Endlich, Gott sei Dank«, sagte Mario. »Ich fürchtete schon … ach, egal. Kümmer dich um den Benz.« Er fingerte den Autoschlüssel aus Huberts Hose und warf ihn mir zu. Dann riss er mit Sergejs Hilfe den Leichnam nach oben, und sie schleppten ihn in Richtung Stall.

Wie in Trance ließ ich das Bolzenschussgerät fallen und wandte mich zur Garage.

Ich hatte es tatsächlich getan.

Ich hatte einen Menschen ermordet.

38

»Nimm mal an, Hubert wäre in dieser Nacht tatsächlich nicht aufgetaucht«, sagte Lobowski nachdenklich. »Du wärst ins Bett gegangen, gefolgt von einem neuen Tag, und deine Wut wäre ein Stück weit verraucht. Hättest du dann noch abgedrückt?«

Schmelzer überlegte. »Schwer zu sagen.«

»Bedenke: Bereits in der Tatnacht hattest du gezögert.«

»Ist das denn wichtig?«

»Möglicherweise. Du hast rotgesehen. Die ganzen Rückschläge, mit dem Verlust des Hofes wäre auch euer Häuschen fort gewesen, Helenes Vergewaltigung. Da muss man ja durchdrehen. Und obwohl es so war, hattest du im entscheidenden Augenblick noch Skrupel. Du bist kein kaltblütiger Mörder, der hinterrücks seinen Schwiegervater um die Ecke bringt.« Er lächelte Schmelzer aufmunternd zu. »So ein Bild von dir sieht doch direkt freundlicher aus.«

»Und das soll mir helfen?«

»Nun, schaden tut es auf keinen Fall.« Lobowski beugte sich zu Schmelzer. »Dazu bin ich mir sicher: Hätten Sergej und die anderen den teuflischen Plan nicht längst ausgeheckt gehabt, wäre gar nichts passiert. Niemals hättest du als Einzelgänger Hubert ermordet.«

Schmelzer blickte zu Boden, als würde er dort etwas suchen. »Mag sein.«

»Ganz sicher sogar. Er wurde dir auf dem Tablett serviert, so sieht es aus.«

»Schmackhaft gemacht?«

»Ja.«

Schmelzer seufzte und richtete sich wieder auf. »Trotzdem habe *ich* Hubert ermordet. Ich hielt die Tatwaffe, ich habe den Abzug betätigt. Das habe ich bewusst getan, daran führt kein Weg vorbei. Ich möchte nicht, dass du den anderen die Schuld in die Schuhe schiebst.«

»Davon war keine Rede. Aber ein wenig …«

»Nein«, unterbrach ihn Schmelzer harsch. »Ich übernehme die volle Verantwortung für mein Handeln.«

»Das ist ehrenhaft, aber äußerst dumm. Mario und Sergej sind auf der Flucht und vermutlich schon über alle Berge. Wer weiß, ob sie jemals geschnappt werden. Erich ist tot, und Monika, nun ja, die scheint die kleinste Rolle in dem Spiel übernommen zu haben. Wir können sie damit kaum zusätzlich belasten. Das trifft auch auf Helene zu.«

»Trotzdem.«

»Es ist noch Zeit. Denk darüber nach, mehr verlange ich im Moment nicht.«

»Ja, gut, mach ich. Wenn du meinst …«, sagte Schmelzer leiernd.

In Lobowskis Ohren hörte sich das desinteressiert an. Er kannte das. Die Schuldgefühle setzten seinem Freund zu. So kurz nach der Tat wollte Schmelzer zunächst mal büßen und sich selbst bestrafen. Von einer Entlastung wollte er nichts wissen. Mit ein wenig Abstand jedoch, spätestens wenn der Prozess näher rückte, würde sich das ändern, da war er sich sicher. Fürs Erste reichte es, die zarte Hoffnung auf ein geringeres Strafmaß in Schmelzers Seele gepflanzt zu haben. Es würde mit der Zeit von selbst wachsen und gedeihen. Deswegen ging er nicht weiter darauf ein. »Wenn ich den Nachrichten glauben mag, hast du außerdem einem anderen Menschen das Leben gerettet.«

Über Schmelzers Gesicht huschte ein Lächeln. »Es war keine große Tat.«

»Egal, wie du es bezeichnest. Ich bin gespannt, erzähl weiter.«

39

»Handschuhe«, rief ich und schlug mir entgeistert die Hand vor die Stirn.

Mario und Sergej achteten nicht auf mich. Ungerührt schleiften sie Huberts Leichnam in den Stall.

Erich lachte. »Was willst du denn damit?«

»Fingerabdrücke?«

»Du hast dir den Wagen von Hubert früher hin und wieder geborgt. Schon vergessen? Ich kann das bezeugen.«

Damit hatte er ein Argument. Aber warum sollte ich mir Fragen der Polizei aufhalsen, wenn sie vermeidbar waren? Ich rannte in die Scheune. Mario fuhr seinen Käfer stets mit Handschuhen. Die schnappte ich mir vom Armaturenträger und streifte sie über. Das Leder schmiegte sich angenehm an meine Finger. Jetzt fühlte ich mich sicherer. Ich setzte mich in den Benz, wischte den Zündschlüssel mit dem Stoff meines T-Shirts ab und startete den Motor. Rückwärts fuhr ich aus der Garage und tuckerte los.

Während der Mercedes den Asphalt fraß, horchte ich in mein Inneres. Sollte ich über meine Tat nicht entsetzt sein? Stattdessen spürte ich jetzt, da es vollbracht war, ein Hochgefühl, das mich schwindelig machte. Ich hatte es Hubert gezeigt, ich hatte ihn büßen, ihm eine gerechte Strafe zukommen lassen.

Nur kurz rührte sich mein schlechtes Gewissen.

Es war Selbstjustiz gewesen. Auch wenn Hubert seine Strafe verdient hatte, hatten wir uns damit über Recht und Gesetz hinweggesetzt. Doch was wäre gewesen, hätten wir die Dinge nicht selbst in die Hand genommen? In den Nachrichten hörte man es doch fast tagtäglich: Die Gerichte urteilten zu milde. Wie viel hätte Hubert bekommen? Drei Jahre? Zwei Jahre? Egal, auf jeden Fall wäre die Strafe garantiert nicht angemessen gewesen. Nicht für das, was er mir, seiner Familie und insbesondere Helene angetan hatte.

Nein, so war es besser.

Ganz nebenbei konnten Mario und ich jetzt darauf hoffen, dass Andy Garcia und sein Boss Wort hielten und uns die horrenden Schulden erließen. So würde ein Neuanfang möglich werden. Vielleicht bestand ja tatsächlich die Möglichkeit, die Banken mit einem neuen Finanzplan zu überzeugen. Oder wenigstens in ein geregeltes Insolvenzverfahren zu gehen, mit dem man den Hof und damit auch mein und Helenes Haus gegebenenfalls retten konnte.

Unbehelligt erreichte ich die Kölner Innenstadt. Auf der Hornstraße ergatterte ich einen Parkplatz dreißig Meter vor dem Eingang des Eroscenters »Pascha«.

Ich zog den Zündschlüssel heraus und drückte die Tür auf.

In dem Moment hörte ich ein Martinshorn, Autoreifen quietschten, und die Straße wurde in ein bläuliches Licht getaucht. Ich knallte die Tür wieder zu und rutschte auf dem Sitz nach unten. Mein Puls raste.

Scheiße!

Wie waren die Bullen uns nur so schnell auf die Schliche gekommen? Und wie hatten sie mich hier ausfindig gemacht? Hatte mich jemand verraten? Erich? Monika? Garantiert Mario, der Dreckskerl. Ich hätte ihm nicht trauen sollen.

Für eine Flucht war es zu spät. Der Polizeiwagen schoss heran. Selbst wenn ich den Motor noch hätte starten können, mit dem alten Diesel hätte ich gegen einen hochgezüchteten Polizei-Passat keine Chance.

Es war vorbei.

Resigniert richtete ich mich auf.

Der Passat war jetzt auf gleicher Höhe. Aber anstatt eine Vollbremsung hinzulegen, rauschte er an mir vorbei und hielt vor dem Haupteingang des Eroscenters. Die beiden Polizisten sprangen heraus und rannten ins Gebäude.

Ein Lachen kollerte durch meine Kehle. Das Spektakel hatte nichts mit mir zu tun. Erleichtert verfluchte ich meine überspannten Nerven.

Ich wartete noch einen Moment ab, bis ich mir ziemlich sicher war, nicht beobachtet zu werden. Dann stieg ich aus, schloss den Wagen ab und schlug den Weg in Richtung

Hauptbahnhof ein. Auf der Inneren Kanalstraße warf ich den Zündschlüssel in einen Gully. Ich ertappte mich dabei, wie ich fröhlich summte, stockte und wunderte mich über meine Ausgelassenheit.

Aber was soll's, warum auch nicht?

Die Karre stand jetzt in Köln. Sollte die Polizei jemals Huberts Verschwinden nachgehen, würde sich ihr Hauptaugenmerk auf die Innenstadt richten. Alles war genau nach Plan verlaufen.

Summend setzte ich den Weg fort.

Ein glücklicher Moment.

Doch mein Hochgefühl sollte rasch vergehen.

***

Um kurz nach neun am nächsten Morgen stieg ich in Gerolstein aus dem Zug. Mario erwartete mich bereits. Gemeinsam fuhren wir zum Hof zurück.

Sergej stand auf eine Mistgabel gelehnt vor dem Stall. Ich hörte die Schweine zufrieden grunzen. Mir lief ein kalter Schauer über den Rücken, als ich daran dachte, welches Frühstück sie gerade vertilgten.

Erich wies auf den bereitstehenden Traktor mit angehängtem Streuer. »Alles dort hinauf und raus aufs Feld damit«, trug er uns auf.

Monika erschien mit Brötchen und Kaffee, der unsere Lebensgeister weckte. Mein Heißhunger ließ mich sogar den allgegenwärtigen Gestank vergessen, den der Misthaufen verströmte.

Nach dem Frühstück zogen wir unsere Gummistiefel an. Zu dritt verfrachteten wir den stinkenden Haufen auf den Streuer. Jeden verjauchten Strohhalm klaubten wir auf. Am Ende spritzten Mario und ich die Grube aus.

Ich kletterte die Leiter hoch und drückte stöhnend den Rücken durch. »Sollen wir den Stall auch direkt ausmisten?«, fragte ich Sergej.

Der schüttelte den Kopf. »Schweine nicht so weit. Nachher.«

Mario stieg in den Traktor und fuhr den Mist vom Hof. Erleichtert atmete ich durch. In einer Stunde würde alles über einen Hektar Land verstreut sein. Unvorstellbar, dass dann noch irgendjemand eine Spur von Huberts Blut finden könnte. Viel war es ohnehin nicht gewesen. Zumindest sah ich in meiner Erinnerung überhaupt kein Blut. Es war alles so schnell gegangen.

Sergej legte mir eine Hand auf die Schulter. »Ich sagen tschüss.«

Verwundert sah ich ihn an. »Wie? Du auch?«

»Ich muss.«

»In die Heimat?«

Er nickte. »Zu Ivan und Magoscha.«

Ich nahm seine Hand und drückte sie. »Ich werde dich vermissen. Vielen Dank. Für *alles*.«

Er lachte leise und beugte sich vor. »Nehme Knochen mit und vergrabe unterwegs, weit weg.«

»Und wir säubern heute Nachmittag den Stall?«

»Ja.«

»Perfekt«, sagte ich und ließ seine Hand los. Mich durchfuhr ein wohliges Gefühl.

Hubert würde uns nie mehr terrorisieren können.

***

Ich schlief zweieinhalb Stunden lang wie ein Toter. Kein Wunder nach den Anstrengungen und Belastungen der letzten Nacht. Geweckt wurde ich vom Wecker, den ich mir vorsorglich gestellt hatte.

Ich lümmelte noch einige Minuten unter der Bettdecke. Dabei fiel mir mein Handwerksbetrieb wieder ein. Jetzt konnte ich der Sache wieder nachgehen, es gab eine Perspektive. Ich griff mir mein Handy und scrollte durch die Termine. Gleich morgen würde ich die anrufen, die ich gestern und heute verprellt hatte, um mich zu entschuldigen. Mein Geselle würde sich auch wundern, wo ich abgeblieben war. Für ihn musste ich mir eine glaubwürdige Geschichte einfallen lassen. Nur gut, dass er zuverlässig war. So konnte ich ihn allein laufen lassen. Seine Aufgaben hatte er garantiert zur Zufriedenheit aller erledigt. Ich schwang mich aus dem Bett.

Kurz telefonierte ich mit Helene. Sie hatte schon alles von Monika erfahren und war sehr gefasst. Körperlich ging es ihr besser, sie konnte bereits wieder aufstehen. Ich versprach vorbeizukommen, sobald wir alle Spuren beseitigt hätten, und legte auf.

Mario erwartete mich im Stall. Es stank fürchterlich nach Ammoniak und Fäkalien. Ich hielt mir die Hand vor den Mund und unterdrückte ein Würgen.

»Wirst dich bald daran gewöhnen. Du fängst vorne an.« Er deutete auf eine bereitstehende Schubkarre. Eine Mistgabel lag obenauf. »Ich lege hinten los. Ab damit auf den Streuer.«

Ich hielt ihn am Arm zurück. »Und?«, fragte ich.

»Keine Sorge, es ist alles weg. Sergej hat den Rest mitgenommen. Du wirst also keinem Auge oder so mehr begegnen. Wenn überhaupt, findest du vielleicht noch ein paar unverdaute Zähne in der Scheiße der Schweine.« Mario lachte lauthals los.

Drei Stunden lang schufteten wir. Die Sonne stand bereits tief über dem Horizont, als Mario mit dem Traktor aufs Feld fuhr. Ich setzte mich zu Erich, Monika holte mir eine Flasche Bier. Bei jedem Schritt schien sie auf Wolken zu schweben.

Ich setzte an und trank einen großen Schluck. Das Bier kühlte angenehm meine trockene Kehle. »Und wie geht es jetzt weiter?«, fragte ich.

Erich klopfte sich eine Zigarette aus der Packung. »Nächste Woche wird Monika zur Polizei gehen und Hubert als vermisst melden.«

Mir rutschte das Herz in die Hose. »Ist das schlau? Ich meine, wir sollten lieber niemanden mit der Nase darauf stoßen.«

»Es wäre ein riesiger Fehler, es nicht zu tun. Wir *müssen* uns Sorgen um Hubert machen. Ansonsten sind wir doch sofort verdächtig.«

Ich dachte darüber nach. Ja, er hatte recht.

»Ein paar Tage abzuwarten, schadet nicht«, erklärte Erich und klemmte die Zigarette hinters Ohr. »Jeder im Dorf weiß, dass Hubert hin und wieder eine Weile fortbleibt. Das kann jeder bezeugen. Daher müssen wir nicht morgen oder übermorgen schon losziehen.«

Auch das leuchtete ein. Übertriebene Sorge wäre ebenso verdächtig. Ich sah Monika an. »Bekommst du das hin?«

Sie lächelte verschmitzt. »Ich habe jahrelang die glückliche Ehefrau gespielt. Da werde ich diese Kleinigkeit auch noch hinkriegen.«

Sie klang bestimmt und selbstsicher. Das beruhigte mich. Sie würde es schaffen, das spürte ich. Von mir selbst war ich da nicht so überzeugt. Aber für den Augenblick konnte ich meine Selbstzweifel verdrängen. Mir blieb ja noch Zeit.

Erich tätschelte mir die Hand. »Du bist stärker, als du denkst. Mit ein wenig Glück wird ohnehin kein Hahn danach krähen.«

»Wieso?«, fragte ich.

»Bei Erwachsenen wird meistens erst dann gefahndet, wenn ein Verdacht auf eine Straftat vorliegt. Oder wenn die gesuchte Person verwirrt ist. Schließlich kann sich in Deutschland jeder aufhalten, wo er will. Niemand ist dazu verpflichtet, seinen Aufenthaltsort einem Angehörigen preiszugeben.«

Das hörte sich zu gut an, um wahr zu sein. »Woher weißt du das?«

»Internet.«

Ich verschluckte mich an dem Bier. »Du? Im weltweiten Netz?«

Erich grinste frech. »Irgendwie muss ich meine Zeit ja totschlagen.« Er sah auf die Uhr. »Hat Mario dir Bescheid gegeben?«

»Was meinst du?«

»Er hat für zehn Uhr diesen schmierigen Typen einbestellt, den, der uns erpresst, den Lakai von dem Geldhai.«

Er sprach von Andy Garcia.

»Hätte das nicht bis morgen Zeit gehabt?« Ich gähnte. Eigentlich wollte ich nur noch duschen, kurz mit Helene telefonieren und dann wieder ins Bett.

Erich fummelte eine weitere Zigarette aus der Packung. Als er sie hinter sein Ohr stecken wollte, stutzte er. Es schien ihn zu überraschen, dass dort bereits eine Zigarette klemmte. »Je eher, desto besser. Ich will, dass hier auf dem Hof wieder ein normales Leben einkehrt. Wir schaffen so schnell wie möglich die Voraussetzungen dafür. Es wird ohnehin noch schwer genug.«

Er ließ offen, ob er die finanzielle Bürde meinte, die auf dem Hof lastete, oder die Auseinandersetzung mit den Ermittlungsbeamten, falls diese auftauchen sollten.

»Ich bereite das Abendessen vor«, sagte Monika und ließ uns allein.

»Sie ist tapfer«, sagte ich.

Erich nickte und zündete sich eine Zigarette an. Genüsslich inhalierte er. »Ah, jetzt schmeckt das Dreckszeug auch wieder.«

Ich verstand, was er meinte, und schlürfte an meinem Bier, das heute besonders würzig roch. Zum ersten Mal seit Wochen entspannte ich mich und beschloss, das Duschen zu verschieben.

Eine Stunde später setzte sich Mario zu uns. »Das war's«, sagte er.

Monika reichte jedem einen Teller mit Schnittchen. Ich gönnte mir mein viertes Stubbi.

Gegen neun Uhr wurde es schattig. Wir setzten uns in Erichs Küche und warteten gemeinsam auf Andy Garcia. Inzwischen fieberte ich darauf, ihm die Neuigkeit mitzuteilen. Der würde Augen machen. Das hatten er und sein Chef uns bestimmt nicht zugetraut.

Pünktlich rollte er mit einem BMW auf den Hof.

Nach einem kurzen Hallo kam Mario zur Sache. »So, Auftrag ausgeführt«, sagte er mit vor Stolz geschwellter Brust.

Andy Garcia, der neben mir auf der Bank saß, hob die Augenbrauen. »Sag bloß, Hubert ist tot?«

»Mausetot«, bekräftigte Erich.

Andy Garcia sah von einem zum andern. »Gut«, sagte er. »Mein Boss steht zu seinem Wort. Damit wäre die Angelegenheit erledigt.«

Vor Freude wäre ich am liebsten aufgesprungen. Ich konnte neu durchstarten.

»Darauf einen Schabau«, rief Erich und wendete seinen Rollstuhl in Richtung Kühlschrank.

Andy Garcia hob die Hand. »Stopp!«

Was war jetzt los?

»Wo ist Hubert?«

»Verdaut«, sagte ich wie automatisch.

Mario prustete los. »Genau. Verdaut und verstreut.«

»Soll heißen?«

Erich berichtete Andy Garcia von der Beseitigung des Leichnams. Als er geendet hatte, sagte der: »Respekt. Wir haben dadurch nur leider ein Problem.«

Mein Magen krampfte sich zusammen. Ein Problem? Wir hatten das *Problem* doch gerade beseitigt! Worauf spielte er an?

»Ich brauche einen Beweis«, sagte Andy Garcia.

Mein Blut rauschte in den Ohren. Scheiße, daran hatten wir nicht gedacht. Wir hatten einen Fehler gemacht. »Ich habe ihn eigenhändig erledigt«, krächzte ich und hob zwei Finger. »Versprochen. Ich schwöre auf alles, was mir heilig ist.«

»Das reicht mir aber nicht.«

Mario schien Andy Garcias Forderung komplett kaltzulassen. Woher nahm er nur die Ruhe? Frech grinste er, zog etwas aus der Hosentasche und legte es auf dem Tisch ab. Der daumengroße Gegenstand war mit einem Taschentuch umwickelt. Er deutete darauf. »Nur zu«, forderte er Andy Garcia auf.

Mit spitzen Fingern packte der einen Zipfel des Taschentuchs und zog daran. Drehend wickelte sich der Gegenstand aus und landete klackernd auf der Tischoberfläche.

Ich staunte nicht schlecht.

»Das ist die Zahnprothese meines Vaters. Eine Brücke mit drei Backenzähnen, ohne die er niemals aus dem Haus ging.« Mario zückte sein Handy und wischte auf dem Display herum. »Und hier ist außerdem noch ein Beweisfoto.« Er schob sein Handy über den Tisch und lächelte triumphierend.

Innerlich jubelte ich auf.

Genial!

Sergej hatte daran gedacht, der Fuchs. Mario hatte tatsächlich Beweise zur Hand.

Andy Garcia nahm das Handy und betrachtete das Bild. Ich warf ebenfalls einen Blick darauf. Hubert lag bäuchlings in einem Koben, von Schweinen umringt.

»Ist das alles?«, fragte er.

»Was denn noch?«, fuhr ich auf. »Hubert ist tot, und wenn Sie uns nicht glauben wollen, haben Sie jetzt die Beweise auf dem Tisch liegen.«

Andy Garcia schnitt eine missmutige Grimasse. »Ich muss das mit dem Boss besprechen.« Er stand auf. »Aber ich fürchte, es wird ihm nicht reichen. Seht besser zu, wie ihr an Geld kommt.«

Mario sprang auf. Sein Stuhl kippte um und polterte über die Dielen. »Wir haben getan, was er von uns verlangt hat«, schrie er. Seine Halsschlagadern traten hervor. »Wir werden nicht einen Cent zahlen. Niemals!«

Ungerührt kratzte sich Andy Garcia am Ohr. »Ist das so etwas wie ein Versprechen?«

»Darauf können Sie Gift nehmen«, sagte Mario. »Keinen Cent. Geschäft ist Geschäft.«

Ein spitzbübisches Lächeln grub sich in Andy Garcias Mundwinkel. »Nun, wenn das so ist, weiß ich ja jetzt Bescheid.« Er drehte sich um und verließ die Küche.

Niedergeschlagen stützte ich den Kopf in meine Hände, hörte den BMW davonfahren.

Das konnte doch alles nicht wahr sein.

40

Mit Schnaps hatten wir unseren Frust runtergespült.

Verkatert saß ich am nächsten Morgen am Schreibtisch und malte unschlüssig Kringel um die Telefonnummern, die ich eigentlich wählen sollte. Auf der Mailbox meines Handys stapelten sich die Anrufe erboster Kunden.

Sollte ich weitermachen, als wäre nichts geschehen? Erich und Mario hatten mir gut zugeredet. Ihrer Meinung nach wäre es zu auffällig, ließe ich mich jetzt hängen. Es würde nur unnötige Aufmerksamkeit erregen.

Die Minuten flossen dahin, und ich wurde immer rappeliger. Eine Entscheidung fiel mir schwer. Auf einmal bemerkte ich den Kringel, den ich gedankenverloren gemalt hatte. Die Form erinnerte mich an …

Mein Puls beschleunigte sich.

Das war die Lösung.

Ich stand auf und rannte in den Stall.

Mario stand in einem Blaumann gekleidet an einem der Koben und sah den Schweinen beim Fressen zu.

»Mario, ich weiß, was wir tun müssen«, rief ich ihm entgegen.

Er richtete seine rot geränderten Augen auf mich. Vermutlich hatte er mit Erich noch eine weitere Flasche geleert, nachdem ich mich bereits zurückgezogen hatte. »So?«

Ich stellte mich an seine Seite und streichelte einem neugierigen Schwein, das seine Steckdosennase weit nach oben richtete, über den Kopf. »Du musst Sergej anrufen. Er weiß, wo die restlichen Knochen sind. Die graben wir wieder aus.«

Marios Reaktion enttäuschte mich. Anstatt alles stehen und liegen zu lassen, um Sergej anzurufen, lehnte er sich auf das Tor des Kobens. »Darüber habe ich mit Erich schon gesprochen. Was sagen schon ein paar Knochen? Genau so viel oder wenig wie die Zähne. Und ich glaube kaum, dass Andy Garcia die DNA prüfen lässt.«

Daran hatte ich auch schon gedacht. »Mag sein. Aber niemand hat einfach so menschliche Knochen zur Hand, oder?«

Mario winkte ab. »Er wird uns vorwerfen, sie auf einem Friedhof ausgegraben zu haben.«

»Es ist immerhin eine Chance«, beharrte ich.

Energisch schüttelte er den Kopf. »Das ist nichts. Verrenn dich nicht, es bringt uns nicht weiter.« Er hieb mit der Faust auf das Tor.

Verschreckt rannten die Schweine in die hinterste Ecke.

»Ich bin es leid«, sagte Mario. »Wir müssen standhaft bleiben und den Andy Garcias dieser Welt klarmachen, dass wir nicht für die Schulden meines Vaters einstehen werden. Sollen sie ihn doch suchen. Sie werden rasch feststellen, dass er vom Erdboden verschwunden ist, und uns dann hoffentlich glauben.« Er drehte sich um und packte die Griffe der Schubkarre. »Ich muss jetzt weitermachen.« Ohne mich weiter zu beachten, schob er die Karre zum nächsten Koben.

Ich verließ den Stall. Auf dem Hof stellte ich mich in die Morgensonne und atmete durch. Am Horizont zogen Regenwolken auf.

Wenigstens tröstete es, mich an Hubert gerächt zu haben. Das fühlte sich immer noch gut an. Ich ging ins Haus und versuchte, Helene zu erreichen. Doch sie meldete sich nicht. Bestimmt wurde sie gerade untersucht. Kurzerhand beschloss ich, ins Krankenhaus zu fahren und mein vibrierendes Handy in der Hosentasche zu ignorieren. Die Kunden konnten ja weiterhin die Mailbox zum Frustabbau benutzen.

Ich schwang mich also in meinen Wagen und fuhr nach Bitburg.

Im Krankenhaus ging ich auf direktem Weg in Helenes Zimmer. Die Tür stand offen.

Eine Krankenschwester rangierte mit einem frisch bezogenen Bett, über dem sich eine durchsichtige Schutzfolie spannte.

Irritiert sah ich mich um. »Ist meine Frau in ein anderes Zimmer verlegt worden?«

Die Krankenschwester trat eine Bremse fest. »Name?«

»Schmelzer. Helene Schmelzer.«

»Die ist vor gut einer Stunde gegangen. Auf eigene Gefahr. Sehr unvernünftig, wenn Sie mich fragen.«

»Gegangen?«, echote ich. »Wohin?«

Die Krankenschwester sah mich mitfühlend an. »Sie sind der Ehemann?«

»Ja.«

»Verstehe.«

»Was verstehen Sie?«

»Warum Sie nicht Bescheid wissen. Nun ja … Ihre Frau ist von ihrem Freund abgeholt worden.«

»Was … wie sah der aus?« Die Angst schnürte mir die Kehle zu.

Sie wirkte plötzlich entzückt. »Och, ganz nett. Schlank, elegant gekleidet, mit Anzug und schickem Mantel. Und höflich war er. Er hat sich sogar vorgestellt.« Sie runzelte die Stirn. »Moment, ich hab's gleich. Irgendwie italienisch.«

»Andy Garcia?«

Sie deutete mit dem Zeigefinger auf mich und lachte. »Ja, richtig, der ist es. Sie kennen den Mann?«

Ich ließ sie stehen und rannte den Flur entlang. Im Laufen hörte ich meine Mailbox ab. Am Wagen angekommen, vernahm ich endlich seine Stimme und nicht wieder eine der zahlreichen Kundenbeschwerden. Er hatte mir eine Telefonnummer auf die Box gesprochen. Mit zittrigen Fingern tippte ich sie ein. Andy Garcia meldete sich fast augenblicklich. »Wo ist Helene?«, schrie ich in das Gerät.

Er lachte. »Der geht es gut. Die Frage ist nur, ob das so bleibt.«

»Lassen Sie sie sofort frei. Sie hat nichts damit zu tun.«

»Das sehe ich anders. Mario hat gestern gesagt, dass er keinen Cent mehr zahlen will. Da muss ich halt zu anderen Mitteln greifen. Selbst schuld.«

Meine Wut wich der Sorge um Helene. »Hören Sie …«

Mit eisiger Stimme unterbrach er mich. »Nein, nicht ich, sondern du hörst mir jetzt zu. Mein Boss will das Geld. Seine Geduld ist am Ende.«

»Aber wir haben Hubert erledigt.« Ich hörte mich jämmerlich an und ärgerte mich darüber. »Ich selbst habe …«

»Rhabarber, Rhabarber. Mein Chef will die Leiche sehen.«

»Das geht nicht mehr. Es war … wir haben … es ist perfekt gelaufen. Keine Spuren.«

»Das reicht nicht.«

»Ich habe aber kein Geld«, schrie ich verzweifelt. »Verstehen Sie das doch endlich. Ich lebe von der Hand in den Mund, ich habe kein Cash.«

Höhnisch lachte er. »Wenn du wüsstest, wie oft ich das schon gehört habe. Am Ende findet man doch noch den Notgroschen unter der Matratze. Wenn dir deine Frau lieb und teuer ist, solltest du dort mal nachsehen. Heute Abend um zehn bei euch. Und macht mir keine Faxen von wegen Polizei. Die darf in unserem Spiel nicht vorkommen, sonst wirst du deine Frau nicht wiedersehen.«

Es klackte in der Leitung, und das Besetztzeichen erklang. Er hatte aufgelegt.

***

Mit seinen gichtigen Fingern rieb Erich sich das Kinn und überlegte.

Ich trommelte nervös mit den Fingern auf den Tisch. Nach dem Anruf war ich sofort zum Hof gefahren, hatte Mario und Erich in der Küche des Alten zusammengetrommelt und berichtet, was vorgefallen war.

»Verdammte Scheiße«, knurrte Mario. »Hat er gesagt, ob er Helene mitbringt?«

Ich schüttelte den Kopf.

»Wenn er schlau ist«, sagte Erich, »kommt er allein.«

»Da bin ich anderer Meinung«, sagte Mario. »Er wird sie mitbringen.«

»Wieso bist du dir da so sicher?«, fragte ich erstaunt.

»Warum sollte er es riskieren, Helene einzusperren? Sie könnte randalieren oder sich anderen Unfug ausdenken. Vielleicht gelingt ihr sogar die Flucht. Und ruck, zuck hat er eine Entführung am Hals. Nee, er wird sie mitbringen, davon bin ich überzeugt.«

Gleichgültig zuckte ich mit den Schultern. Ob Helene mit im Wagen saß oder nicht, war zweitrangig. Warum machte sich Mario darüber Gedanken? Es gab Wichtigeres. Wir mussten Geld auftreiben, und das innerhalb der wenigen verbleibenden Stunden. Alles andere würde sich anschließend von selbst lösen.

Mario stand auf und befüllte die Kaffeemaschine. »Geld haben wir nicht mehr, das steht fest.«

Ich straffte mich. »Willst du deine Schwester im Stich lassen?« Hilfesuchend sah ich zu Erich. »Können wir nicht jemanden anpumpen? Ihr habt doch Freunde. Was ist mit dem Rest der Familie?«

Der Alte sah mich aus traurigen Augen an. »Wenn es so einfach wäre. Die wissen doch Bescheid, keinen müden Cent würden die uns geben. Die haben viel zu viel Angst, es nicht wiederzusehen. Kann ich sogar verstehen. Es ist aussichtslos.«

Die Furcht stieß spitze, scharfe Fingernägel in meine Eingeweide. Ich ging alle Verwandten und Freunde durch, die ich hatte. Wen könnte ich um Geld bitten? Es waren einige dabei, die mir bestimmt mit ein paar Tausendern aushelfen würden, allen voran meine Eltern. Doch bei der Summe, die hier im Raum stand, würde das nur einen Tropfen auf den heißen Stein bedeuten. Erich hatte recht: Es war aussichtslos.

Die Erkenntnis lastete auf mir und drückte mir die Luft ab. »Aber Helene«, keuchte ich.

Erich schob sich näher an den Tisch. »Ja, Helene, wir müssen ihr beistehen. Pass auf, wir machen es folgendermaßen: Du empfängst diesen schmierigen Typ, und wir erledigen den Rest.« Er blickte zu Mario hinüber.

»Geht klar«, brummte der.

Die Kaffeemaschine röchelte. In der Luft hing ein aromatischer Duft.

Erich wandte sich wieder an mich. »Erzähl dem irgendetwas, irgendeinen Mist, Hauptsache, er konzentriert sich voll und ganz auf dich. Verstanden?«

»Was habt ihr vor?«, fragte ich mit belegter Stimme, obwohl ich es schon ahnte.

»Helene retten«, sagte Mario.

»Aber wenn sie nicht im Wagen …«

Erich unterbrach mich. »Wir werden den Spieß umdrehen und diesen Andy Garcia mal unseren hungrigen Schweinchen vorstellen.« Er kicherte boshaft. »Dann wird er uns nicht nur endlich glauben, er wird auch singen wie eine Lerche.«

Mario schüttete allen Kaffee ein und verteilte die Tassen. »Aber vielleicht ist das auch gar nicht nötig. Wie gesagt, ich denke, Helene wird im Wagen sitzen. Sobald sie auf freien Fuß ist, werden wir versuchen, eine Lösung zu finden.«

»Und warum machen wir das nicht sofort?«, fragte ich.

»Willst du denen tatsächlich Helene als Pfand überlassen?«, fragte mich Erich. »Oder als Druckmittel? Wir hätten automatisch die schlechteren Karten. Nein, wir müssen denen zeigen, dass mit uns nicht zu spaßen ist.«

Mario rührte sich Zucker in den Kaffee. »Andy Garcia hat Helene gekidnappt. Sollte er mit dieser Methode Erfolg haben, wird er sie weiter anwenden. Wir *müssen* uns wehren.«

Zögerlich nickte ich. Ja, was Mario sagte, ließ sich nicht von der Hand weisen. Trotzdem war ich nicht überzeugt. »Wir sollten die Polizei einschalten. Das hier wächst uns über den Kopf.«

»Bist du bescheuert?«, fuhr mich Mario an und knallte seinen Löffel auf den Tisch. »Das wäre Helenes Todesurteil. Bevor irgendein Polizist auch nur in die Nähe von Andy Garcia kommt, hat Helene eine Kugel im Kopf. Und sollte sie nicht in seinem Wagen sitzen, wird es ein Komplize erledigen.«

»Außerdem wird Andy Garcia nach spätestens vierundzwanzig Stunden wieder raus sein und dir eine Lektion erteilen, da kannst du Gift drauf nehmen«, ergänzte Erich.

Verzweifelt vergrub ich meine Hände in den Haaren. »Aber wir können ihn doch nicht ewig festhalten. Was ist, wenn er uns Helenes Aufenthaltsort nicht verrät? Dann sind wir genauso schlau wie vorher.«

Mario ließ sich nicht aus der Ruhe bringen. »Dann bringe ich ihn eigenhändig um.«

Ich wusste nicht mehr, was falsch oder richtig war. Die Furcht um Helene lähmte mein rationales Denkvermögen. Ich war unversehens in eine Welt geschlittert, die fernab meiner geistigen Vorstellungsmöglichkeit lag. Es gab keine Automatismen, mit denen ich die Situation klären, keine Erfahrungen, auf die ich zurückgreifen konnte.

Dagegen schienen Mario und Erich genau zu wissen, was zu tun war. Mit entschlossenen Mienen saßen sie vor mir und erweckten nicht den Anschein eines Zweifels.

In meiner Ratlosigkeit beschloss ich, ihnen zu vertrauen. »Also gut«, sagte ich und fühlte mich dabei, als hätte ich Helenes Todesurteil unterschrieben.

41

Wir informierten Monika. Tränen schimmerten in ihren Augen, als sie ihre Hilfe zusagte.

Gegen sechs Uhr am Abend zog ich mich zurück. Ich saß auf einem Stuhl in der Küche und starrte vor mich hin, unfähig, einen klaren Gedanken zu fassen.

Als es an der Zeit war, hörte ich das Blubbern des Porschemotors. Das Licht der Scheinwerfer huschte über die Wände der Küche und erlosch mit dem Absterben des Motors. Wie mechanisch stand ich auf und ging hinaus.

Andy Garcia, wie immer ganz in Schwarz gekleidet, saß halb auf dem Kotflügel seines Porsches. Mit dem langen Mantel sah er in dieser mondlosen Nacht aus wie Graf Dracula persönlich. Ein Käuzchen schrie, und ich hörte die Schweine hungrig grunzen. Ich wusste, dass Erich hinter dem Wohnzimmerfenster hockte und seine alte Jagdflinte im Anschlag hielt. Monika wartete im Stall auf uns.

»Wo ist die Kohle?«, fragte Andy Garcia barsch. Er drückte sich vom Blech ab und baute sich vor mir auf.

Ob Helene in dem Wagen saß? Ich schaute an ihm vorbei. Doch es war zu dunkel, um etwas erkennen zu können. Mir klebte die Zunge am Gaumen. Ich musste einige Male schlucken, damit ich Wörter formen konnte. »Sie müssen wir noch etwas Zeit geben. Sehen Sie …«

»Ich sehe leider gar nichts«, sagte er. »Ich dachte, ich hätte mich klar ausgedrückt. Du spielst mit dem Feuer.«

Ich bemerkte einen Schatten hinter seinem Rücken. Krampfhaft zwang ich mich, nicht dorthin zu starren. Ich musste ihn ablenken. »Wo ist meine Frau?«

»Was glaubst du?«

»Sitzt sie im Wagen?«

Er seufzte. »Okay, ich bin ja kein Unmensch. Erfülle meine Forderung, dann kannst du sie gleich in die Arme schließen.«

Mein Herz machte einen Sprung. Mario hatte recht behalten. Wie magnetisch angezogen setzte ich mich in Richtung Porsche in Bewegung.

Andy Garcia hielt mich an der Schulter zurück. »Halt, halt, so haben wir nicht gewettet.«

Stumm schalt ich mich wegen meines Fehlers. Hätte er sich umgedreht, wäre Mario ins offene Messer gerannt. Ich sah seinen Schatten hinter dem Heck des Porsches.

Ich senkte den Kopf. »Geben Sie mir ein paar Tage. Bitte. Ich werde alles auftreiben. Meine Eltern werden mir helfen, ganz bestimmt sogar. Nur bitte lassen Sie meine Frau aus dem Spiel. Sie muss zurück ins Krankenhaus.«

»Es geht ihr gut.«

Kaum vernehmlich hörte ich Marios Schritte knirschen. Jetzt musste ich alles geben. Ich ließ mich auf die Knie fallen und ergriff Andy Garcias Hand. »Ich flehe Sie an. Geben Sie Helene frei.«

Angewidert trat er einen Schritt zurück. Mario tauchte hinter ihm auf, mit erhobenem Arm, und schlug zu. Das Brecheisen traf den Schädelknochen, rutschte seitlich ab und krachte auf die Schulter. Etwas knackte wie ein trockener Ast, auf den man tritt. Andy Garcia verdrehte die Augen, schwankte einige Sekunden und sackte dann in sich zusammen. Ich fing ihn mehr oder weniger auf, legte ihn unsanft auf den Boden und rannte zum Porsche, wo ich die Beifahrertür aufriss.

Helene saß heulend auf dem Sitz. Erleichtert fasste ich ihren Kopf und überschüttete sie mit Küssen. »Alles in Ordnung?«

»Ja.«

Ich half ihr aus dem Wagen. »Du hast alles gesehen?«

Sie nickte stumm.

»Es musste sein.«

»Ist es jetzt vorbei?«

»Versprochen.« Eine Lüge. Ich wusste nicht, was noch kommen würde. Doch wollte ich Helene nicht beunruhigen. Ich schob sie in Richtung Wohnung. »Warte drinnen auf uns.«

Sie nickte. Die Hände auf den Unterleib gepresst schlich sie davon. Sobald das hier vorbei war, würde ich wieder mit ihr ins Krankenhaus fahren.

Mario mühte sich derweil mit Andy Garcia ab. Er hatte die Arme gepackt und schleifte ihn rückwärts gehend in Richtung Stall. »Fass mal mit an«, forderte er mich auf.

Zusammen schleppten wir Andy Garcia in den Schlachtraum. Das kalte Licht der Neonröhren schmerzte in meinen Augen. Im Zugang zum Stall tauchte Monika auf. Sie lehnte sich an einen der Edelstahltische.

»Was machen wir jetzt mit ihm?«, fragte ich.

Mario streifte sich Latexhandschuhe über und kniete sich neben Andy Garcia. Er zog die Pistole aus dem Holster und legte sie auf die Arbeitsplatte. Am Lauf war ein Schalldämpfer angeschraubt. Den Schlüssel für den Porsche steckte er in seine Hosentasche.

»Wir werden ihm ein wenig Angst einjagen. Ich will endlich mit seinem Boss persönlich reden. Dafür brauchen wir eine Adresse. Oder zumindest eine Telefonnummer.«

»Was soll das bringen?«

»Vielleicht finden wir dann eine Lösung.«

»Das ist doch hirnrissig«, fuhr ich auf. »Es gibt keine Kompromisse mehr.«

Mario stand auf und sah mich an. »Hast du eine bessere Idee? Es ist zumindest ein Strohhalm.«

Ich wies in den Schweinestall. »Wir könnten suchen. Vielleicht finden wir noch etwas von Hubert, das wir dem Mann präsentieren können.«

»Zwecklos. Alles ist weg. Das weißt du doch«, sagte Mario. Er nahm die bereitliegenden Rappbänder zur Hand und fing an, Andy Garcia zu fesseln.

Eigentlich war es mir auch egal, was er trieb. Die ganze Zeit hatte ich nur Helene unbeschadet zurückhaben wollen. Und das war uns gelungen. Was darüber hinaus geschah, dazu hatte ich mir keine Gedanken gemacht. Mario offensichtlich schon. Ich war zu müde, um ihn aufzuhalten. Ich wollte Helene in die Arme schließen und nie wieder loslassen.

Erich rollte herein. Zufrieden sah er zu Boden. »Bestens«, sagte er und lachte.

»Den Rest schafft ihr bestimmt ohne mich«, murmelte ich.

Es zog mich zu Helene. Sollten die drei sich doch an Andy Garcia austoben. Eine kleine Abreibung hatte er verdient.

Ich trat aus dem Schlachtraum.

In dem Moment blendeten mich Scheinwerfer.

Meine Gedanken drehten sich wie ein Hamsterrad. Aus dem silbrigen Passat stieg ein Mann und schaute sich interessiert um.

Verdammt.

Warum hatte Erich auch die Hofbeleuchtung einschalten müssen? Im ersten Augenblick erkannte ich den Mann nicht, dann fiel bei mir der Groschen. Mein Herz rutschte drei Etagen tiefer und schlug dort mit einer Frequenz nahe einem Herzkammerflimmern.

»Wer ist das?«, flüsterte Mario, der hinter mich getreten war.

»Der Kommissar, der mich zu Helenes Vergewaltigung befragt hat.«

»Scheiße«, presste Erich etwas weiter hinten hervor. »Was will der denn hier?«

»Wenn ich das nur wüsste.« Ging es um Hubert? Ich hielt es nicht für ausgeschlossen, dass der Geldhai der Polizei einen Tipp gegeben hatte.

»Guten Abend«, rief der Kommissar mir zu.

Hinter mir hörte ich Mario wispern: »Sieh zu, dass er abhaut.« Eine Spur von Panik schwang in seiner Stimme mit, was mich beunruhigte.

»Scherzkeks«, knurrte ich, zog die Tür vollends hinter mir zu und ging dem Mann entgegen.

Er nickte in Richtung Porsche. »Schöner Wagen. Ist das Ihrer?«

»Gehört einem Freund.«

Er strich sanft über den Lack. »Davon träume ich.« Er lachte. »Aber bei meinem Gehalt, nun ja, da ist gerade mal ein VW machbar.«

Mein Mitleid hielt sich angesichts meiner eigenen finanziellen Situation in Grenzen. »Was führt Sie zu uns?«

»Verzeihen Sie, stimmt, ich bin Ihnen eine Erklärung schuldig, warum ich zu dieser späten Stunde hier auftauche.« Er kam auf mich zu. Freundlich lächelte er mich an. Wenn er etwas im Schilde führte, verbarg er es ausgezeichnet. »Ich suche Ihre Frau. Ich benötige noch ihre Aussage. Im Krankenhaus habe ich sie leider nicht mehr angetroffen. Vielleicht kann sie mir einen Hinweis geben, der zur Ergreifung des Täters führt. Glauben Sie mir, ich kann erst wieder ruhig schlafen, wenn ich den erwischt habe, der das getan hat.« Er hieb mit der Faust in die flache Hand. »Ich selbst habe zwei Töchter, zwanzig und vierundzwanzig Jahre alt. Bildhübsch.« Stolz lächelte er, dann wurde seine Miene wieder ernst. »Ich will gar nicht darüber nachdenken, was der Typ ihnen antun könnte. Man muss ihm das Handwerk legen.«

»Mitten in der Nacht?«

»Ich war auf dem Heimweg, und als ich das Licht hier sah, habe ich mir gedacht, ich könnte es ja zumindest mal probieren.«

Es hörte sich aufrichtig an, es gab keine Anzeichen, die mich an seinen Worten zweifeln ließen. »Meine Frau schläft bereits.«

»Und … nun ja, können wir sie nicht wecken?«

»Sie ist noch sehr schwach. Ich bin froh über jede Minute, in der sie Schlaf findet.«

Der Kommissar setzte eine enttäuschte Miene auf. »Verstehe.«

Hinter mir im Schlachthaus ertönte ein blechernes Rappeln.

»Was war denn das?«

Das hätte ich auch gern gewusst. Stumm verfluchte ich die anderen. »Wir feiern ein wenig.«

»Im Stall?«

»Dort sind wir hängen geblieben, nachdem wir die Schweine versorgt haben.«

Argwöhnisch schob der Kommissar das Kinn vor. »Soso.«

Ich fasste ihn an der Schulter und drehte ihn zum Wagen. »Morgen früh wird sich meine Frau bei Ihnen melden«, versicherte ich rasch. »Heute Nacht werden Sie doch vermutlich sowieso nichts mehr unternehmen können.«

»Das weiß man nie. Aber gut, ich werde mich eben gedulden müssen«, sagte er, warf einen letzten Blick zum Stall und gab mir dann zum Abschied die Hand. »Meine Nummer haben Sie noch?«

Ich nickte.

»Gut. Also dann morgen früh.«

Die Reifen des Passats knirschten, als der Kommissar vom Hof fuhr.

Ich drehte mich um und stürmte in den Schlachtraum. »Verdammte Scheiße! Könnt ihr nicht mal fünf Minuten …« Ich brach ab.

Monika hing über Andy Garcia und gab ihm eine Mund-zu-Mund-Beatmung.

»Der hat plötzlich wild gezuckt. Dabei hat er den Zinkeimer umgetreten«, haspelte Mario hervor. Kreidebleich stand er am Edelstahltisch, auf dem Andy Garcias Pistole lag. Mit den Händen umklammerte er die Tischkante.

Monika richtete sich auf, legte die Hände auf Andy Garcias Brust, streckte die Arme durch und pumpte rhythmisch.

Erich schnaubte in ein Taschentuch. »Da hat Mario wohl zu heftig zugeschlagen.« Es schien ihn wenig zu belasten, mitansehen zu müssen, wie zu seinen Füßen gerade ein Mann starb.

»Wir müssen einen Krankenwagen rufen«, sagte ich.

»Und wie willst du das Ganze hier erklären?«, fragte Erich.

Wut stieg in mir auf. »Vielleicht mit der Wahrheit?«, fuhr ich ihn an. »Das wächst uns doch alles über den Kopf«, schrie ich.

»Wir können jetzt nicht mehr zurück«, erwiderte Mario. »Lassen wir den Kerl auch noch verschwinden, und gut ist. Wir haben es schon einmal getan, es wird wieder funktionieren.«

Erich nickte.

Monika wechselte wieder zur Mund-zu-Mund-Beatmung.

Die Tür quietschte in den Angeln.

Ich wirbelte herum und blickte in das erstaunte Gesicht des Kommissars.

***

Es ging alles sehr schnell, Sekunden nur. Und doch erlebte ich es wie in Zeitlupe. Ich registrierte, wie Mario die Pistole griff und sie auf den Kommissar richtete. Sein Zeigefinger krümmte sich, der Hahn richtete sich auf.

Der Kommissar rührte sich nicht, hob nicht die Hände, rannte nicht davon, griff nicht zu seiner Waffe. Er blieb einfach stehen, als wäre er eine in Stein gemeißelte Statue.

Warum war er zurückgekommen? Hatte er etwas vergessen? Hatte ihn der Argwohn hierhergeführt?

Der Hahn der Pistole schlug herab; trocken ploppte es, kaum lauter als der Aufschlag eines Tennisballs.

Die Wucht der auftreffenden Kugel ließ den Kommissar nach hinten taumeln. Drei Schritte, dann stoppte er. Verwundert senkte er den Blick. Im Stoff seiner Jacke klaffte auf Schulterhöhe ein Loch. »Was …«, setzte er an. Dann brach er zusammen und fiel bewusstlos zu Boden. Blut breitete sich auf seinem weißen Polohemd aus.

»Wir machen ihn fertig«, rief Mario mit hoher Stimme. Er drückte sich an mir vorbei, stellte sich über den Kommissar und richtete die Waffe auf seinen Kopf. »Ob wir jetzt einen oder zwei verschwinden lassen, ist grad egal.« Er lachte hysterisch. »Die Schweine haben Hunger. Es wird kein Problem sein.«

Sein irrer Blick ließ mich erschaudern. In dem Augenblick wusste ich, dass ich mit Worten nichts mehr erreichen würde.

Ich spannte die Muskeln und schnellte vor. Mit voller Wucht prallte ich auf Mario, gerade in dem Moment, als er abdrückte. Die Kugel krachte einen halben Meter neben dem Kopf des Kommissars in den Boden. Kies spritzte auf.

Mario und ich fielen zu Boden, die Pistole schlitterte davon. Ich hieb ihm die Faust ins Gesicht. Das Knacken seines Nasenbeins nahm ich kaum zur Kenntnis, immer wieder schlug ich zu. Doch so schnell gab er nicht auf.

Ein Fausthieb traf mich an der Schläfe. Benommen fiel ich zur Seite, rappelte mich auf alle viere und schüttelte den Kopf. Als sich mein Blick klärte, sah ich die Pistole keine zwei Meter von mir entfernt am Boden liegen. Ich krabbelte los.

Mario schnaufte wütend und riss mich am Fuß zurück.

Ich trat nach ihm, traf seine Brust.

Keuchend krümmte er sich.

Wieder machte ich mich auf den Weg. Ich musste die Waffe sichern, er durfte sie nicht erneut in die Hände bekommen. Inzwischen glaubte ich sogar, dass Mario keine Skrupel hätte, auch mich den Schweinen zum Fraß vorzuwerfen. Im Geiste hörte ich ihn rufen: »Ob nun zwei oder drei, ha, die Schweine fressen alle!«

Nur Zentimeter trennten mich noch von der Waffe, ich streckte den Arm aus, meine Finger berührten den kühlen Stahl.

Ein Tritt gegen die Brust schleuderte mich zur Seite. Nach Atem ringend fiel ich auf den Rücken. Helle Sterne tanzten vor meinen Augen. Über mir, mit vorgestreckten Fäusten, stand Mario. Aus seiner geschwollenen Nase tropfte Blut.

Instinktiv trat ich ihn in den Unterleib.

Keuchend klappte er zusammen und fiel direkt neben der Pistole auf die Knie.

Verdammt.

Er musste nur die Hand danach ausstrecken und würde als der sichere Sieger dastehen.

Trotz meines vor Schmerzen brennenden Körpers rappelte ich mich hoch und versuchte, schneller zu sein. Ein hoffnungsloses Vorhaben, das erkannte ich sofort. Er war einfach näher dran. Er würde die Pistole greifen und mit den Hinrichtungen fortfahren.

Ich hielt inne.

Mario lächelte diabolisch und schob seine Hand vor.

Verloren.

Die Erkenntnis, versagt zu haben, lähmte mich.

Es war vorbei.

Gummi knirschte, etwas Silbriges blitzte neben Mario auf, Speichen drehten sich in einem Rad.

Ich riss die Augen auf.

Erich beugte sich vor und nahm die Pistole auf.

»Gib sie mir!«, forderte Mario.

Der Alte schüttelte resigniert den Kopf. »Es ist vorbei, Mario. Es hat keinen Zweck mehr. Klaus hat recht.«

»Sag das nicht. Wir sitzen am längeren Hebel«, rief Mario, »wir können immer noch alles zu unseren Gunsten …«

»Hör auf«, fuhr Erich ihn an. »Es ist alles aus dem Ruder gelaufen. Es ist nichts mehr zu retten. Wir rufen jetzt einen Krankenwagen. Und die Polizei. Es ist aus.«

»Nein«, kreischte Mario und sprang auf. Einen Moment lang fürchtete ich, er würde sich auf seinen Großvater stürzen. Doch offensichtlich hatte er zu viel Respekt vor Erich. Stattdessen rannte er los, schwang sich in den Porsche und raste mit durchdrehenden Hinterrädern vom Hof.

42

»Der Rest ist schnell erzählt«, sagte Schmelzer mit dünner Stimme. »Ich benachrichtigte die Polizei. Es dauerte keine Stunde, und es wimmelte nur so von Menschen auf dem Hof. Mit dabei die Meute von der Presse. So etwas lassen die sich nicht entgehen, eine Familie, die gemeinsam einen Mord begeht.« Er lachte unlustig. »Denen haben wir aber auch eine Schlagzeile geliefert, man kann es ihnen nicht wirklich übel nehmen. Nun ja, wenig später ging es ab in Untersuchungshaft.« Er wies unbestimmt in den Raum. »Jetzt kennst du die ganze Geschichte, ich habe dir alles erzählt. Mehr gibt es nicht. Ich bin nur froh, dass der Kommissar überlebt hat.«

Florian Lobowski wartete trotzdem ab, ob Schmelzer noch etwas ergänzen würde. Gekrümmt wie ein Fragezeichen saß sein Freund vor ihm, jegliche Spannung war aus seinem Körper gewichen.

Nach einigen Minuten des Schweigens sagte Lobowski: »Genau genommen hast du sogar zwei Menschen das Leben gerettet. Dieser Garcia sollte sich irgendwann bei dir bedanken. Und bei Monika.«

»Darauf können wir vermutlich lange warten«, erwiderte Schmelzer mit dünner Stimme. »Aber was zählt das auch schon? Hubert habe ich ermordet, und dafür wird mir der Prozess gemacht.«

»Du weißt, dass das eine Weile dauern wird? Es können Monate ins Land gehen, bis die Staatsanwaltschaft alles zusammengetragen und ausgewertet hat.«

Schmelzer sah auf. »Monate?«

Lobwoski nickte. Er verzichtete darauf, seinen Freund darauf hinzuweisen, dass das nur der Anfang war. Bald würde er in Jahren rechnen müssen.

Schmelzers Hand schoss vor und umklammerte Lobowski Unterarm. »Helene … sie kann doch nicht … bitte, Flo, kannst du etwas für sie tun? Kannst du ihr helfen? Sie … das Kind.«

Er zog seine Hand zurück. »Die beiden müssen doch raus, das ist doch sonst unmenschlich. Sie war kaum beteiligt.«

»Ich verspreche dir, alles zu versuchen, was in meiner Macht steht.«

»Danke.«

»Wir bleiben in Kontakt.« Lobowski stand auf. »Ich werde dich auf dem Laufenden halten.«

Klaus Schmelzer nickte.

Lobowski klopfte an die Tür, ein Beamter öffnete und er verließ den Raum. Niemals zuvor hatte er einen Klienten innerlich derart aufgewühlt verlassen.

43

Fünf Monate später

Durch die nächtlichen Straßen von Wittlich wehte ein eisiger Wind. Lobowski schlug den Kragen seines Mantels hoch. Das erste Laub des Jahres wirbelte über seine Lederschuhe, einige Blätter verfingen sich in seinen Schnürsenkeln. Er achtete nicht weiter darauf, wollte nur noch nach Hause und sich mit einem Glas Wein vor den Fernseher setzen. Der Tag war wie immer anstrengend gewesen, er war von einem Termin zum anderen gehetzt. Manchmal verfluchte er seine gut gehende Anwaltspraxis. Bohrende Kopfschmerzen setzten ihm zu, die von seinem verspannten Nacken herrührten. Jeden Tag nahm er sich vor, Lockerungsübungen im Arbeitsablauf einzuplanen. Doch das vergaß er meist wieder, wenn er an seinem Schreibtisch saß.

Er bog in die Mozartstraße ein. Wenig später nahm er die private Post aus dem Briefkasten und schloss seine Haustür auf. Die Umschläge warf er ungeöffnet auf die Flurkommode und hängte den Mantel auf.

Das Telefon klingelte.

»Och nö«, maulte er. Er ging ins Wohnzimmer und schaute auf das Display. Die Nummer kannte er. Ein wenig besser gelaunt nahm er das Gespräch an. »Helene, schön von dir zu hören.«

Schon kurz nach ihrer Festnahme war es ihm gelungen, sie aus der Untersuchungshaft zu holen. Die Staatsanwaltschaft hatte wenig gegen sie in der Hand. Das Einzige, was man ihr vorwerfen konnte, war ihr Schweigen. Das hatte Lobowski mit einem Trauma erklärt, das durch die Vergewaltigung verursacht worden war. Ein von ihm in Auftrag gegebenes ärztliches Gutachten hatte dies bestätigt. Selbstverständlich würde Helene sich irgendwann vor einem Gericht verantworten müssen. Doch Lobowski war sicher, für sie einen Freispruch erwirken zu können.

Inzwischen stand Helene kurz vor der Entbindung. Es

konnte sich nur noch um Tage handeln, bis der kleine Knirps zur Welt kam.

»Ich hoffe, ich störe dich nicht«, sagte sie.

»Nein, nein.« Er ließ sich auf den Sessel fallen und streifte sich die Schuhe von den Füßen. »Wie geht es Klaus? Und deiner Mutter?« Er seufzte. »Zu einem Besuch bin ich in letzter Zeit leider nicht gekommen.« Das würde sich ändern, wenn der Prozesstermin feststand. Dann galt es, sich intensiv auf die Verteidigung vorzubereiten und alles abzusprechen, was wichtig und entscheidend war. Aber das konnte noch Wochen dauern.

»Es geht ihnen den Umständen entsprechend gut«, sagte Helene. »Beide freuen sich sehr auf den Stammhalter.«

»Schön. Sag mir bitte sofort Bescheid, wenn mein künftiges Patenkind das Licht der Welt erblickt.«

»Klar. Ich bin froh, dass du … ohne dich …« Ihre Stimme versagte, er hörte ein leises Schluchzen.

»Hey, Schluss damit«, rief er überschwänglich. »Ich mache das doch gern.«

Sie kicherte zwischen ihren Tränen. »Du bist ein leibhaftiger Engel.«

»Sag das meiner Mutter. Zeit ihres Lebens hat die ein B davorgesetzt.«

Wieder kicherte sie. »Hast du was von Mario gehört?«

»Nein. Er ist immer noch zur Fahndung ausgeschrieben. Dafür gibt es aber von Andy Garcia etwas Neues. Man konnte endlich seine Identität feststellen.«

»Er ist aus dem Koma erwacht?«

»Ja. Mit bürgerlichem Namen heißt er Simon Kofler, er ist der Spross eines Südtiroler Hoteliers und eines italienischen Fotomodells. Vor Jahren hat er sich mit seinen Eltern überworfen, eine Drogenkarriere hingelegt und sich als Kleinkrimineller über Wasser gehalten. Dann wurde es plötzlich still um ihn. Das war vermutlich der Zeitpunkt, an dem er seine Seele dem Geldhai überschrieb. Leider schweigt er wie ein Grab, sobald die Sprache auf seinen Arbeitgeber kommt. Absolut integer.«

»Hm, Simon Kofler also. Es tut gut zu wissen, dass er jetzt

einen Namen hat und sich nicht mehr hinter einem Pseudonym verstecken kann.«

»Sehe ich auch so.« Eine Frage brannte Lobowski noch auf der Seele. »Helene, dieser Geldhai, er hat dir hoffentlich nicht erneut jemanden auf den Pelz gehetzt?«

Sie schwieg einige Sekunden, dann sagte sie: »Bisher nicht. Trotzdem habe ich Angst.«

»Sei vorsichtig, halte Augen und Ohren offen. Und ruf mich sofort an, wenn dir etwas seltsam erscheint, verstanden?«

»Mach ich, versprochen.«

Sie plauderten noch einige Minuten über die Erstlingsausstattung, die Helene besorgt hatte. Dann verabschiedeten sie sich.

Lobowski stand auf und schlenderte in Richtung Küche. Ein gut gekühlter Chardonnay wartete auf ihn. Er hoffte, der Alkohol würde seine Nackenverspannung lösen und so die Kopfschmerzen mildern.

Im Flur fiel sein Blick auf den Stapel Briefe. Zwischen den Reklameblättchen lugte die Ecke eines fremdartigen Umschlags hervor. Er zog ihn heraus. Die Briefmarke zeigte einen schwarzen Hahn, daneben war der Wert mit siebzig Cent angegeben. Unter dem Hahn stand etwas von Kosovo.

Er runzelte die Stirn. War das eine Fälschung? Oder zahlte man im Kosovo tatsächlich mit dem Euro? Vergeblich suchte er nach einer Absenderadresse.

»Ach, was soll's«, murmelte er, riss den Umschlag auf und entnahm den Inhalt.

Zwei Fotos und ein beschriebenes Blatt Papier.

Er ging in sein Arbeitszimmer, knipste die Tischlampe an und hielt die Fotos ins Licht.

Sein Herz setzte einen Schlag aus und nahm dann die Arbeit galoppierend wieder auf.

Konnte das wahr sein?

Er überflog den Brief. Eine krakelige Handschrift informierte ihn in einem schlechten Deutsch. Doch der Inhalt war unmissverständlich.

Lobowski breitete alles auf dem Tisch aus. Minutenlang

starrte er darauf. Dann löste er sich aus seiner Erstarrung, ging ins Wohnzimmer und öffnete die Bar.

Er goss sich einen doppelten Wodka ein.

Seine Nerven benötigten gerade definitiv etwas Hochprozentiges.

44

Der Ford Transit rumpelte über die Schotterpiste, Steine spritzten auf und schlugen gegen das Blech der Radkästen. Lobowski hielt sich am Türgriff fest und starrte aus dem Fenster. Nachdem er und sein Fahrer Prishtina in Richtung der Berge verlassen hatten, war die Landschaft immer trostloser geworden. Eine riesige Staubfahne hinter sich herziehend, rollten sie durch Dörfer, deren Häuser eher Ruinen glichen. Nicht selten sah man Einschusslöcher, die vom Bürgerkrieg herrührten. Zeigte sich jemand auf der Straße, blickte der ihnen argwöhnisch nach.

Lobowski war froh, nicht allein unterwegs zu sein. Sein Fahrer kannte die Gegend und die Menschen und strahlte eine Gelassenheit aus, die ihn beruhigte. Vier Wochen war es jetzt her, dass er ihm den Brief geschickt und die Aktion vorgeschlagen hatte. Nach anfänglichem Zögern hatte Lobowski zugesagt. Zu gut wusste er, wie langsam die internationalen Mühlen mahlten. Es konnte nicht schaden, ein wenig nachzuhelfen, zumal er sich dabei nicht die Finger schmutzig machen musste. Bei dem Spiel war er nur Statist.

Der Feldweg wand sich in Serpentinen einen steinigen Hang hinauf. Graue Wolken zogen über sie hinweg, nur selten lugte die Sonne hindurch. Sträucher kratzten am Lack entlang.

Der Fahrer deutete nach vorne. »Da.«

Lobowski sah zwei Männer am Straßenrand stehen.

Sie stoppten, die beiden Männer stiegen mit großem Hallo hinten ein. Jeder von ihnen hielt eine Pistole in der Hand. Ein wenig mulmig wurde es Lobowski nun doch zumute.

Mit durchdrehenden Reifen kuppelte der Fahrer ein. »Zehn Minuten noch«, sagte er.

Immer weiter ging es den Berg hinauf. Der Transit schlingerte über die Steinpiste wie ein Schiff auf hoher See. Einige Male befürchtete Lobowski, sie würden den Hang hinunterstürzen.

Doch immer wieder fing der Fahrer den Wagen gekonnt ab. »Nicht sorgen«, sagte er mit einem Lächeln auf dem Gesicht, als Lobowski reflexartig ins Blech trat und eine imaginäre Bremse betätigte. »Steine und Büsche habe ich in … wie sagt ihr? Westentasche?«

Lobowski nickte. Davon war er ausgegangen. Sein Fahrer hatte ihm von seiner Zeit als Söldner erzählt. Um zu überleben, musste man das Gelände kennen und beherrschen. Wie sein Bruder Sergej, der vor zwei Monaten bei einem Autounfall ums Leben gekommen war, hatte Ivan die Schrecken des Bürgerkrieges miterlebt.

Lobowski sah ihn von der Seite an.

Ivan Krovz. Er hatte auf dem Rechkemmer-Hof gearbeitet, zusammen mit seinem Bruder Sergej.

Klaus Schmelzer hatte davon berichtet.

Ivan hatte Sergej ein Versprechen gegeben, an das er sich nach dessen Tod nicht mehr gebunden fühlte. Daher hatte er den Brief mit den beiden Bildern geschickt.

Die zugestiegenen Männer zündeten sich Zigaretten an und klemmten sie in ihre Mundwinkel. Es waren Freunde von Ivan, ebenfalls ehemalige Söldner. Sie würden ihnen helfen und sie so weit wie möglich begleiten. Ihre Fahrt würde sie über illegale Grenzen führen, was kein Problem darstellte, wie Ivan ihm versichert hatte. Bereits morgen Nachmittag wollten sie ihre Fracht bei einer deutschen Polizeibehörde abliefern.

Der linke der beiden Männer hielt ihm mit einer auffordernden Geste die Packung hin.

Lobowski schüttelte den Kopf. Das Zeug roch fürchterlich und verursachte vermutlich schon nach zwei Zügen Lungenkrebs.

Eine letzte Kurve, dann ging es über eine Hügelkuppe, dahinter tauchte ein Dorf auf. Niemand war zu sehen, nur einige Hühner liefen wild flatternd davon.

Ivan hielt an und schaltete den Motor aus. Er deutete nach vorne auf ein Haus. Die Ziegel der Mauern schimmerten rötlich, das Blechdach rostete. »Dort drin.«

»Sicher?«

Er grinste und gab den Männern auf der Rückbank ein Zeichen. »Ganz sicher.«

Die drei sprangen aus dem Transit, auch Ivan zückte nun eine Pistole, trat die Tür ein, und gemeinsam stürmten sie überfallartig in das Gebäude. Es dauerte keine Minute, bis sie mit zwei anderen Männern im Schlepptau wieder erschienen. Sie stießen sie vor sich her zum Transit.

Obwohl Lobowski auf den Anblick vorbereitet war, konnte er es kaum fassen. Es war tatsächlich wahr.

»Los, los«, brüllte Ivan.

Sie schoben die beiden Männer auf die mittlere Sitzbank, Handschellen klickten.

Ivans Freunde setzten sich auf die hintere Sitzbank und bewachten die Gefangenen.

»Auf zur Heimat«, rief Ivan und klemmte sich wieder hinters Lenkrad. Der Transit rollte los.

Lobowski drehte sich auf seinem Sitz um und schaute nach hinten. Die Gefangenen sahen verwahrlost aus, unrasiert, die Augen von übermäßigem Alkoholkonsum rot unterlaufen.

Verblüfft schaute der Ältere auf. »Du?«

»Ja, Hubert, ich bin es.«

»Du kennst den Kerl?«, wollte der Jüngere wissen.

»Allerdings. Darf ich mich Ihnen vorstellen?«, sagte Lobowski übertrieben höflich zu Mario Rechkemmer. Er nannte seinen Namen. »Ich stamme wie Sie aus Giesdorf und bin Strafverteidiger. Mein Mandant ist Klaus Schmelzer.«

»Welch eine Überraschung«, murmelte Mario. »Scheiße. Ich hab dir gleich gesagt, dass wir Sergej nicht trauen können.«

Ivan schaute in den Rückspiegel. »*Ihm* schon. Für Geld Sergej verkaufte Seele. *Mir* aber nicht trauen sollen.«

»Wie viel habt ihr ihm gezahlt?«, fragte Lobowski.

»Zwanzig Mille waren vereinbart«, erwiderte Mario verärgert. »Die ersten fünf konnten wir so zusammenkratzen, den Rest sollte er bekommen, sobald der Hof wieder florierte. Dafür hat er das Bolzenschussgerät präpariert, meinem Vater bei der Flucht geholfen, und ein neuer Pass sollte auch noch drin sein. Nur hat das mit dem Hof …«

»Ich bin im Bilde«, unterbrach ihn Lobowski.

Jetzt passte es zusammen. Das Mordkomplott war tatsächlich nichts anderes als eine hinterhältige Scharade gewesen. Die Schweine im Stall waren leer ausgegangen. Hubert und Mario Rechkemmer hatten Klaus Schmelzer und den Rest der Familie hinters Licht geführt. Mit Huberts Tod wäre Mario die Spielschulden und die leibliche Bedrohung los gewesen. Den Banken hätte er einen neuen Finanzplan schmackhaft gemacht, mit dem Ziel, den Hof zu retten. Indes hätte Hubert mit seiner neuen Identität im Ausland unbehelligt leben und vermutlich weitermachen können wie zuvor. Nur war mit der Zeit klar geworden, dass es mehr brauchte als ein Gebiss, um Garcias Boss von Huberts Tod zu überzeugen. Selbst Klaus Schmelzers nachdrücklicher – und vor allem ehrlicher – Schwur hatte Garcia nicht überzeugen können. Und damit war alles Makulatur gewesen.

»Was wäre gewesen, wenn Klaus nicht mitgemacht hätte?«, fragte Lobowski.

»Dann hätte ich Helene noch mal genommen«, knurrte Hubert.

Der hinter ihm sitzende Mann schlug ihm mit der flachen Hand gegen den Kopf. Offensichtlich verstand er Deutsch.

Hubert zuckte nicht mal zusammen. »Wir hätten ihn schon mürbegemacht.«

»Wie auch immer«, sagte Lobowski. »Das Spiel ist aus. Im Kofferraum liegt das Bolzenschussgerät. Ein Pass war allerdings nicht dabei.«

»Ohne Geld nix Papiere«, sagte Ivan. Zufrieden drehte er sich wieder nach vorn.

»Was habt ihr mit uns vor?«, fragte Hubert.

»Wir werden euch Vögel der deutschen Polizei übergeben«, antwortete Lobowski.

»Scheiße«, knurrte Mario.

»Ist vielleicht besser so«, sagte Hubert. »Hatte eh keinen Bock mehr auf das bescheuerte Versteck. Dadrin wären wir irgendwann verfault. Im Knast können wir wenigstens duschen.«

Mario grunzte übellaunig. »Als ob dir das wichtig wäre.«

Ivan stieß Lobowski mit dem Ellbogen an, hob den Daumen und lächelte.

Lobowski nickte und erwiderte die Geste.

Die Karten waren neu gemischt.

Epilog

Hinter Klaus Schmelzer schlug die Tür zu. Er blinzelte in die Sonne.

Frei.

Er konnte es nicht fassen.

Hinter ihm ragte die Gefängnismauer auf, und er stand auf der richtigen Seite.

Zumindest bis zum Prozess wegen versuchten Mordes, bremste er seine Euphorie. Aber was danach kam, daran wollte er jetzt nicht denken.

Mit einem Bündel im Arm stand Helene auf der anderen Straßenseite neben Florian Lobowski. Beide strahlten über das ganze Gesicht.

Wie magisch angezogen setzte sich Schmelzer in Bewegung. Vor Helene blieb er stehen und betrachtete das rosige Babygesicht, das ihm aus der kuscheligen Decke entgegenstrahlte.

»Willst du ihn mal halten?«, fragte Helene.

Er nickte und nahm den Jungen vorsichtig entgegen. Er spürte die Wärme, die der kleine Körper ausstrahlte.

Klaus Schmelzer fühlte, wie Tränen über seine Wangen liefen.

Es war ihm egal, ob er der leibliche Vater war oder nicht. Er hatte die Vaterschaft anerkannt. Ende und Aus, keine Diskussionen mehr.

Es war wie ein Schlussstrich gewesen.

Das kleine Wesen würde behütet aufwachsen, dafür würde er sorgen.

Das Baby griff Klaus Schmelzers Daumen und drückte fest zu.

Fast erschien es ihm, als wollte der Kleine damit sein Einverständnis ausdrücken und so den Vater-Sohn-Pakt besiegeln.

Er hatte nichts dagegen einzuwenden.

Rudolf Jagusch
EIFELBARON
Broschur, 320 Seiten
ISBN 978-3-89705-884-2

»Jetzt ermittelt Hotte Fischbach. Die Orte, an denen die Handlung spielt, sind gut recherchiert. Ein unterhaltsamer Roman mit einer überraschenden Wendung am Ende.« General-Anzeiger

»Das skurrile Ermittlerpaar und die erfrischend freche Schreibe amüsieren den Leser köstlich. Dazu gibt es eine Leiche ohne Kopf und zahlreiche potenzielle Mörder – was will das Krimileserherz mehr?« Trierischer Volksfreund

Rudolf Jagusch
EIFELHEILER
Broschur, 304 Seiten
ISBN 978-3-89705-983-2

Im neuen Krimi von Rudolf Jagusch dreht sich alles um Heiler, Hellseher und Hexen. Eine Steilvorlage für das ungleiche Ermittlerduo Jan Welscher und Hotte Fischbach, Großstadtpflanze neben Dorfcowboy. Beide haben irgendwie einen Knall und sind dennoch ein gutes Team – so wie Laurel und Hardy oder Tom und Jerry.
Trierischer Volksfreund

www.emons-verlag.de

Rudolf Jagusch
EIFELTEUFEL
Broschur, 304 Seiten
ISBN 978-3-95451-155-6

»Dem Autor gelingt auf diese Weise ein Regionalkrimi der guten Art, unterhaltsam, spannend und erdverbunden, der Lust auf weitere Bücher von ihm weckt!« Krimikiosk.de